崑崙霸仙

곤륜패선

윤신현 신무협 장편소설

WISHBOOKS ORIENTAL FANTASY STORY

# 곤륜패선 4

윤신현 신무협 장편소설

초판 1쇄 찍은 날 | 2020년 3월 13일
초판 1쇄 펴낸 날 | 2020년 3월 20일

지은이 | 윤신현
펴낸이 | 권태완 우천제

기획 | 위시북스
편집책임 | 한준만
편집 | 위시북스

펴낸곳 | ㈜케이더블유북스
등록번호 | 제25100-2015-43호
등록일자 | 2015. 5. 4
KFN | 제2-24호

주소 | 서울시 구로구 디지털로31길 38-9, 401호
전화 | 070-8892-7937 팩스 | 02-866-4627
E-mail | fantasy@kwbooks.co.kr

ISBN 979-11-293-5041-1 04810
       979-11-293-4618-6 (set)

崑崙霸仙

곤륜패선

4

Wish Books

## ··· 목차 ···

제1장. 최소한의 도리      7

제2장. 추면색귀(醜面色鬼)      51

제3장. 뒤끝 있는 자들      77

제4장. 곤륜혈투(崑崙血鬪)      101

제5장. 할 건 해야지?      155

제6장. 지는 해와 떠오르는 해      187

제7장. 받은 만큼 돌려주는 남자      213

제8장. 숨바꼭질      247

제9장. 보고 싶었다(1)      293

··· 제1장 ···
# 최소한의 도리

"색마요?"

"응."

서진후가 두 눈을 끔뻑거렸다. 다짜고짜 하산해서는 색마를 잡아야 한다고 하자 무슨 말인가 싶었던 것이다.

그런 서진후에게 벽우진이 자초지종을 설명했다.

"허어. 그런 이유가 있었군요. 사실 사형께 따로 말씀을 드리진 못했는데 감숙성은 물론이고 섬서성의 분위기가 장난 아니게 흉흉합니다. 공동파와 화산파, 종남파의 생존자들이 나름 분전을 하고 있습니다만, 중심을 잃어버린 문파가 늘 그렇듯 큰 성과를 내지는 못하고 있습니다. 오히려 그동안 억눌려 있던 사마외도와 정사 중간의 무문들이 들고 일어나서 힘든 시간을 보내고 있지요. 그리고 어수선한 분위기를 타 온갖 악인들이 난동을 부리고 있습니다."

"왜 보고 안 했어?"

"제 개인적인 생각인데, 당장은 청해성이 먼저라고 생각했습니다. 지지 기반을 확실히 다져놓은 후에 움직여도 늦지 않다고 생각했거든요. 또한 공동파의 경우 우리가 자신들의 영역을 침범했다고 나중에 따질 수도 있으니까요. 사형께서 한 번퇴짜를 놓으셔서 나중에 재건하면 분명 뒷말이 나올 겁니다."

"어째 내 탓이라는 말로 들린다?"

말하는 투가 그를 정확히 저격하고 있어서 벽우진이 피식웃었다.

만약 공동파가 재건에 성공한다면, 확실히 벼르긴 할 터였다. 사람의 마음이라는 게 그렇게 이기적이니까.

"아닙니다. 다만 그럴 가능성이 있다는 얘기를 드리는 겁니다. 일단 전제 조건이 공동파가 다시 일어나야 하니까요. 근데 아마, 쉽지 않을 겁니다. 재산이야 다시 벌면 되고 사람도 제자들을 받아들여 키우면 되지만 가장 중요한 공동의 무공이 없다면 무용지물이니까요."

"아직은 꽤 남아 있잖아? 비밀 서고 같은 게 공동산에 남아있을지도 모르고."

"북해빙궁에서 싹 쓸어가지 않았겠습니까? 다른 곳도 아니고 구대문파에 꼽히는 공동파의 무공인데요."

벽우진이 고개를 주억거렸다. 확실히 그가 북해빙궁주라도일단 무고부터 털 터였다.

"근데 너 요즘 수련 제대로 하는 거 맞아? 딱히 달라진 점이 없는데?"

　환골을 한 지 제법 시일이 지났음에도 딱히 무공에 진전이 있는 것 같지 않아 보여 서진후를 따라 걸어가던 벽우진이 눈매를 꿈틀거렸다.

　"죽어라 하고 있습니다. 업무에서 손을 뗀 지 오래되기도 했고, 예지가 본산에 가 있으니까. 그래서 말인데, 예지는 어떻습니까? 북해빙궁하고 한판했을 때 예지도 나섰다고 들었습니다."

　"예지가 서신 안 보냈어?"

　"의외로 털털한 면모가 있어서요. 아니면 수련에 열중해서 그런지 이레에 하나 올까 말까입니다. 그마저도 며느리한테 가는 게 대부분이고요."

　서진후의 얼굴에 서운함이 가득 떠올랐다. 금이야 옥이야 하며 업어 키운 게 그였으나, 서신이 뜨문뜨문 오는 것은 제아무리 서진후라도 별수 없었다. 밖에서야 철혈이니 대장부니 해도 서예지 앞에서는 그저 손녀 바보 할아버지일 뿐이었다.

　"아무래도 엄마를 이기긴 힘들지. 모녀지간은 자매지간처럼 보인다잖아. 차라리 아빠랑 경쟁을 해. 그럼 승산이 좀 있지 않겠어?"

　"……위로가 전혀 안 됩니다, 사형."

　"허어. 날 아는 녀석이 지금 나에게 위로를 바란 거냐? 응?"

　벽우진의 퉁명스러운 대답에 서진후가 결국 박장대소를 터뜨렸다. 진짜 자신이 뭘 했나 싶은 것이었다.

재미있는 건 이렇게 속내를 꺼내니 가슴이 좀 시원해졌다는 점이다.

"그래도 가슴은 좀 뚫리네요. 엄청 답답했었는데. 사형도 아시겠지만 제가 청하상단에서 가장 큰 어른이지 않습니까."

"엄청난 노인네지. 그것도 육체까지 회춘을 한."

"……아직 그건 모릅니다. 아들 내외와 손자를 제외하면요."

"비밀 병기로 사용해서 나쁠 것은 없지. 사천당가도 그런 생각 같더만."

굳이 전력이 다 밝혀져서 좋을 건 없었다. 물론 어느 정도는 밝혀야 어중간한 것들이 나대지 않겠지만 그래도 전부 공개할 필요까지는 없다고 벽우진은 생각했다. 무림의 격언에 이런 말도 있지 않은가. 자기 실력의 3푼은 숨기라고 말이다.

"그런데 조금 놀랐습니다. 저는 사형이 생면부지의 부탁을 들어주기 위해 감숙성까지 갈 줄은 몰랐거든요."

"대체 나를 어떻게 본 거야?"

"만사에 귀찮음을 느끼시는 분이시지 않습니까."

"지금 게으르다고 돌려 깐 거지?"

"크흠!"

서진후가 슬그머니 고개를 돌리며 헛기침을 했다. 차마 아니라고 대답할 수는 없었다. 그건 벽우진을 알고 있는 모두가 같은 생각일 터.

"허어. 세상이 삭막해졌다는 말을 믿지 않았었는데. 이제야 절감하게 되는구나. 그것도 청범이 네가 그럴 줄이야. 은혜를

원수로 갚는다는 말이 이럴 때 써먹으라고 있는 것이로구나."

"아니, 말이 어떻게 그렇게 흘러갑니까?"

"그럼 아냐?"

"아닙니다!"

"근데 나보고 게으르다며. 완전 하극상도 이런 하극상이 없는 거지."

벽우진이 진심으로 슬프다는 표정을 지었다.

비천단까지 주고 환골까지 시켜줬는데 돌아오는 건 하극상뿐이었다. 그렇기에 벽우진은 눈가를 훔쳤다.

"안 우시는 거 다 압니다. 연기인 것도 다 알아요."

"쯧쯧! 사람이 장단도 맞춰주고 그런 맛이 있어야 하는데."

"일단 여기에 잠깐 머물고 계십시오. 저는 준비 좀 하고 오겠습니다."

"준비가 필요해? 요것만 있으면 만사형통 아냐?"

벽우진이 이상하다는 표정을 지으며 엄지와 검지를 붙였다. 자고로 여정에는 돈만 있으면 충분하다고 생각했다. 그렇다고 두 사람이 돈이 궁한 것도 아니고.

"불필요한 지출을 할 필요는 없으니까요. 아껴야 잘 삽니다, 사형."

"푼돈 모아봤자 푼돈밖에 안 돼. 자고로 돈을 모으려면 크게 벌어야지. 나 봐, 초창기에 산적들 싹 다 털어버리니까 자금이 금세 모였잖아. 절반 넘게 백성들에게 뿌렸는데도 충분하다 못해 넘쳤지."

"홍청망청 쓰다가 진짜 망합니다, 사형."

"에이. 망하면 또 어때. 이미 망한 상태에서 시작했는데. 처음이 어렵지 두 번째는 쉬워."

"끄응!"

청범이 앓는 소리를 냈다. 틀린 말이 아니었기에 뭐라 반박할 수가 없었다.

"얼른 준비하고 와. 갈 길이 멀다. 할 일도 많고. 그리고 다녀오는 김에 본산도 올라가자. 예지 보고 싶지 않아?"

"보고 싶습니다."

청범의 표정이 삽시간에 변했다.

무정하다지만 그에게 있어서는 하나뿐인 손녀였다. 당연히 보고 싶을 수밖에 없었다.

"이참에 본산에서 수련하는 것도 나쁘지 않지. 여기야 일국이가 알아서 잘하고 있잖아? 너도 빈둥빈둥 놀고 있고."

"놀지 않고 수련하고 있습니다. 절정에 오른 뒤로 수련에 재미가 붙었거든요. 무사들 가르치는 재미도 쏠쏠하고요."

"청해성 먹고, 감숙성으로 넘어가야지. 서장 쪽으로도 진출하고. 자고로 사내대장부는 큰물에서 놀아야 하는 법."

"많이 도와주십시오, 사형."

"이럴 때만 사형이지?"

벽우진이 피식 웃으며 처소 안으로 들어갔다.


벽우진의 얼굴을 아는 하인들이 그를 극진히 모시는 것은 당연했다. 청하상단이 가장 어려울 때 구원해 준 게 벽우진이 었으며 지금의 성세를 누리는 데 결정적인 영향을 끼친 것도 그였다. 그렇기에 하인들의 태도가 극진한 것은 당연했다.

"고 녀석이 알아들었는지 모르겠네."

별채 하나를 통째로 사용하게 된 벽우진이 침상에 몸을 누우며 중얼거렸다.

그런 그의 시선은 활짝 열린 창문으로 향해 있었다.

정확하게는 곤륜산이 있는 방향을 바라보며, 벽우진이 알 수 없는 말을 중얼거렸다.

"뭐, 못 알아들었으면 어쩔 수 없고."

벽우진이 이내 한숨을 늘어지게 하며 양팔을 머리 뒤로 교차시키고는 그대로 눈을 감았다. 서진후가 준비를 다 할 때까지 한숨 자려는 것이었다.

해가 서산에 걸릴락 말락 하는 시각에 벽우진은 서진후와 함께 야산을 가로지르고 있었다. 어둠이 내려앉기 전에 마을에 도착하고자 서둘러 경공을 펼치고 있었던 것.

"속도를 좀 더 올려야겠는데?"

"전 가능합니다!"

"역시 회춘의 힘인가. 예전보다 훨씬 나아졌는데. 새장가를 가도 되겠어."

"그게 무슨 말씀이십니까."

조금 지치기는 했지만, 아직 버틸 만한 모습으로 경공을 펼치던 서진후가 비틀거렸다. 가끔 생각지도 못한 말을 툭툭 던지는데 그게 사람을 참 기겁하게 만들었다.

"뭐 어때. 능력만 있으면 삼처사첩을 두는 세상인데. 더구나 네가 재산이 없어, 능력이 없어? 이제는 몸도 젊어졌는데 새장가 가도 되지."

"큰일 날 소리입니다. 전 그럴 생각 전혀 없습니다."

"없으면 없는 거지, 뭘 그렇게 정색을 해?"

"사형께서는 가실 생각입니까? 사실 저보다는 사형께서 더 현실성이 있습니다. 혼담도 꽤 들어오시는 거로 알고 있습니다만."

서진후가 능글맞은 표정을 지었다.

사실 그를 통해 넌지시 벽우진의 의중을 떠보는 곳도 많았다. 아무래도 벽우진이 일반적인 도인과는 궤를 달리하는 성격이다 보니 여기저기에서 상당한 관심을 보였다.

"글쎄다. 내 나이가 일흔다섯인데 혼례라니. 그건 좀 아니지 않냐?"

"나이를 밝히지만 않으시면 이십 대 초반이라 해도 믿을 만한 외모이시지 않습니까."

"난 오히려 내 나이를 아는데도 딸을 들이미는 애비들이 더 이상하다고 생각하는데 말이지."

벽우진이 진심을 담아 혀를 찼다.

만약 그에게 딸이 있었다면 아무리 정략적인 이유라 하더라도 칠십 넘은 노인네에게 절대 보내지 않을 것이었다. 그건 자신을 위해서지 딸을 위한 선택이 전혀 아니었으니까.

"자신과 그리고 가문을 더 가치 있게 생각하는 사람들은 많으니까요. 딸 입장에서도 평범한 양민들과 다른 삶을 살아온 만큼 그에 합당한 대가를 치르는 것이기도 하고요. 아무래도 저는 그런 이들과 많이 부딪쳐서 그런지 어느 정도는 이해가 갑니다."

"하긴 내가 뭐 이래라저래라 할 자격이 있는 건 아니지. 다 각자의 삶이고, 선택이니까."

"그래서 사형께서는 어찌 생각하십니까?"

"뭘?"

벽우진이 무엇을 묻는지 모르겠다는 듯이 능청스러운 얼굴로 물었다.

그러나 서진후도 만만치 않았다.

"혼례요."

"너도 참 끈질겨. 같이 늙어가는 처지에 그러고 싶냐?"

"궁금하니까요. 청민 사형도 저랑 마찬가지일 걸요?"

"그 녀석은 요즘 정신없어. 수련도 수련이지만 제자도 슬슬 받아들여야 하니까. 가뜩이나 인원이 적은데 제자라도 많이 들여야지. 속가제자 말고 본산제자를."

"아."

서진후가 고개를 주억거렸다. 확실히 청민은 속가제자인 그와는 상황이 달랐다. 게다가 규모를 키워야 한다는 점에서는 그도 동감하고 있었다.

"마을은 아직 멀었어? 해 지기 전에 도착할 수 있는 거 맞아? 지금이라도 노숙할 터를 찾아야 하는 거 아냐? 내 기감에 인기척이 전혀 안 잡히는데?"

벽우진이 미심쩍은 표정을 지으며 서진후를 쳐다봤다. 신뢰가 점점 떨어져 간다는 눈빛과 얼굴이었다. 나름 길을 잘 알 거라고 생각해서 데려왔는데 어째 영 믿음직스럽지가 않았다.

"어, 지형이 바뀌었나?"

"장난해?"

"허허. 농담입니다. 앞으로 반시진 정도 쭉 달리면 마을에 도착할 겁니다. 방향은 제대로 잡고 왔으니까요."

"아니면?"

"진짜입니다. 작은 산 두 개만 가로지르면 됩니다. 저 방향이에요."

서진후가 확신하듯 동남쪽 방향을 가리켰다.

그 모습에 벽우진이 기감을 확대했다. 자신을 중심으로 원을 그리듯이 기감을 넓힌 게 아니라 서진후가 가리킨 방향으로 집중했던 것이다.

"호오?"

"맞죠? 근데 대체 경지가 어느 정도 되면 사형처럼 할 수 있는 겁니까?"

"신선 정도?"

"예?"

서진후가 무슨 말이냐는 듯이 두 눈을 끔뻑이며 반문했다.

하지만 벽우진은 더 이상 말하지 않고 그저 의미심장한 표정만 지어 보였다.

"가자. 얼른 가서 좀 쉬어야지. 나야 괜찮지만 넌 다리가 후들거릴 것 같은데?"

"끄으응!"

안 그래도 슬슬 한계가 오고 있었다. 식사하거나 잠깐 소변을 볼 때를 제외하면 하루 종일 달렸기에 아무리 환골을 이루었다고 해도 지치지 않을 수가 없었다. 중요한 건 오늘이 이동 첫날이 아니라는 점이었고.

"이참에 단련한다고 생각해. 달리기만큼 체력 늘리기에 좋은 수련이 또 어디 있어?"

조금도 지치지 않은 얼굴로 말하는 벽우진이 그렇게 얄미울 수가 없었다.

서진후는 다시 한번 벽우진의 위대함을 절절히 느꼈다. 분명 똑같이 달렸음에도 그는 아침과 별다를 게 없는 신색이었다.

"제 나이는 무리하면 쓰러지는 나이인데요."

"잊었어? 내가 너보다 나이 많아."

"신체 나이는 다르지 않습니까."

"그건 변명에 불과해. 우리 같은 무인들이 제일 경계해야 하는 게 바로 그거야. 변명, 핑계, 자기 합리화 같은 것들."

"으으으!"

입심으로는 당해낼 수가 없는 벽우진의 모습에 서진후가 질린 표정을 지었다. 이럴 때는 그냥 조용히 이동하는 상책이었다.

"다 왔네."

"작지만 그래도 있을 것은 다 있습니다. 이 길이 상인들이 자주 오가는 길이거든요."

"객잔은 하나밖에 없어 보이는데?"

"노숙보다는 낫지요. 주인장의 음식 솜씨도 괜찮습니다."

살짝 지친 기색으로 서진후가 그리 말하며 앞장섰다.

이윽고 두 사람이 마을의 유일한 객잔인 태평객잔 안으로 들어갔다.

"어서 옵셔~!"

"그래, 자리는 있느냐?"

"2층에는 자리가 많습니다. 대신 가격이 좀 더 비싼데 어떻게 하시겠습니까?"

문을 열고 안으로 들어가기 무섭게 십 대 후반의 주근깨 가득한 점소이가 쏜살같이 다가왔다. 마을에서 하나뿐인 객잔이라 독점이나 마찬가지인데도 상당히 빠릿빠릿했다.

"조용히만 먹을 수 있다면야."

"헤헤! 술을 마시기에는 2층이 한적하니 좋습니다."

"1층이 이래서 영 조용할 것 같지는 않은데?"

"아닙니다! 2층에 올라가 보시면 확연히 다른 차이점을 느끼실 수 있으실 겁니다!"

"넉살은."

웃는 얼굴로 호언장담하는 점소이의 모습에 벽우진이 피식 웃고는 고개를 까딱거렸다. 2층으로 안내하라는 무언의 지시였다.

그것을 귀신같이 알아차린 점소이가 더욱 짙어진 미소로 벽 우진과 서진후를 이끌고서 2층으로 올라갔다.

"여기 창가 쪽 자리가 명당입니다. 마을 전경이 한눈에 보이면서 산의 풍광도 쭉 들어오고. 특히 고적한 분위기가 아주 훌륭합니다."

"그래, 그래. 일단 음식부터 가져다줘. 여기서 제일 잘하는 음식 두 개로. 숙소도 1인실로 두 개."

"제일 좋은 방으로 잡을까요?"

점소이가 들뜬 기색으로 물어왔다. 정말 오랜만에 큰손이 온 것 같아서였다.

"그럴 필요 없다. 어차피 잠만 자고 내일 아침 일찍 출발할 거니까. 대신 목욕물은 준비해 주고."

"술도 드릴까요?"

살짝 실망한 기색이 서렸지만 그건 창졸간에 사라지고, 예의 환한 미소를 지으며 은근슬쩍 술을 권했다.

"괜찮다."

"나도. 근데 나는 도복 입고 있는 거 보면서도 술을 권하는 게냐?"

"죄송합니다!"

"그렇다고 사과할 것까지는 없고."

"바로 음식 가져다 드리겠습니다! 번개 같이 가져다 드리겠습니다!"

별거 아닌 말인데도 점소이는 심각하게 받아들이며 계단으로 쏜살같이 달려갔다.

그 모습에 벽우진이 살짝 의아한 표정을 지었다. 자신이 그 정도로 무서웠나 싶었다.

"사형이 잘못한 것은 없어 보이는데요?"

"그치? 나 나름 부드럽게 말했는데. 난 일반 양민은 안 건드려."

"잘 알고 있죠. 의외로 공사 구분이 명확하신 분이 사형 아닙니까."

"내 장점 중 하나지."

벽우진이 어깨를 으쓱이며 거들먹거렸다. 스스로 생각하기에도 자신이 잘하는 것 중 하나가 바로 그것이어서였다.

"나름 괜찮죠? 작은 마을답게 소소한 맛도 있고."

"있을 건 다 있어 보이네. 무인들도 제법 많고."

"상인들과 표국이 자주 오가는 마을이거든요. 그래서인지 근처에 산적 무리도 있고요."

"내일 만났으면 좋겠다."

산적이라는 말이 나오기 무섭게 벽우진이 눈을 빛냈다. 안 그래도 내내 달리기만 해서 좀이 쑤셨는데 산적을 만나면 몸 정도는 가볍게라도 풀 수 있을 것 같아서였다.

"언젠가 녹림십팔채의 총표파자(總瓢把子)가 사형을 찾아올 것 같습니다."

"그건 그거 나름대로 재미있을 것 같은데?"

벽우진이 키득거렸다.

두려워하기는커녕 오히려 잔뜩 기대하는 모양새. 웬만한 무인들에게 공포의 존재인 총표파자도 벽우진에게는 한낱 산적으로밖에 보이지 않는 듯싶었다.

"진짜 찾아오시면……. 제가 괜한 걸 물었군요, 사형이라면 그냥 다 두드려 팰 테니까요."

"맞아. 생각할 게 뭐 있어? 나 죽이러 온 놈인데. 그냥 마주 상대해 주면 되지. 죽으면 제 운명인 거고."

"허허허허."

서진후는 다시 한번 패선이라는 별호가 너무나 잘 어울린다고 생각했다. 마음 같아서는 선(仙) 자를 빼고 왕을 넣고 싶었다. 도복이 아니라 무복만 입혀놓으면 진짜 패왕이라 불러도 이상하지 않을 법한 위인이 벽우진이었으니까.

"눈빛이 상당히 불순한데? 청민이 가끔 보이는 눈빛이랑 아주 흡사해."

"흠흠! 아닙니다. 전 사형을 존경합니다."

"말로만 그러겠지."

"아닙니다. 지금의 청하상단도, 그리고 곤륜도 다 사형께서 이룩하신 것이지 않습니까. 염치가 있지 제가 어찌 사형을 그리 생각하겠습니까."

"흐으으음."

벽우진이 여전히 미심쩍은 눈빛을 거두지 않았다. 노물이란 말이 괜히 있는 게 아니었다. 그리고 찜찜하기도 했고.

"음식 나왔습니다! 저희 객잔에서 가장 인기 있는 음식인 청탕양육면(淸湯羊肉面)과 천층우육병(千層牛肉餠)입니다! 주인이시자 주방장께서 성도인 난주에서 정통으로 배워 온 음식들입니다."

"이름 한번 거창하네."

"맛도 보장합니다!"

"만약에 맛이 없으면?"

벽우진이 히죽 웃으며 반문했다.

특유의 삐딱한 화법이 나왔으나, 점소이는 놀라지도 않고 자연스럽게 대처했다.

"드셔보시면 절대 후회하시지 않을 겁니다."

"그렇다면야."

자신만만한 점소이의 모습에 벽우진도 더는 놀리지 않았다. 대신 전낭에서 은자 하나를 꺼내 점소이의 손에 쥐여주었다.

"가, 감사합니다!"

"무슨 의미인지 알지?"

"내일 아침까지 각별히 모시겠습니다, 공자님!"

"공자님이라고 하기에는 내 나이가 많다만. 어쨌든 기합은 좋구나."

점소이가 연신 허리를 숙였다.

은자 한 냥이면 그가 석 달은 꼬박 모아야 만질 수 있을까 말까 한 금액이었다. 그렇기에 점소이는 거의 몸을 접다시피 머리를 숙였다.

"필요한 게 있으시면 언제라도 불러주십시오! 오칠이라고 부르시면 됩니다!"

"그래, 그래. 오가네 집 일곱째, 오칠아."

"헤헤헤!"

벽우진이 이내 볼일 보라는 듯이 손을 휘저었다.

오칠은 등을 보이지 않고 인사하며 계단 쪽으로 뒷걸음질 쳤다. 정작 벽우진은 보지도 않고 있는데 말이다.

"너무 손이 크신 거 아닙니까?"

"곤륜파의 장문인이 이 정도도 마음대로 못 해?"

"어……."

서진후는 말문이 턱 막혔다. 이렇게 말하니 마땅히 할 말이 없었던 것이다. 실제로 벽우진 정도나 되는 무인이 은자 한 냥에 쩔쩔매는 것 자체가 말이 안 되기도 하고.

"왜, 왜 이러세요!"

"어허! 알면서 왜 물어? 술 한잔하자고, 술 한잔. 어차피 너도 저녁 먹어야 하잖아? 그럴 바에는 즐겁고 맛있게 먹는 게 낫지 않겠어? 여기 전경은 또 얼마나 좋은데?"

"이런 데 올라와 보기나 했겠어? 음식값이 1층보다 배 가까이 비싼데."

"감지덕지하지는 못할망정."

서진후가 아무런 말도 하지 못할 때 계단 쪽이 시끄러워졌다. 누군가가 2층으로 올라오는 것이었다.

그런데 남자는 넷인데 여자는 단 한 명뿐이었다.

"저, 저는 괜찮아요."

"우리도 괜찮아. 그러니까 마음 편히 먹고 마시기만 하면 돼."

"별거 없어. 그냥 밥 한 끼 먹으면 된다니까?"

"우리가 잡아먹겠다는 것도 아니고. 되게 비싸게 구네."

낡은 옷차림의 예쁘장한 여인이 연거푸 거절의 의사를 밝혔지만 하나같이 험상궂게 생긴 남자들은 그녀의 말에 조금도 귀 기울이지 않았다. 오히려 능글맞게 웃으며 은근슬쩍 그녀의 양손을 붙잡았다. 철검이나 박도 따위를 허리춤에 유난스럽게 달아놓고서 여인을 접박한 것이다.

"대, 대협! 저는 정말 괜찮아요. 그리고 집에 가서 저녁도 해야 하고……."

"집에 꿀이라도 발라놨어? 왜 그렇게 집에 가려고 해?"

"남편도 없으면서. 기껏해야 늙어빠진 애비밖에 없잖아?"

사내들이 동시에 킬킬거렸다.

하지만 그럴수록 여인의 표정은 애처롭게 변해갔다. 한 가닥 기대를 걸었지만 역시나 놓아주지 않을 것 같았다.

'이, 이렇게 되면 안 되는데…….'

공동파가 멸문하고 감숙성의 분위기는 순식간에 흉흉해졌다. 치안을 담당하던 공동파가 사라지자 그동안 숨죽이고 있던 사마외도의 무리들이 본격적으로 기지개를 켰던 것이다.

거기에 북해빙궁의 그늘에 들어갔던 이들이 자신의 잇속을 챙기기 위해 온갖 만행을 저지르기 시작하자 평범한 양민들의 생활은 하루아침에 달라졌다. 지금처럼 말도 안 되는 일들이 너무나 아무렇지 않게 벌어졌다. 물론 조심하고 또 조심했지만 그게 대책이 될 수는 없었다.

"이제야 좀 얌전해졌네."

"진즉에 이러면 좀 좋아."

"오늘 우리랑 재밌게 놀면 주머니 사정도 넉넉해질 텐데. 왜 그렇게 튕기는 거야?"

부르르르!

이미 손바닥 위의 노리개가 되었다는 듯이 막말을 지껄이는 사내들의 말에 여인은 눈물이 핑 돌았다.

하지만 도와줄 사람은 없었다. 이 작은 마을에서 네 명은 왕이나 다름없는 존재들이었기 때문이다. 그 누구도 이들에게 반항할 생각조차 하지 못했다.

"흐흑!"

"어허! 좋은 날에 왜 울고 그러느냐. 어르신들 흥 깨지게."

"뭐 어때. 나름 운치 있고 좋은데. 너무 싹싹한 것들보다는 낫지."

"맞아. 기루에 있는 계집들은 너무 닳고 닳아서 싫어."

여인의 심정은 눈곱만큼도 신경 쓰지 않는다는 투로 사내들이 대화를 주고받았다. 그리고 그럴수록 여인의 어깨가 처연하게 떨리기 시작했다.

"자자, 어여 앉아."

"먹고 싶은 거 다 시켜! 오늘은 이 어르신이 몸보신을 제대로 시켜줄 테니까!"

"대신에 우리도 몸보신 좀 시켜주고. 흐흐흐!"

"클클!"

네 명의 사내들은 짐승과도 같은 눈빛을 하며 여인을 구석진 자리에 앉혔다.

교활하게도 계단에서 가장 먼 자리에 앉히는 모습에 서진후가 얼굴을 잔뜩 굳혔다.

"공동파가 사라진 여파가 이것인가."

"예, 사형. 공동파가 잘했다고 보기는 힘들지만 그래도 치안에 있어서는 충분히 제 역할을 하고 있었습니다. 공동파가 건재하다는 사실만으로도 웬만한 악인들은 몸을 사렸으니까요. 그런데 공동파가 사라지고 북해빙궁이 그 자리를 차지하자 숨죽이고 있던 놈들이 본격적으로 활동을 시작했습니다. 정마대전 이후 세력을 회복한 것은 사마외도도 마찬가지니까요."

"오랜 시간이 흐르긴 했지."

"잠시 다녀오겠습니다."

흐느끼는 여인의 어깨 위로 너무나 자연스럽게 올라가는 손을 본 서진후가 자리에서 일어났다. 더 이상은 지켜볼 수 없어서였다.

벽우진도 말리지 않았다.

"알지? 이왕 시작한 거 확실하게 해."

"진짜 제 마음대로 해도 괜찮겠습니까?"

"잊은 거야? 네 뒤에 누가 있는지를. 너 하고 싶은 대로 다 해. 근데 꼴사나운 꼴을 보이면 어떻게 될지 알고 있지?"

"그런 일은 없을 겁니다."

저벅저벅.

서진후가 냉엄한 표정을 지으며 자기들끼리만 신나 있는 사내들에게 걸어갔다. 네 명을 잡아먹을 듯이 노려보며 똑바로 걸어갔던 것이다.

"뭐야?"

"저 늙은이 우리 쪽으로 오는데?"

"설마 나이 처먹고 협사 노릇이라도 하겠다는 건가?"

서슬 퍼런 눈빛으로 다가오는 서진후의 모습에 사내들이 키득거렸다. 허리춤에 검을 차고는 있으나 딱히 위험한 기도를 풍기지는 않아서였다.

나이에 어울리지 않게 체격이 정정해 보이기는 했지만 그뿐이었다. 고수다운 풍모라도 풍겼으면 긴장했겠지만 그런 게 전혀 없었기에 네 명은 거들먹거리며 떠들기만 했다.

부우웅.

한데 그때 놀라운 일이 벌어졌다. 고개를 숙인 채 눈물을 뚝뚝 흘리고 있던 여인의 몸이 허공으로 서서히 떠오르기 시작했던 것이다.

"어? 뭐, 뭐야!"

"히, 히끅!"

뜬금없이 허공으로 두둥실 떠오르는 여인의 모습에 사내들은 물론이고 여인도 경기를 일으켰다. 가만히 앉아 있는데 몸이 갑자기 떠오르자 당황한 것이었다.

하지만 놀란 그녀와는 다르게 몸은 천장에 닿을 정도로 올라갔다가 빠르게 벽우진에게로 날아갔다.

"피가 튀면 안 되니까 여기 앉아 있어."

"네?"

"좀 잔인한 광경이 나올 수도 있으니까 두 눈을 감거나 고개를 돌려도 되고. 바깥의 풍경은 너무 익숙하려나?"

여전히 놀란 기색이 완연한 여인을 달래듯이 벽우진이 말했다.

하나 그런 벽우진의 부드러운 목소리에도 여인은 좀처럼 정신을 차리지 못했다. 자신에게 벌어진 일을 순간적으로 받아들이지 못한 것이었다.

그리고 그건 그녀를 희롱하던 사내들도 마찬가지였다.

"허, 허공섭물?"

"그게 말이 돼? 사람을 들어 올릴 정도가 되려면……!"

"제, 젠장!"

여인보다 몇 배는 더 놀란 듯한 표정으로 사내들이 빠르게 눈빛을 교환했다.

분명한 사실은 벽우진이 그들로서는 상상조차 하지 못할 고수라는 점이었다. 사술을 부렸을 수도 있지만, 이 정도 사술이라면 그들 같은 잡배 정도는 닭 모가지 비틀 듯이 꺾어버릴 수 있을 게 분명했다. 그래서 그들은 빠르게 의견을 교환했다.

'튀어?'

'저 정도 고수가 우리를 잡지 못할까?'

'그럼 어떡해!'

다급한 눈빛들이 쉴 새 없이 쏘아졌다.

그러면서 그들은 깨달았다. 벽우진이 왜 여인부터 데려갔는지 말이다.

'답은 하나뿐이다.'

'늙은이를 사로잡자!'

인질로 쓸 수 있는 여인을 눈 뜨고 코 베이듯이 빼앗겼지만, 아직 방법이 하나 남아 있었다. 다른 인질 후보가 그들을 향해 다가오고 있어서였다.

'살 수 있는 방법은 이것뿐이야!'

한눈에 보기에도 보잘것없어 보이는 노인네였다. 칼을 차기는 했지만 넷은 서진후를 그리 위험하게 보지 않았다.

눈빛이 강렬하고 체격이 나이에 어울리지 않게 탄탄해 보인다지만 그들은 네 명이었다. 또한 대결은 오로지 실력만으로 고하가 결정되지 않았다.

파아앗!

더구나 이곳은 그들의 앞마당이나 마찬가지인 곳. 똥개도 제집 앞에서는 반은 먹고 들어간다는 말이 있지 않던가.

그렇기에 네 명은 의견이 일치되기 무섭게 천천히 다가오는 서진후를 향해 몸을 날렸다. 나름 서로의 공격이 겹치지 않게 적당한 거리를 둔 채로 말이다.

"흥."

흉흉하기 짝이 없는 기세로 전력을 다해 덮쳐드는 네 명이었지만 정작 그들을 보고 있는 서진후의 표정에는 가소로움이 가득 담겨 있었다.

지들 딴에는 자기들에게 승산이 있다고 생각해서 덤벼든 것이겠지만 그건 착각이고 오만이었다. 썩은 동태 눈깔 같은 안목으로 애초에 그의 무경을 꿰뚫어 보기란 요원했으니까.

"흐아압!"

"차합!"

한편 달려들던 네 명은 속으로 쾌재를 불렀다.

지근거리까지 도착했음에도 서진후가 아무런 반응을 보이지 않았다. 그것은 달리 말하면 반응조차 못 했다는 소리였기에 넷은 동시에 야비한 미소를 머금었다. 의외로 일이 쉽게 풀릴 것 같았다.

'제아무리 고수라도 일행이 사로잡히면 별수 없지!'

'이참에 저놈의 무공을 쪽쪽 빨아먹어야겠어! 그럼 나도 고수가 될 수 있다!'

두려움이 사라진 자리를 탐욕이 차지했다. 사람을 들어 올릴 정도의 고수가 익힌 무공을 빼앗는다면 자신도 그만큼 강해질 수 있으리라 생각한 것이다.

그래서 그들은 보지 못했다. 서진후의 입가에 맺혀 있는 싸늘한 미소를 말이다.

스극.

미약한 소리와 2층에 울려 퍼졌다. 하지만 그 소리로 인한 결과는 결코 가볍지 않았다.

달려들던 네 명의 손이 팔목에서부터 잘려 바닥으로 떨어졌다.

쨍그랑!

병장기를 쥐고 있던 손목이 날아갔기에 제법 큼직한 소리가 울렸다. 그러나 이내 그 소리는 비명 소리에 가려졌다.

"끄아악!"

"내, 내 손목!"

"크헝헝헝!"

단 한 번의 칼질로 넷의 손모가지를 날려 버린 서진후가 굳은 얼굴로 검에 묻은 피를 털어냈다.

그리고 마치 지저분한 오물이라도 묻은 양 정색한 얼굴로 검을 휘두르며 입을 열었다.

"다른 사람의 고통은 신경도 쓰지 않는 것들이 꼭 제 몸만은 금쪽같이 여기지."

볼썽사납게 울고 자빠져 있는 네 명을 싸늘한 눈빛으로 내려다보며 서진후가 코웃음을 쳤다. 역시나 예상했던 대로 넷은 시정잡배 수준을 벗어나지 못했다.

무인이라는 말이 아까울 정도의 모습에 서진후는 혀를 차며 네 사람에게 다가갔다.

"히끅!"

여전히 검을 늘어뜨린 채로 다가오는 서진후의 모습에 악을 쓰며 바닥을 구르던 네 명이 퍼뜩 정신을 차리며 뒷걸음질 쳤다.

본능적으로 서진후와 거리를 벌리는 그 모습에 서진후의 눈매가 꿈틀거렸다.

"거기서 더 움직이면 이번에는 다른 쪽 팔도 잘라주마."

스슥!

스산한 서진후의 말에 멀쩡한 왼손과 두 다리로 기어가던 네 명이 동시에 멈춰 섰다. 하나만 날아갔음에도 고통이 어마어마한데 반대쪽 손도 날린다고 하자 식겁하며 멈춘 것이다.

"제, 제발 목숨만은……!"

"한 번만, 제발 한 번만 살려주십시오!"

"살려주시면 앞으로는 개과천선해서 살겠습니다."

네 명이 일제히 바닥에 머리를 조아렸다. 그리고 생사가 서진후의 손에 달려 있다는 것을 잘 알았기에 간절하게 매달렸다.

그중 한 명은 서진후의 바짓가랑이라도 붙잡으려는 듯이 천천히 다가왔다.

쿠웅!

하나, 서진후는 접근을 허락하지 않았다. 이들과 같은 족속들의 수법에 대해서 너무나 잘 알았기에 진각으로 아예 다가오는 것을 원천 봉쇄한 것이다.

"히끅!"

살기가 줄기줄기 뿜어져 나오는 안광에, 기어서 접근하던 네 명이 눈빛만으로 압도당한 채 바짝 얼어붙었다.

"개과천선하겠다고?"

"예, 옙!"

"앞으로는 착하게 살겠습니다!"

"그 전에 너희들이 해야 할 일이 있다."

창백한 안색으로 대답하는 네 명을 차례대로 훑어보며 서진후가 차갑게 말했다.

그러자 네 명이 동시에 고개를 주억거렸다.

"이 마을의 암흑가에 대해서 설명해라."

"그, 그건 갑자기 왜 물어보시는지요?"

"싫다면 어쩔 수 없고."

웅웅웅!

늘어뜨려져 있던 검에서 시퍼런 검기가 솟구쳤다. 불꽃처럼 활활 타오르는 모습으로 검신을 타고 일렁이는 모습에 네 명의 안색이 새하얗게 변했다.

"마, 말하겠습니다!"

"무엇이든 물어보십시오!"

"알고 있는 건 전부 다 말하겠습니다!"

"따라와라."

검기의 표출과 함께 확연하게 달라진 네 명의 태도에 서진후가 싸늘하게 말했다. 그리고 아무래도 일반 양민이 보기에는 정신적으로 좋지 않기에 사내들을 데리고 이동했다.

물론 뒤를 허락하지는 않았다. 짐승 같은 놈들이니 등을 보이면 무슨 짓을 할지 몰랐기에 서진후는 네 명을 앞장세우고서 1층으로 내려갔다.

"이왕 시작한 거 확실하게 매듭짓고 와."

"예."

서진후가 맡겨만 두라는 듯이 단호한 얼굴로 계단을 내려갔다. 아마도 오늘 마을의 뒷골목에서는 곡소리가 쉬지 않고 터져 나올 터였다.

"가, 감사합니다."

"다치신 곳은 없습니까?"

"예, 예. 괜찮아요."

"집에 데려다 드리겠습니다."

아직도 충격에서 헤어 나오지 못한 여인을 부드럽게 달래주듯이 벽우진이 말했다. 어린 나이인 데다가 몹쓸 일을 당할 뻔했기에 정신적으로 받은 충격이 상당할 터였기에 자신이 직접 데려다줄 생각이었다.

"그보다, 괜찮으시겠어요?"

"저희요?"

"네에."

재촉하지 않고 충분히 추스를 때까지 기다려 주는 벽우진의 모습에 여인이 어느 정도 놀람을 가라앉히고는 조심스럽게 물었다. 그녀가 보기에도 두 사람은 범상치 않은 무인으로 보였지만 숫자에는 장사가 없다는 생각이 들었기 때문이다.

게다가 이곳은 저들의 앞마당이고, 둘이 같이 있어도 안전할까 말까인데 한 명씩 따로 움직이고 있었기에 그녀의 걱정은 당연했다.

"걱정은 안 하셔도 됩니다. 사제를 약하게 키우지 않았거든요. 고작 이 정도에 다칠 정도라면 제 사제라는 이름표를 떼야죠."

"예?"

여인은 무슨 말을 하는 것인지 제대로 이해하지 못한 채 두 눈을 껌뻑거렸다.

그 모습에 벽우진은 그저 빙그레 웃어 보이기만 했다.

"걱정 안 하셔도 된다는 말입니다. 저희는 곤륜파의 제자들 이거든요."

"아아!"

여인의 얼굴이 대번에 밝아졌다.

강호와는 무관한 삶을 살아가는 사람이었지만 그렇다고 듣지 못하는 것은 아니었다. 그래서인지 그녀는 크게 안도하는 표정을 지었다.

"물론 저희들이 처리한다고 해서 한순간에 모든 일이 해결되지는 않겠지만, 그래도 조금은 나아질 거라고 생각합니다. 의외로 여기는 곤륜산과 멀지 않거든요."

"그, 그런가요?"

"예, 범인들에게는 좀 먼 거리겠지만, 저희 같은 무인들에게는 그리 먼 거리가 아닙니다. 또한 여기로 청하상단이 자주 온다고 하더군요. 아까 고놈이 제 사제이자 청하상단의 전대 단주입니다."

"저, 정말요?"

여인의 눈빛이 달라졌다. 아무래도 곤륜파보다는 청하상단이 그녀에게는 더 가까웠으니까.

"네, 그러니까 너무 걱정하지 마시길. 내일 아침이면 오늘의 일은 깔끔하게 해결되어 있을 겁니다."

"감사합니다, 감사합니다."

"아닙니다. 저희는 해야 할 일을 한 것뿐입니다. 백도인이자 한 명의 무인으로서 악인을 정리하는 건 당연히 해야 하는 일이니까요. 물론 제가 협객은 아닙니다만."

벽우진은 연신 허리를 숙이며 감사함을 표하는 그녀를 만류하며 객잔을 나섰다.

물론 선금으로 계산하고 음식을 치우지 말라고 지시하는 것도 잊지 않았다. 음식이 식기 전에 돌아올 자신이 있었기 때문이다.

한편 서진후를 이끌고서 마을의 뒷골목을 걸어가던 네 명은 은밀히 눈빛을 주고받았다.

지금은 비록 꼴사납게 안내나 하고 있지만, 이 상황은 도착과 즉시에 뒤바뀔 터였다. 제아무리 고수라고 쪽수에는 장사가 없었다. 더구나 엄청난 고수인 벽우진도 없었기에 넷은 충분히 승산이 있다고 생각했다.

'이 노괴만 죽이고 튀면 된다.'

네 명이 똑같은 생각을 했다. 벽우진은 죽일 수 있을 거라는 생각이 전혀 들지 않았지만 서진후는 달랐다.

그런데 네 명은 몰랐다. 서진후가 그들의 생각을 모조리 꿰뚫어 보고 있다는 사실을 말이다.

"흑사방이라. 이름하고는. 검은 뱀 말고 다른 참신한 이름은 짓지 못하는 거냐? 적사방, 백사방, 흑사방. 뭔 뱀을 그렇게 좋아하는지."

"여, 열까요?"

혀를 끌끌 차는 서진후를 향해 염소수염을 가진 가장 왜소한 체구의 사내가 눈치를 보며 물었다.

그 말에 서진후는 생각할 필요도 없다는 듯이 대꾸했다.

"어."

"그럼 열겠습니다."

끼이익.

염소수염의 사내가 조심스럽게 문을 열었다.

그러면서도 그는 언제라도 도망칠 수 있도록 두 다리에 힘을 주었다. 오른손은 날아갔지만 아직 두 다리는 건재했기에 사내는 문을 열면서 두 눈을 뒤룩뒤룩 굴렸다.

"호오."

잠시 후 문이 열리고 보이는 광경에 서진후가 묘한 표정을 지어 보였다. 활짝 열린 문 너머에는 백 명은 훌쩍 넘을 법한 인원이 각기 다른 병장기를 들고서 흉흉한 분위기를 연출하고 있었다.

게다가 놀랍게도 그중에는 일류무사 정도 되어 보이는 이들도 꽤 보였다.

쾅!

그 사이 들어왔던 문이 닫혔다.

서진후가 발걸음을 옮기기 무섭게 이곳까지 안내했던 네 명 중 하나가 번개같이 문을 닫아버린 것이었다. 그뿐만 아니라 얼굴 가득 야비한 조소를 머금었다.

"넌 뒈졌어, 노인네야."

"흠."

방금 전까지 설설 기던 모습이 연기였다는 듯이 사내의 표정은 삽시간에 바뀌었다.

하지만 그 모습을 보고도 서진후는 별다른 변화를 보이지 않았다. 대신 수하들을 앞에 두고 있음에도 비대한 체구가 한눈에 보이는 뚱뚱한 중년인을 바라봤다.

"네놈이 방주인 모양이로군."

"맞아. 네놈이 살려달라고 사정사정해야 하는 상대지. 일단 두 손과 두 발이 잘린 후에 말이지."

"후후후."

"웃어?"

흑사방주가 어처구니없다는 표정을 지었다. 도대체 무슨 자신감으로 웃는 것인지 이해가 되지 않아서였다.

단순히 숫자만 많은 게 아니었다. 어중이떠중이라고 보기 힘든, 진짜 무인들이 그의 휘하에 있었기에 흑사방주는 어이가 없는 얼굴로 서진후를 노려봤다.

"쥐새끼들이 아무리 많아 봤자 쥐새끼일 뿐이지. 사자는커녕 늑대라도 잡을 수 있을까."

"뭐라고?"

"늙은이가 감히!"

서진후의 말에 여기저기에서 살기와 살의가 솟구쳤다. 병장기를 든 방도들이 살기로 번들거리는 안광을 줄기줄기 뿌려대며 그를 노려봤다.

하지만 그 흉흉한 기세에도 서진후는 눈 하나 꿈쩍이지 않았다. 그저 벽우진을 따라 하듯 여유롭게 팔짱을 꼈다.

"하나는 마음에 드네. 일일이 찾으러 다니지 않아도 되니."

"아무래도 팔다리 하나 정도는 잘라내야 정신을 차리겠어."

광오해도 그렇게 광오할 수가 없는 발언에 흑사방주가 헛웃음을 흘렸다.

그와 동시에 흑사방주의 앞을 지키고 있던 방도들 중 열댓 명이 조용히 앞으로 나섰다. 흑사방주의 명령대로 팔다리 중에 하나를 잘라 버리기 위해서였다.

하지만 일류무사들이 다가오고 있음에도 서진후의 표정은 변함이 없었다.

'예전이었다면 긴장했겠지만······.'

다가오는 흑사방도들을 주시하며 서진후가 속으로 피식 웃었다.

벽우진을 만나기 전이었다며 지금과 같은 자신감을 보이지 못했을 터였다. 불완전한 무공도 무공이지만 그의 육체는 한참 전에 전성기를 지난 상태였으니까.

그러나 지금은 달랐다.

스으읏.

순식간에 포위망을 구축하며 다가오는 흑사방도들을 오만하게 응시하며 서진후가 허리춤에 있던 검을 뽑아 들었다.

그러자 흑사방도들이 일제히 달려들었다. 하나같이 매섭고 강맹한 살초를 뿌리며 그에게 쇄도했던 것이다.

그뿐만 아니라 그를 여기까지 안내했던 네 명도 호시탐탐 기회를 노렸다.

"목숨은 살려두어라. 너무 쉽게 죽이면 재미없으니까. 왜 이딴 오기를 부렸는지에 대해서 들어보아야 하기도 하고."

흑사방주가 심드렁한 얼굴로 지시를 내렸다. 따로 말을 하지 않으면 수하들의 손에 서진후의 사지 육신이 갈가리 찢겨나갈 것 같아서였다.

그러나 그 생각은 얼마 가지 않아 감쪽같이 사라졌다.

쯔어억!

느릿한 서진후의 일격에 전방과 좌우에서 압박하며 달려들던 열두 명의 수하들이 모조리 양분되어 바닥을 나뒹굴었기 때문이다.

심지어 자신들이 베였다는 사실조차 모르는 듯이 흑사방도들은 하반신을 잃어버린 채로 서진후에게 다가오던 그대로 바닥으로 엎어졌다. 영문도 모르는 채로 즉사한 것이다.

"어어?"

그 광경에 흑사방주는 물론이고 여기까지 안내했던 네 명이 기겁한 표정을 지었다. 흑사방에서 최정예라 할 수 있는 이들의 허무한 죽음에 경악할 수밖에 없었다.

하지만 이건 시작에 불과했다.

저벅저벅.

단칼에 열두 명을 썰어버린 서진후가 무표정한 얼굴로 흑사방주를 향해 걸음을 옮겼다.

"주, 죽여!"

오로지 자신만을 주시하며 다가오는 서진후의 모습에 흑사방주가 넙데데한 얼굴에 식은땀을 폭포수처럼 흘리며 소리쳤다. 팔다리를 자르는 게 아니라 목을 잘라서 죽여야 한다는 사실을 뒤늦게 깨달은 것이다.

하지만 이 역시 바람에 불과했다.

서걱.

일제히 달려드는 흑사방도들을 서진후는 무표정한 얼굴로 썰어버렸다.

조금의 망설임도 없이 도륙하는 그 모습에 흑사방주가 자리에 철퍼덕 주저앉았다. 마음 같아서는 당장 뒤로 돌아서서 도망치고 싶었지만, 자신을 주시하는 서진후의 눈빛 때문에 몸이 굳어서 도저히 움직일 수가 없었다.

"히, 히에엑!"

챙그랑.

달려드는 족족 목이 잘리고 심장이 갈리는 모습에, 덤벼봤자 개죽음만 당한다는 것을 깨달은 흑사방도들이 뿔뿔이 흩어졌다.

퍼퍼퍼퍽!

하지만 그중에 장원을 벗어난 이는 없었다. 결국, 손가락에서 뿜어져 나가는 지풍에 뒤통수가 터져 나가거나 부상을 입어 더 이상 움직이지 못했다.

저벅저벅.

순식간에 장원 안을 평정한 서진후가 느릿하게 걸음을 옮겨 흑사방주를 정확히 노려보며 다가갔다.

그러자 흑사방주가 딸꾹질을 하기 시작했다.

"살짝 고민했었는데, 역시 괜한 고민이었어. 쓰레기는 보이는 족족 치워 버리는 게 맞는 것인데."

"나, 날 건드리면 너는 물론이고 네 가족들도 무사하지는 못할 것이다! 내 뒤에 누가 있는지 아느냐!"

"호오. 믿을 만한 뒷배가 있다? 하긴. 그러니까 그딴 몸을 가지고도 이런 세력을 가지고 있었겠지. 믿을 게 없는데 아래 있는 놈들이 가만히 있을 리가 없지."

"지금이라도 늦지 않았다. 왔던 길을 되돌아간다면……!"

"그래도 복수하겠지. 물론 이 마을 사람들은 더 힘겨운 생활을 이어가야 할 테고."

서진후가 흑사방주의 말을 도중에 끊었다. 더 이상 들을 필요가 없다고 생각해서였다.

동시에 흑사방주의 얼굴이 새하얗게 탈색되었다. 서진후의 태도에서 무언가를 알아차린 것이다.

"야, 약속하겠다! 내 이름을 걸고! 지금이라도 멈춘다면 절대 해코지하지 않겠다! 하지만 날 죽인다면 귀호방이 가만있지 않을 것이다! 너는 물론이고 같이 있던 일행과 네 가족, 사문이 모조리 그 대가를 치를 거다!"

"허허허허."

말을 하면서 더 기세등등해져 가는 흑사방주의 모습에 서진후가 웃었다. 그 웃음에는 같잖다는 기색이 잔뜩 서려 있었다. 어디를 믿고 있나 했는데 고작해야 귀호방이라고 하자 실소가 절로 흘러나왔던 것.

"왜 웃는 거지?"

"난 또 북해빙궁이라도 나올 줄 알았는데. 귀호방? 고작 귀호방 따위를 믿고서 내게 큰소리를 친 거냐?"

"……."

북해빙궁이라는 말에 흑사방주의 얼굴이 굳었다.

어째 말투가 북해빙궁이 뒤에 있다고 해도 맞서 싸우겠다는 듯한 느낌이 들어서였다. 강북 무림을 뒤흔들고 있는 바로 그 북해빙궁과도 말이다.

"나도 궁금해지네. 과연 나에게 너를 망가뜨린 죄를 물을 수 있을지. 곤륜파를 적으로 돌릴 자신이 있는지 말이야."

"히끅!"

넙데데한 흑사방주의 얼굴이 시커멓게 변했다.

공동파가 몰락하고 귀호방이 나름 감숙성에서 위세를 떨친다고 하지만 감히 곤륜파와는 비교할 수 없었다. 수는 적지만 패선이라는 엄청난 고수가 곤륜파에 있기 때문이다.

더구나 십대호법이라 불리는 호법들의 실력은 감숙성에도

잘 알려져 있었기에 흑사방주는 순식간에 태세를 전환했다.

"소, 소인이 허언을 지껄였습니다! 한 번만, 한 번만 용서해 주십시오!"

"너무 내 말을 곧이곧대로 믿는 거 아냐? 만약에 내가 거짓말을 한 것이었으면? 귀호방이 두려워서 거짓을 말한 것일 수도 있잖아?"

"그, 그 정도 눈치는 있습니다."

장난기가 감도는 눈빛만 봐도 흑사방주는 알 수 있었다. 결코 빈말이 아니라는 사실을 말이다.

그렇기에 흑사방주는 엉거주춤하게 기어와 머리를 조아렸다. 어떻게든 목숨만은 보전하고 싶었다.

"그런 눈치가 있으면 욕심도 적당히 부렸어야지. 아무리 공동파가 몰락했다지만 이건 인간적으로 너무한 거 같지 않아?"

"죄, 죄송합니다!"

"사과는 나한테 할 게 아니지. 당사자들에게 해야지. 죽었다면 그 가족들에게 하고. 그런데 모두에게 할 수 있으려나 모르겠다."

"끄아악!"

엎드려 있던 흑사방주가 고통스러운 비명을 질렀다. 서진후가 지풍으로 그의 팔다리 힘줄을 끊어버려서였다.

이윽고 손목과 발목에서 흘러나오는 피가 땅바닥을 서서히 적시기 시작했다.

"다른 놈들도 마찬가지고."

퍼퍼퍼퍽!

검을 집어넣은 서진후가 양손으로 지풍을 날렸다. 죽어 버린 이들은 어쩔 수 없지만, 아직 살아 있는 이들이 그동안의 죗값을 받을 수 있게 친히 손을 쓴 것이었다.

그건 서진후를 이곳에 데려온 네 명도 다르지 않았다.

"끄으으윽!"

"으흑!"

여기저기에서 들려오는 신음 소리와 울음소리에도 서진후는 눈 한번 끔뻑이지 않았다. 그동안 마을 사람들을 괴롭히고 등골을 빼먹었을 것을 생각하면 이 정도는 양호하단 생각이 들었으니까.

그리고 엄밀히 따져서 복수는 그의 몫이 아니었다.

"어후. 지저분해. 냄새도 좀 역하고."

"오셨습니까."

"마무리는 잘 지은 거 같아?"

"예, 그동안 피해받은 사람들의 몫도 남겨두었습니다. 그냥 죽여 버리는 건 너무 관대한 처사 같아서요."

진짜 신선처럼 깃털 같이 바닥에 내려서는 벽우진을 향해 서진후가 보고했다. 죽이는 게 깔끔하기는 하지만 그래도 이들이 죗값을 제대로 치렀으면 했기에 이런 결정을 내린 것이다.

"잘했다."

"사형 말씀대로 조금 지저분하기는 하지만요."

"뭐, 어때. 가축을 도축할 때도 피는 흘리는 법인데. 사람이라고 해서 크게 다를 거 없다. 특히나 이런 녀석들에게는."

"아, 그리고 사문도 좀 팔았습니다. 귀호방을 거론하기에 저도 모르게 그만."

"귀호방은 뭐야?"

벽우진이 새끼손가락으로 귀를 후볐다. 지나가는 식으로라도 듣지 못한, 처음 듣는 이름이었다.

"요즘 시끄러운 문파 중 한 곳입니다."

"그래? 내가 신경 써야 해?"

"무시해도 됩니다. 제 선에서 해결 가능합니다."

"이야~! 우리 청범이 많이 컸어? 이런 말도 하고. 역시 사람은 능력이 있어야 해. 무경이 높아지니까 자신감과 자존감도 더불어 상승하잖아?"

"모두 다 사형 덕분입니다."

서진후가 옅은 미소를 지었다.

자신이 이럴 수 있는 게 다 벽우진 덕분이었다. 그가 든든한 버팀목이 되어주었기에 서진후나 청민이 마음대로 할 수 있었다.

"어련히 알아서 잘하겠지만 그래도 혹시 몰라서 하는 말인데, 마지막까지 신경 써. 이만하면 되었다고 생각하지 말고. 이왕 시작한 거 아예 끝장을 내버려."

"당연히 그럴 생각입니다. 다행스럽게도 저희 상단이 자주 가는 길목에 마을이 있기도 하고요. 귀호방이 나서지 못하도록 확실하게 해결할 작정입니다. 만약 전쟁을 선택하면……."

"진 호법 보내줄게. 청민이는 안 돼. 걔는 내가 없을 때 본산을 지켜야 하니까."

"감사합니다."

진구라면 차고 넘치는 수준이었기에 서진후가 고개를 끄덕였다. 그 혼자라면 조금 버거울지도 몰랐지만 태산권이라 불리는 진구가 합세한다면 얘기가 달라졌다.

"돌아가자. 음식 식기 전에 마저 먹어야지."

벽우진이 몸을 돌렸다.

그리고 그런 그의 뒤를 따라 서진후가 발걸음을 옮겼다. 벌레처럼 꿈틀거리는 흑사방주와 문도들을 버려두고서 말이다.

··· 제2장 ···
# 추면색귀(醜面色鬼)

오척단구의 작고 왜소한 체구를 가진 중년인이 밤거리를 거닐었다. 반달이 하늘 높이 맺혀 있는 야심한 시각이라 그런지 골목과 거리에는 그림자 하나 보이지 않았다. 그런데 그 어두컴컴한 거리를 중년인은 마치 훤히 보이는 것처럼 걷고 있었다.

　"흐흐흐흐."

　구름에 가려졌던 반달이 서서히 모습을 드러냄과 동시에 중년인의 얼굴이 드러났다.

　두 눈과 두 귀, 코와 입이 있기는 했지만 마치 마구잡이로 헝클어놓은 듯한 모습은 보는 이의 얼굴을 찌푸리게 만들었다. 삐뚤삐뚤한 이목구비는 같은 사람인지 의심이 갈 정도로 기괴했기 때문이다.

　한데 특이한 외모를 가진 중년인이 음흉하게 웃으며 담벼락 한 곳에 멈춰 섰다.

스윽.

아무도 없는 밤거리를 다시 한번 살펴본 중년인이 땅을 박찼다. 그리고는 작은 체구답게 날렵한 움직임으로 단숨에 담을 넘어 마당으로 들어갔다.

"흐으음!"

마당에 착지한 중년인이 깊게 숨을 들이켰다. 그러자 폐부 깊숙이 서늘한 밤공기가 들어왔다.

동시에 그의 눈 역시 반짝거렸다. 잠시 후에 느낄 쾌락에 벌써부터 흥분되었던 것이다.

트드득.

추악한 얼굴에 미소가 맺힘과 동시에 중년인의 손이 창문을 뜯었다. 그는 섬세한 손놀림으로 소리 없이 창문을 뜯어내 방 안으로 들어갔다.

"누, 누구세요?"

"흐흐흐. 오늘 밤 네 지아비니라. 처녀 귀신을 면하게 해줄"

"꺄아악!"

창문 사이로 들어오는 달빛에 서서히 드러나는 오척단구 괴한의 얼굴에 이불을 가슴께까지 끌어 올렸던 소녀가 새된 비명을 질렀다. 낯선 남자의 침입도 침입이지만 외모가 너무나 끔찍해서였다.

"웬 놈이냐!"

딸의 비명 소리에 방문이 벌컥 열렸다. 옆방에서 자고 있던 아비가 모습을 드러낸 것이었다.

그 뒤로 아내로 보이는 중년 여인과 아직은 앳된 티가 남아 있는 소년도 모습을 드러냈다.

하지만 세 사람의 등장에도 중년인은 실실 웃기만 했다. 부모가 나타난다고 해서 달라질 것은 없었다.

"허업!"

오척단구의 괴한에게서 흘러나오는 무시무시한 기세에 득달같이 달려들 것 같았던 애비가 바닥에 주저앉았다. 중년인이 흘리는 기세에 막중한 중압감을 느낀 것이었다.

그리고 그건 아들과 부인도 다르지 않았다.

"흐으읍!"

순식간에 바닥에 엎어져서는 가쁜 숨을 몰아쉬는 세 사람의 모습에 중년인이 그제야 흡족한 미소를 머금었다. 벌레처럼 벌벌 기는 모습을 보자 가슴 가득 우월감이 차올랐던 것이다.

"크흐흐흐! 그래, 그렇게 조아리고 있어라. 이 몸이 볼일을 다 볼 때까지."

"아, 아빠! 엄마!"

"그래, 아직 안 죽였으니까 넌 걱정하지 말고. 참고로 네가 어떻게 해야지 부모랑 동생이 무사할까?"

"……"

마른하늘에 날벼락과도 같은 상황에 열아홉이나 될까 말까 한 소녀의 동공이 격렬하게 흔들렸다. 아직 나이는 어리지만 괴한이 무엇을 노리고서 자신의 방에 들어왔는지 모를 수가 없었다.

그녀의 눈가에 눈물이 차오르기 시작했다.

"똑똑한 아이네. 본좌의 말을 바로 알아들었어."

"그, 그만두지 못하겠느냐!"

"허어. 네깟 놈이 어딜 감히!"

퍼억!

중년인이 표홀한 움직임으로 단숨에 장년인에게 달려들어 따귀를 날렸다.

그런데 따귀를 맞은 장년인이 벽까지 날아갔다. 중년인이 일반 양민에게 내공까지 사용한 것이었다.

"여보!"

"아빠!"

벽에 부딪힌 후 입에서 피를 토해내는 장년인의 모습에 부인과 아들이 비명을 질렀다.

꿀꺽!

반면에 침상 위에 있던 소녀는 마른침을 삼켰다. 지금 중년인이 보여준 행동은 어떻게 보면 그녀를 향한 경고나 마찬가지였기 때문이다. 자신의 뜻을 따르지 않으면 가족이 모두 죽게 될 거라는.

덜덜덜!

거기까지 생각이 닿자 소녀는 아무 말도 하지 못한 채, 신음도 억누른 채로 몸을 떨 수밖에 없었다.

주르륵!

동시에 그녀의 볼을 타고 눈물이 흘러내렸다.

가족들의 목숨이 걸려 있는 이상 그녀가 할 수 있는 일이라
고는 하나밖에 없었다.

　"날 만족시킨다면 가족들은 살려주마. 물론 너도 살려주고.
나도 사람인데 살인을 밥 먹듯이 하지는 않아."

　"저, 정말 약속하시는 건가요?"

　"물론. 대신 말했던 대로 날 만족시켜야 해. 날 아주 사랑스
럽다는 눈빛으로 계속 봐줘야 하고. 애무도 시키는 대로 해
야 해."

　"……알겠어요."

　죽었는지 살았는지 알 수 없는 부친의 모습에 소녀가 울면
서 고개를 끄덕였다. 그러고는 처연한 미소를 머금었다.

　"크흐흐흐! 잘 생각했다."

　미인이라는 범주 안에 충분히 들어가고도 남을 소녀의 미색
에 중년인이 흥분해서 소리쳤다.

　스르륵!

　예전이었다면 감히 거들떠보지도 못했을 미인이 알아서 이
불을 내리는 모습을 보자 심장이 미친 듯이 뛰었다. 하물 또
한 바지를 뚫고 나올 듯이 솟구쳤고 말이다.

　"흑! 흐흑!"

　"걱정할 것 없다. 고통은 잠시뿐이니까. 아니, 오히려 즐기게
될 것이다. 본좌가 생긴 건 이래도 잠자리 기술 하나는 끝내주
니까. 아마 나와 운우지락을 나누면 나에게서 떠나기가 싫을
것이다."

"안 된다, 이놈아!"

괴한의 일격에 정신을 차리지 못하고 있는 남편을 대신해 부인이 버럭 소리를 질렀다.

정체를 알 수 없는 힘으로 인해 몸을 움직이지가 쉽지 않았지만 '엄마는 강하다'라는 격언처럼 그녀는 악착같이 움직이면서 쉬지 않고 악을 썼다. 혹시라도 자신의 외침을 듣고 주변에 있는 이웃들이 도와주러 오지 않을까 싶어서였다.

"엄마! 안 돼요!"

하지만 그 모습에 딸은 기겁했다. 부친도 생사가 불분명한데 모친마저 그리된다면 제정신을 차리고 있을 수가 없을 것 같았다. 더구나 어린 남동생도 있었다.

지금만 참으면, 오늘 밤만 참으면 다시 평범한 일상으로 돌아갈 수 있을 것이기에 그녀는 간절하게 엄마를 불렀다.

"늙은 년이 주제도 모르고. 뒤지고 싶은 거냐?"

"자, 잠시만요!"

서서히 올라가는 주름 가득한 오른손에 소녀가 헐레벌떡 침대에서 내려왔다.

그로 인해 얇은 잠옷이 벗겨졌지만, 그녀는 아랑곳하지 않았다. 엄마가 맞는 것보다는 가슴이 조금 보이는 게 나았다.

"죽여! 죽이라고! 하지만 우리 딸은 안 된다!"

"그럼 네년을 죽이고 잡아먹으면 되겠네."

"잠깐만……!"

늙어도 예쁘기만 하다면 가리지 않는 게 중년인이었다. 지금껏 결혼한 여인을 강제로 품은 적도 수십 번이었고. 하지만 그는 못생긴 여자는 싫어했다.

때문에 조용히 만들려고 손을 들어 올렸는데 그 순간 한 줄기 소성이 방 안을 갈랐다.

푹.

푸하핫!

동시에 동전만 한 구멍이 뚫린 중년인의 손등에서 피가 솟구쳤다.

"끄아아악!"

"역시 악당들은 이기적이라니까. 남들은 아무렇지 않게 죽이면서 제 몸은 또 끔찍하게 여겨."

"이기적이라서 악당이라고 생각합니다. 착하고 선한 사람은 다른 이를 배려하게 마련이니까요."

"묘하게 말 되네."

투욱.

작은 방에 자리 잡은 창문 너머로 두 개의 인영이 나타났다. 소리 소문 없이 나타난 그들은 알 수 없는 말을 주고받았다.

"누, 누구세요?"

"일단은 협객이라고나 할까요? 아니면 해결사?"

고통에 지혈도 하지 못한 채 방방 뜨는 괴한에게서 딸을 데리고 최대한 멀리 떨어지며 중년 여인이 물었다.

그런 그녀의 눈동자에는 경계 어린 기색이 완연했다. 괴한 때문에 경계심이 극도로 올라간 것이다.

"해결사요?"

"예, 저놈을 잡으려고 왔거든요. 곤륜산에서 여기까지요."

"아……!"

곤륜산이라는 말에 중년 여인은 물론이고 딸과 아들의 동공 역시 확대되었다. 저잣거리에서 귀동냥으로 들은 게 있는 모양이었다.

"청범이 너는 아이의 부친부터 챙겨. 기식이 엄하다."

"예, 사형."

"그전에 저놈부터 잡아놓을까나."

추면색귀의 움직임이 심상치 않다는 소식을 들은 후 벽우진은 서진후와 함께 날밤을 새우며 이동했다.

한동안 잠잠히 있던 추면색귀가 본격적으로 활동할 기미를 보인다는 말에 잠까지 포기하고 수십 리를 달려온 결과, 벽우진은 간발의 차이로 일이 벌어지기 전에 도착할 수 있었다.

후우웅.

"무, 무슨……!"

늘 그렇듯이 뒷짐을 진 자세로 서 있던 벽우진이 왼손을 들었다. 그러자 악을 쓰며 비명을 지르던 추면색귀의 몸이 두둥실 떠올랐다. 예의 허공섭물의 기예로 추면색귀를 들어 방에서 빼낸 것이다.

"작은 놈이 목청은 좋네. 그 좋은 목청을 좀 좋은 일에 사용하지. 쯧쯧."

"누, 누구십니까?"

말도 안 되는 상황에 허공에서 허우적거리던 추면색귀가 벽우진을 쳐다봤다.

　자신을 띄운 자가 벽우진이라는 것을 한눈에 알아차린 그는 눈알을 쉴 새 없이 굴렸다. 호랑이에게 물려가도 정신만 차리고 있으면 살아나올 수 있다는 말처럼 일단은 말로 해결을 볼 작정이었다.

　"그건 알 거 없고. 넌 그냥 얌전히 날 따라오면 돼."

　"예?"

　"물론 반항해도 좋아. 그래도 넌 내 손에 끌려갈 테니까. 그러니 마음껏, 할 수 있는 것 다 해봐. 이왕이면 후회가 없는 게 좋잖아?"

　부르르르!

　벽우진이 히죽 웃었다. 모르는 사람이 보면 더없이 친절한 미소를 지으면서 말이다.

　하지만 추면색귀에게는 사신의 미소처럼 섬뜩하게 다가왔다.

　"아, 한 가지 잊을 뻔했네. 난 네 목숨만 붙여서 데려가면 되거든. 그러니 각오를 단단히 해두는 게 좋을 거야."

　"그게 무슨 말씀이신지……."

　"무슨 말이긴. 여기서도 은원은 확실하게 풀고 가야 한다는 말이지."

　추면색귀의 동공이 더 없이 크게 확대되었다.

　벽우진은 말을 하면서 아직 방 안에 남아 있는 일가족을 바라봤다.

"어……."

"걱정하지 마. 아직은 죽을 때가 아니니까."

"저, 저에게 왜 이러시는 겁니까?"

"말했잖아? 협객 놀음 중이라고. 넌 추악한 색마이니 당연히 협객의 손에 붙잡혀야 하지 않겠어? 그간 저질렀던 대가를 치르기 위해."

"사, 살려주십시오!"

추면색귀는 언제 일가족을 몰아붙였냐는 듯이 벽우진을 향해 두 손을 비비며 싹싹 빌었다.

아무리 자신이 왜소하고 가벼운 체격을 가지고 있다고 하나 그래도 성인 장정이었다. 한데 그런 자신을 손짓 하나로 가볍게 들어 올리는 모습에 추면색귀는 반항이라는 두 글자를 머릿속에서 지웠다. 또한 공격할 마음도 품지 않았다.

'덤벼봤자 개죽음이다!'

추면색귀의 머릿속에서 경종이 울렸다.

사귀(四鬼)의 일인인 그였지만 아무리 그라도 허공섭물로 사람을 띄울 수는 없었다. 그것도 저렇게 편안한 자세로는 더더욱.

때문에 추면색귀는 싸울 생각을 버리고서 납작 엎드렸다.

"아직 안 죽인다니까. 아직은 말이지."

꿀꺽!

아직이라는 두 글자가 추면색귀는 그렇게 두려울 수가 없었다. 저 말인즉슨 나중에는 죽인다는 소리였으니까.

추면색귀는 비틀려 있는 눈알을 정신없이 굴렸다.

"어, 어떻게 하면 살 수 있습니까?"

"네가 생각하기에 어떻게 하면 살 수 있을 것 같아?"

"……."

추면색귀가 말을 아꼈다. 본능적으로 섣불리 말하면 안 된다는 것을 알아차린 것이다.

동시에 머릿속으로 암담한 결과만이 떠올랐다.

그때 서진후가 다가와 말했다.

"일단 급한 불은 껐습니다, 사형."

"내상은?"

"급한 대로 제가 다스렸습니다. 찢어진 입안은 금창약을 발랐고요. 비 호법님의 특제 금창약이니 이틀 정도 푹 쉬면 흉터 없이 말끔하게 나을 겁니다."

"잘했다."

서진후의 보고에 고개를 주억거린 벽우진이 가볍게 지풍을 날렸다. 일가족의 안전이 확보되자 추면색귀의 마혈을 짚은 것이었다.

쿠웅!

"큭!"

그와 동시에 추면색귀가 바닥으로 떨어졌다.

벽우진이 더 이상 허공섭물을 펼치지 않은 것이다. 그로 인해 추면색귀는 볼썽사납게 바닥에 처박혔다.

"해혈할 수 있으면 해봐. 그럼 도망치는 걸 허락해 주지. 물론 놓아줄 수는 없지만."

"끄으응!"

"아마 쉽지 않을 거야. 다른 이도 아니고 이 몸이 직접 한 점 혈이니까."

얼굴을 땅바닥에 처박은 채로 추면색귀가 끙끙거렸다.

안 그래도 마혈이 짚힌 순간 그는 온갖 방법으로 해혈을 하려고 했다. 일단 해혈을 한 다음에 기회를 봐서 탈출할 계획이었다. 하지만 그가 알고 있는 모든 방법을 동원해도 점혈은 조금도 풀릴 기미를 보이지 않았다.

"그냥 데려가실 건 아니죠?"

"물론. 응분의 대가를 치르게 해야지. 평생 남을 상처를 주었는데. 최소한 그 상처가 덧나지는 않게 해야지."

벽우진의 시선이 서슬 퍼런 귀광을 번뜩이는 소녀에게로 향했다.

하지만 그런 소녀의 눈빛도 어미에 비하면 약과였다. 딸아이를 색마에게 빼앗길 뻔한 중년 여인은 살아 있는 원귀처럼 스산한 안광을 뿌리며 추면색귀만 뚫어져라 노려보고 있었다. 그 옆에는 이제 열대여섯 살로 보이는 남자아이가 언제 가져왔는지 빨랫방망이 두 개를 양손에 꼬나 쥐고 준비 중이었고.

"마음대로 하시죠. 이놈은 제가 확실하게 데려갈 것이니. 아마 오늘 이후로 다시는 보지 못할 겁니다."

"가, 감사합니다."

"이 은혜는 평생토록 잊지 않겠습니다, 대협!"

뒤늦게 감사 인사를 잊었다는 듯이 세 가족이 연거푸 벽우진을 향해 허리를 숙였다. 그리고 벽우진은 당연한 일을 했을 뿐이라는 듯이 손을 저었고.

하지만 그런 훈훈한 분위기는 얼마 가지 않았다. 일가족이 본격적으로 복수를 시작했기 때문이다.

"커허헉!"

야밤에 처절한 비명성이 터져 나왔지만 정작 그 소리는 마당 밖으로 벗어나질 못했다. 일가족이 마음껏 추면색귀를 두들겨 팰 수 있게 벽우진이 기막을 펼친 덕분이었다.

"죽어!"

"그렇다고 진짜 죽이면 안 됩니다. 그놈은 아직 해야 할 일이 있거든요."

살기등등한 두 모녀를 적절히 말리며 벽우진은 기다려 주었다. 그녀들의 한이 개운하게 풀릴 때까지.

땅! 따앙! 땅!

고요한 산중에 경쾌한 타격음이 들려왔다.

이른 아침임에도 곤륜산 유일의 대장간에서는 뜨거운 열기가 쉴 새 없이 뿜어져 나왔다. 그리고 굴뚝에서 뭉게뭉게 솟아오르는 연기와 함께 타격음이 규칙적으로 울려 퍼졌다.

"오늘도 여기에 와 있느냐."

"소리가 좋지 않습니까?"

"좋긴 한데, 살기가 너무 짙어."

적당히 떨어진 공터에서 얼마 전에 완공된 대장간을 지켜보고 있는 청민에게로 진구가 걸어왔다. 이제 막 잠에서 깼는지 부스스한 머리는 그가 아직 세수조차 하지 않았음을 알려주었다.

"어쩔 수 없지 않습니까. 그런 일을 당했는데."

"알지. 그러니까 별말 안 하고 있는 거고. 다른 형님들도 마찬가지야. 손녀를 낳아본 적은 없지만, 손녀를 잃는다는 게 어떤 느낌일지 이제는 다들 잘 아니까."

비몽사몽이었던 진구의 표정이 한순간에 싹 변했다.

손녀나 마찬가지인 심소혜가 만약 그런 일을 당했다고 상상하는 것만으로도 그는 살기를 주체하기가 힘들었다.

아마 대장간에 있는 노인도 이와 마찬가지일 터였다.

"저 역시 평정심을 유지하지 못할 것 같습니다."

"그게 정상이지. 암. 그렇지 않으면 그건 사람이 아니지."

"근데 전 아이가 더 눈에 밟힙니다."

"손자 말이냐?"

어떤 의미로 말하는 것인지 단박에 알아차린 진구가 두 눈을 반짝거렸다.

"예, 왠지 어릴 적 저를 보는 것 같아서요. 아, 상황이 아니라 재능적인 부분이요. 특출한 거 하나 없지만 그래도 묵묵히 제할 일을 하는 모습이 제 어릴 적을 떠올린다고나 할까요. 어린 녀석이 일찍 철들어서 할아버지를 돕는 것도 대견스럽고요."

"좀 그런 구석이 있지. 아무래도 철이 일찍 들 수밖에 없는 상황이니까. 그런데 참 너도 장문인이랑 비슷해."

"조금 독특하죠?"

"조금이라고 생각해?"

진구가 코웃음을 쳤다.

그가 생각하기에는 결코 조금이라 표현할 수 있는 수준이 아니었다. 게다가 독특이라는 말보다는 특이하다는 말이 더 잘 어울렸다. 그로서는 왜 이 아이들을 선택했는지 의문이 들었으니까.

"인연이라서 그런가 봅니다."

"그 말처럼 무책임한 말도 없다는 거 잘 알지? 인연은 오는 것이기도 하지만 찾는 것이기도 하다. 장문인이나 너나 충분히 노력하면 더 재능 있는 아이들을 거둘 수 있을 텐데. 예전이야 꼬드기는 게 쉽지 않다지만 지금은 상황이 완전히 달라졌잖아? 여기저기에서 문의가 들어오는 마당에."

"호법님의 말씀대로 찾아다닐 수도 있죠. 그런데 이런 것도 나쁘지 않다고 생각합니다. 지금 있는 아이들만 봐도 분란 없이 잘 어울리잖아요. 인성적으로도 두말할 필요가 없고."

"그건 인정."

진구가 순순히 고개를 주억거렸다.

한두 명 정도는 골머리를 썩여도 이상하지 않은데, 사부가 벽우진인데도 이상하게 아이들은 착하고 순수했다. 보고도 믿기지 않게 말이다.

"그래서 그런지 저도 인성을 먼저 보게 되는 것 같습니다."

"동정은 전혀 없고?"

"그 부분도 아예 없다고는 할 수 없죠. 그리고 선택은 혁문이가 하는 것이니까요. 거절하면 저로서는 어쩔 수 없지요."

"흠."

진구는 더 이상 묻지 않았다. 사제 관계는 오로지 둘만의 문제였기에 그가 나설 일은 아니었다.

다만 그도 제자에 대해서 진지하게 생각하게 됐다. 그가 익힌 무공을 자신의 대에서 끝낼 수는 없었으니까.

'나도 슬슬 진지하게 생각할 때가 되기는 했지.'

그리 생각하면서도 진구는 다른 형님들을 떠올렸다. 나이가 한참이나 많은 다른 호법들은 아직도 제자들을 구하고 있지 않았다.

'더 살 자신이 있으신 건가.'

설백만 하더라도 정말 한참 늦은 나이였다. 그런데 제자를 딱히 구하고 있지 않기에 진구는 고개를 갸웃거렸다.

따앙! 땅!

그러는 사이에도 망치질은 멈추지 않고 이어졌다. 더불어 치솟는 살기도 좀처럼 가라앉을 기미를 보이지 않았다. 추면색귀를 떠올리며 망치질을 하는 것인지 뜨거운 열기 속에서 북풍한설과도 같은 살기가 흘러나왔다.

"마음을 다스리는 것일 겁니다. 여기까지 오는 동안 손이 굳기도 했을 테고요."

"혹시 직접 찌를 칼을 만드는 거 아냐? 장문인이 직접 갔으니 사로잡는 거야 당연할 테니."

"그럴 수도 있지요."

"왔군."

진구의 시선이 산문 쪽으로 향했다. 멀리서 익숙하고 낯선 기운이 느껴져서였다.

물론 벽우진의 기운은 느껴지지 않았다. 워낙에 귀신처럼 감쪽같이 자신의 기운을 갈무리하는 사람이었기에 진구가 느낄 수 있는 기운은 청범과 외부인뿐이었다.

"역시 빨리 오셨네요."

"능력은 확실히 있는 사람이니까. 하오문도 도와주니 사로잡지 못하는 게 오히려 이상하지. 사귀 정도쯤이야."

육귀의 일인이었던 혈광도귀를 직접 처리했던 이가 바로 진구였다. 그렇기에 사귀의 수준에 대해서는 누구보다 잘 알았다.

"가시죠."

"그래, 가야지. 얼굴 안 비치면 또 뭐라고 할 게 분명하니."

"허허허허."

방금 전과는 완전히 다른, 풀 죽은 기색의 진구를 보며 청민이 어색하게 웃었다.

그러나 발걸음을 멈추지는 않았다. 청민이 생각하기에는 자업자득적인 면도 없지 않아 있어서였다.

오랜만에 본산을 찾은 서진후와 함께 벽우진은 산문을 넘었다.

물론 추면색귀는 점혈에 이어 사지가 꽁꽁 묶인 채로 서진후의 손에 들려 비탈길을 오르는 중이었다. 마혈에 이어 아혈까지 점혈당한 상태로 말이다.

"읍! 으읍! 읍!"

그로 인해 알 수 없는 괴상한 소리를 내고 있었지만 정작 벽우진과 서진후는 태연한 얼굴이었다.

심지어 무슨 일을 당했는지 추면색귀의 얼굴에 피멍이 가득했지만 둘은 아무런 신경도 쓰지 않았다. 처음 봤을 때 말했던 대로 숨만 붙어 있으면 된다는 듯이 추면색귀의 상태에는 아예 관심을 두지 않았다.

"잘 다녀오셨습니까?"

"간만에 마실 좀 제대로 다녀왔지. 감숙성 분위기도 보고. 본산에 별일은 없었지?"

"예, 사형께서 신경 쓸 만한 일은 없었습니다. 따로 하오문에서 알려온 것도 없었고요."

"두 사람은?"

"대장간에 있습니다."

척하면 척이라는 말처럼 청민은 단번에 알아들었다.

그러자 벽우진이 흡족한 듯 고개를 끄덕였다.

"시간 끌 필요 있나. 바로 가자."

"제가 모시겠습니다."

"청범은 어떡할래? 예지 보러 가도 되고."

벽우진이 고개를 돌렸다. 굳이 서진후까지 따라갈 필요는 없다는 생각이었다.

"그럼 전 예지에게 가보겠습니다. 다른 애들도 얼마나 발전 했는지 궁금하기도 하고요."

"겸사겸사 나랑도 한판 하는 거 어때? 오랜만에. 보아하니 몸이 슬슬 근질거릴 때 같은데."

"그래주시면 감사하죠."

진구의 말에 서진후가 불감청 고소원이라는 듯이 대답했다.

안 그래도 청하상단 내에서는 적수가 없어 홀로 수련하던 그였다. 그런데 고수 중의 고수라고 할 수 있는 진구가 상대를 해준다면 그에게 있어 더할 나위 없이 좋았다.

"좋아. 바로 가자고. 어차피 좋은 꼴은 못 볼 테니까."

"저는 이미 많이 보고 와서요."

"그래 보이네."

진구의 시선이 짐짝처럼 들려 있던 추면색귀로 향했다.

어린 시절 못생긴 외모로 인해 따돌림을 받아 삐뚤어진 성 격으로 자라게 되었다는 사실을 들어서 알고 있었지만 그럼에 도 추면색귀의 죄는 사라지지 않는다.

좀 더 좋은 방향으로 생각할 수도 있었지만, 추면색귀는 자 신의 열등감을 자기보다 약한 여자에게 푸는 것으로 해소했 다. 가장 악질적인 방법으로 자신의 욕망을 표출한 것이다.

때문에 진구는 조금도 추면색귀를 불쌍하다고 생각하지 않았다.

"색귀 놈은 청민이 들어."

"예, 사형. 근데 새끼라고 욕한 건 아니죠?"

"욕하면 좀 어때. 우리끼리만 있는데."

"그래도 이제는 체면을 좀 신경 쓰셔야 합니다. 단둘뿐이던 경내가 아니에요."

청민이 서진후에게서 추면색귀를 받으며 조심스럽게 말했다.

사람이 없던 예전이야 상관없다지만 이제는 아니었다. 더구나 곤륜패선의 이름이 청해성과 감숙성 너머 중원 전역으로 알려지고 있었기에 청민은 벽우진이 좀 더 품위에 신경 썼으면 좋겠다고 생각했다.

"이제 와서 위엄을 차리는 게 더 이상하지 않을까?"

"그러니까 차차 변해가는 모습을 보이셔야죠. 한 번에 변하면 다들 이상하게 생각할 테니까요."

"내 성격에 안 맞아. 난 나대로가 좋아."

"하아."

"뭐야? 지금 내 앞에서 한숨 쉰 거야?"

벽우진이 눈을 부라렸다.

하지만 아무리 그가 강렬한 안광을 뿌려도 흔들릴 청민이 아니었다.

그것을 증명하듯 청민은 추면색귀를 한 손에 들고서 대장간이 있는 곳으로 말없이 걸어갔다.

"와, 이제는 하늘 같은 사형의 말도 무시하네. 엄청 컸어, 우리 청민이."

"그런 거 아닙니다. 잠깐 생각할 게 있어서요."

"변명에 불과하지, 그건."

벽우진이 투덜거렸다.

하지만 더 이상 뭐라 하지는 않았다. 그저 규칙적인 소리가 들려오는 대장간을 향해 발걸음을 옮겼다.

끼이익.

대장간에 도착한 청민은 곧바로 문을 열었다. 어차피 두드려 봤자 안에서는 잘 들리지 않는다는 사실을 그간의 경험으로 알고 있어서였다.

"어후, 열기. 아주 그냥 활활 불타오르네."

"대장간이니까요."

"한여름에는 쩌 죽겠는데?"

완성된 대장간에는 처음 들어온 벽우진이 약한 소리를 했다. 그 정도로 안쪽에서 뿜어져 나오는 열기는 어마어마했다.

"자, 장문인!"

"오랜만이다, 혁문아. 잘 지냈지?"

"네, 넵!"

"너무 긴장하지는 말고. 이놈이 누군지는 알겠지?"

한걸음에 달려 나온 배혁문의 머리를 쓰다듬으며 벽우진이 추면색귀를 가리켰다.

그러자 배혁문의 눈빛이 달라졌다.

얼굴에 피멍이 들고 머리카락이 상당 부분 뜯겨 나갔지만 그렇다고 못 알아볼 정도는 아니었기에 배혁문은 몸을 부르르 떨며 추면색귀를 노려봤다.

"이, 이놈!"

뒤이어 인기척을 느끼고 출입구 쪽으로 나오던 배율석이 야차와도 같은 얼굴로 걸어 나왔다.

하지만 섣불리 손을 쓰지는 않았다. 대신 실핏줄이 터진 두 눈으로 추면색귀를 뚫어져라 노려봤다.

"말했던 대로, 잡아왔소이다."

"감사합니다. 감사합니다, 장문인!"

"상태가 안 좋은 건 그간 저질렀던 악행의 대가를 받은 것이외다. 그래도 숨은 붙어 있으니 마음대로 하시구려."

"크헝헝헝!"

벽우진의 말이 끝나기 무섭게 배율석이 바닥에 엎어져 눈물을 뚝뚝 흘렸다. 추면색귀를 보니 죽은 손녀가 생각나는 모양이었다.

잠시 동안 처절하게 눈물을 흘리던 배율석은 이내 고개를 번쩍 들어 올렸다. 그러고는 보는 것만으로도 간담을 서늘하게 만드는 몇몇 도구들을 가져왔다.

"나가 있겠느냐?"

"저도 보겠습니다. 누나의 복수를 할 자격이 저에게도 있으니까요."

"알았다."

어떤 용도로 사용하는 것인지 모를 수가 없는 도구들을 양손에 가득 쥔 채로 배율석이 고개를 주억거렸다.

나이는 어려도 손자 역시 추면색귀에게 복수할 자격이 있었다. 게다가 이 정도에 흔들릴 성격도 아니었고.

다만 그 모습을 청민이 유심히 살펴보고 있었다.

"저희도 신경 쓰지 마시길."

"보기 흉하실 텐데……."

"무인에게 피는 일상이나 마찬가지입니다. 또한 고문도 의외로 쉽게 볼 수 있는 광경이죠. 그러니 마음 편히 하시면 됩니다."

"그럼."

배율석은 두 번 묻지 않았다. 대신 망치와 왠지 모르게 붉은빛이 도는 대못을 하나 쥐고서 추면색귀에게 다가갔다.

"끄아아악!"

시기적절하게 아혈을 해혈한 덕분에 대장간 안에서 추면색귀의 비명이 쩌렁쩌렁하게 울렸다.

그러나 그 고통 가득한 비명 소리는 대장간을 벗어나지 못했다. 혹시나 호법들이나 아이들이 추면색귀의 처절하고 더러운 비명 소리를 들을까 싶어 강기막으로 소리를 차단했기에 대장간 밖은 고요했다.

"사, 살려주십시오! 제, 제발!"

"……."

사지 육신에 하나씩 박히는 시뻘건 대못에 추면색귀가 눈물과 콧물을 쪽 빼며 말했다.

하지만 배율석은 대답하지 않았다. 그저 무심하고 무표정한 눈으로 망치질을 이어갈 뿐이었다.

차라리 분노하고 흥분하기라도 했다면 실수로라도 죽을 수 있을 텐데 배율석은 너무나 차분했다.

"금창약은 또 언제 준비했데."

"철두철미한 성격이더라고요. 저거 비 호법님 특제 금창약입니다."

"언제 또 구워삶은 거야?"

"저도 자세하게는 모릅니다."

벽우진은 물론이고 청민도 기가 질린 표정으로 차근차근 복수를 이어가고 있는 배율석과 그 옆에서 자리를 지키고 있는 배혁문을 조용히 응시했다.

··· 제3장 ···
# 뒤끝 있는 자들

나름 꽤 긴 여정을 끝마치고 왔지만 벽우진은 쉴 틈이 없었다.

　추면색귀를 추포하러 떠난 동안 업무들이 밀려 있었기에 이것부터 해결해야 했다.

　청민이 있다고는 하지만 곤륜파 대소사의 최종 결정권자는 그였기에 결국 일에 파묻힐 수밖에 없었다.

　"어후. 왜 이렇게 봐야 할 서류들이 많은 거야. 얼마나 떠나 있었다고."

　책상 위에 탑처럼 쌓여 있는 서류 더미들을 쳐다보며 벽우진이 고개를 저었다. 글은 또 왜 이렇게 빼곡하게 적혀 있는지, 그냥 보는 것만으로도 머리가 아파 왔다.

　똑똑똑.

　"사형, 저 청범입니다."

"들어와."

선뜻 손이 가지 않는 서류들을 노려보고 있을 때 서진후의 목소리가 들어왔다.

그런데 서진후의 곁에는 서예지도 있었다.

"좋은 아침입니다, 사형."

"난 좋지 못하다."

"허허허."

뚱한 벽우진의 대답에도 서진후는 웃었다. 이런 모습이 하루 이틀이 아니다 보니 이제는 적응이 된 것이다. 서예지도 마찬가지였고.

"어제 좀 격렬하게 대련하는 거 같던데?"

"근래 작은 깨달음이 있었거든요."

"그래?"

"예, 물론 실마리만 잡은 거라 진 호법을 넘을 수는 없었지만요."

"아직은 좀 힘들지."

벽우진이 의자에 삐딱하게 앉은 채로 두 사람에게 자리를 권하며 고개를 주억거렸다.

비천단을 먹고 환골을 이루며 서진후가 비약적인 성장을 이루었다고 하나, 아직 진구를 넘는 것은 무리였다. 적어도 십 년은 더 정진해야 따라잡을까 말까였다.

"그래도 점차 좁혀지고 있습니다."

"반대로 진 호법은 조급함을 느끼겠지. 정체된 지 꽤 오래되

였을 테니까."

"안 그래도 그래서인지 더 열심히 개인 수련을 하시는 것 같습니다. 아이들도 자주 봐주고요. 가르치면서 배운다는 말이 있지 않습니까."

"맞아. 나도 그랬으니까. 그런데 이른 아침부터 어쩐 일이야? 얼굴에 멍도 지우지 못하고."

"하하하."

서진후가 반사적으로 왼쪽 눈두덩을 쓰다듬었다. 나름 계란을 굴렸는데 아직도 흔적이 남아 있는가 보다.

"사부님께 보고드릴 게 있어서요."

"공적인 자리에서는 장문인이라고 해야지."

당당하게 벽우진을 향해 사부라고 호칭하는 서예지를 향해 서진후가 짐짓 근엄하게 말했다.

아무리 무기명제자이자 첫 번째 제자라고 하지만 여기는 곤륜파 장문인의 집무실인 옥청궁이었다. 그런 만큼 공과 사는 엄밀히 구분할 필요가 있었다.

"괜찮아. 셋밖에 없는데 뭘. 그리고 내가 그렇게 격식을 차리지 않는다는 거 잘 알잖아? 나중에 나이 먹으면 네가 그리 말하지 않아도 알아서 조심할 거야."

"그래도 사형."

손을 휘휘 휘젓는 벽우진을 향해 서진후가 미간을 좁히며 말했다. 그러나 벽우진의 말은 아직 끝나지 않았다.

"너도 사형이라고 그러잖아."

"흠흠!"

"편하게 해, 편하게. 어차피 똑같은 인간인데. 난 딱딱한 거 싫어. 불편해. 다른 장문인들이나 가주들은 모르겠지만 난 이게 좋다."

"알겠습니다."

당사자가 괜찮다는데 서진후가 뭐라 할 수 없었다. 더구나 벽우진은 그에게 있어 윗사람이었다.

그렇기에 서진후는 더 이상 이 부분에 대해서 말하지 않았다.

"그래, 보고할 게 있다고?"

"예."

서예지가 옅게 웃으며 대답했다. 그러고는 자연스럽게 옆에 앉은 조부에게로 고개를 돌렸다.

"제가 말씀드리겠습니다."

"해봐."

벽우진이 서류 더미를 밀어내며 물었다.

얼마든지 들어주겠다는 듯이 눈을 반짝이는 모습에 서진후는 긴장한 것도 잊고 피식 웃었다.

"너무 좋아하시는 거 아닙니까?"

"이건 내가 원한 삶이 아니야. 난 탈출해서 유유자적하게 사는 게 꿈이었다고. 상황이 이렇게 돼서 어쩔 수 없이 여기에 앉아 있는 거지."

"사형 성격상 쉽지 않은 자리이기는 하죠. 그런데 이제는 너무나 잘 어울리는 것 같습니다."

"입에 발린 말은 그만하고, 본론으로 넘어가자고. 칭찬도 너무 자주 하면 약발이 떨어지는 법이야."

벽우진이 책상에 팔을 올리고 턱을 괴었다. 평소에 자주 볼 수 있는 삐딱한 자세였다.

"지난번에 얘기했던 안정적인 수입원에 대해서 다시 한번 말씀을 드리고 싶어서요."

"아직 여유롭잖아? 재정적으로 궁하진 않은 걸로 아는데?"

"맞습니다. 하지만 언젠가는 동이 날 겁니다. 또 언제까지 산적들을 때려잡을 수도 없고요. 중원에서 총표파자가 찾아올 수도 있습니다."

"그놈을 때려잡아서 몸값을 흥정하면 어때? 아니면 꿍쳐놓은 돈을 뜯어내던가."

서진후는 물론이고 서예지도 멍한 표정을 지었다. 아무리 총표파자가 나쁜 놈이라지만 이런 생각을 할 줄은 꿈에도 몰라서였다.

둘은 동시에 얼빠진 얼굴로 서로를 쳐다봤다.

"왜 그래? 새삼스럽게. 산적 한두 번 때려잡은 것처럼."

"아, 저로서는 상상조차 못 한 생각이라서요."

"난 수적들도 생각하고 있는데. 탈백강시들을 떼로 태워온 게 바로 황하수로채 아냐? 그놈들도 근시일 내에 손봐줘야지."

"그건 좋은 생각 같습니다."

"물론 꿍쳐놓은 것들도 싹 다 털고. 반은 다시 사람들에게 돌려주고. 그럼 몇 년은 버티지 않을까 싶은데?"

벽우진이 천진난만한 표정으로 말했다. 그와는 전혀 어울리지 않는 얼굴로 말이다.

"황하의 통행료를 생각하면 아마 산적들보다 더 많지 않을까 예상되긴 합니다만, 그것 역시 일시적인 방편일 뿐입니다. 꾸준하고 안정적인 수입원이라고는 할 수 없지요. 게다가 언제까지 사형이나 호법들이 산적과 수적들을 퇴치하러 다닐 수도 없고요."

"흐음. 그렇긴 하지. 어떻게 보면 한철 장사이니까. 아무리 산적들과 수적들이 잡초처럼 자라난다고 해도 몇 번 돌아다니면 청해성과 감숙성에서는 씨가 마르겠지. 그럼 서장으로 넘어가서 마적단을 노릴까?"

서진후가 어색하게 웃었다. 지금 이 말이 절대 농담이 아니라는 걸 그는 확실하게 알 수 있어서였다.

"청해성이라면 모를까 굳이 서장까지 가실 필요가 있을까 싶습니다, 사형."

"혹시 알아? 서장 갈 일이 있을지."

"우선 이것부터 읽어주십시오. 나름 제 생각을 적은 것들입니다."

"흠."

서진후가 화제를 돌리며 품속에 가져온 보고서 한 장을 벽우진에게 내밀었다. 그러자 자연스럽게 벽우진의 관심이 보고서로 움직였다.

"제 생각과 아들의 의견도 함께 들어가 있습니다."

"곤륜산의 특산품을 만들자?"

"예, 곤륜산은 중원에서 명산으로 손꼽히는 산이지 않습니까. 산세는 물론이고 기운 역시 범상치 않고요. 그걸 이용해 약초나 차를 재배해서 수입원으로 삼는 것도 나쁘지 않다고 생각합니다. 가축을 대규모로 키우는 것도 생각해 봤지만, 산세를 생각하면 그건 효율이 좋지 않을 듯해서 배제했습니다."

"약초밭이라. 확실히 그쪽에 전문가가 있기는 하지."

벽우진이 턱을 쓰다듬었다. 자연스레 한 사람이 떠올라서였다. 그리고 서진후 역시 비현을 염두에 두었을 터였다.

"차로 예를 들면 군산은침처럼 곤륜산만의 고유한 맛을 지닌 차를 만들면 충분히 경쟁력이 있다고 생각합니다. 유통은 저희 청하상단이 맡으면 되고요. 약초 같은 경우 비싼 건 비호표국을 이용하면 되니까요."

"호오."

벽우진이 솔깃한 표정을 지었다.

의외로 착착 아귀가 맞는 느낌이 들었다. 그리고 지금 섣불리 규모를 키울 수 없는 곤륜파의 사정상 약초나 차를 재배해서 파는 것도 나쁘지 않았다. 제자를 선별하고 키우는 데에는 오랜 시간이 걸렸으니까.

'언제까지 비천단에 의지할 수도 없고 말이지.'

아무리 효율을 극대화한 영단이 비천단이라고 하나 그렇다고 남아도는 것은 아니었다. 또한 벽우진이 일일이 도와줄 수도 없는 것이었고.

게다가 비천단 같은 영단을 함부로 팔기도 애매했다. 비현이 돌아가면 더 이상 비천단을 제조할 수 없었기 때문이다.

"어떻습니까?"

"확실히 나쁘지 않은 계획안 같아. 안정적인 수입은 꼭 필요하니까. 그렇다고 땅이나 건물을 사기에는 아직 우리 인원이 그리 많지 않고. 언제까지 청하상단과 비호표국에 기댈 수도 없으니까."

"그럼 시작할까요?"

"응, 네가 주도적으로 한번 해봐. 지원은 팍팍 해줄 테니. 비호법도 붙여주마."

"알겠습니다."

서진후가 다부진 표정을 지었다.

이제야 제대로 사문을 위해 일을 하는 것 같다는 생각이 들었다. 지금껏 받기만 했었기에 서진후는 이번 과제를 제대로 해보겠다고 마음먹었다.

"보고는 알아서 하고. 굳이 매일 할 필요 없어. 아니면 서면 보고로 짧게."

"예."

"무룡대 애들은 어때? 잘 지내고 있어?"

특산품 계획을 서진후에게 일임한 벽우진이 이번에는 서예지를 쳐다봤다. 현재 곤륜파에는 하오문 소속도 적지 않게 머무르고 있기에 그들에 대해 물은 것이었다.

"큰 문제 없이 잘 지내고 있습니다. 저희들과 대련을 하면서 실력도 꽤 빠르게 늘고 있고요. 물론 격차는 좀 있습니다."

"문주랑 양 분타주는?"

"아직 머무르고 있어요."

"그래?"

벽우진이 묘한 표정을 지어 보였다.

아직까지 있는 것으로 보아 뽕을 제대로 뽑으려는 듯했다.

물론 아이들에게도 손해는 아니었지만.

"비 호법님께 상당한 관심이 있는 것 같아요."

"그럴 테지. 본 파의 변화에 누구보다 빠삭하게 잘 알고 있는 사람이니. 더구나 무룡대와의 대련으로 더욱 달아올랐을 거야. 무슨 방법으로 이렇게 빨리 성장했는지 궁금할 테니까."

"안 그래도 넌지시 물어보더라고요. 근데 대답한 아이들은 없었어요."

"당연하지. 우리 애들이 얼마나 똑똑한데."

확신에 찬 벽우진의 말에 서예지가 환한 미소를 지었다. 우리 애들이라는 범주 안에는 그녀 역시 있어서였다.

"아마 오늘 중에 사형을 찾아오지 않을까 싶습니다."

"그렇겠지. 추면색귀를 잡는 데 도움도 많이 받았으니까."

벽우진이 어깨를 으쓱거렸다.

하지만 받은 게 많다고 원하는 걸 곧이곧대로 줄 생각은 없었다. 받은 게 있다면 주는 것도 있어야 하는 게 맞지만 그렇다고 가진 걸 죄다 퍼줄 생각은 눈곱만큼도 없었다.

"그럼 전 이만 나가보겠습니다. 부지런히 움직여야 해서요."

"나 좀 도와주면 안 돼?"

"저는 속가제자입니다."

"매몰차네."

단칼에 거절하는 서진후의 모습에 벽우진이 땅이 꺼지게 한숨을 내쉬었다. 그러고는 좀처럼 줄지 않는 서류 더미를 멍하니 쳐다봤다.

〇

책상에 팔을 올려 턱을 괸 채로 벽우진이 결재를 시작했다.

삐딱한 자세와 달리 벽우진은 의외로 꼼꼼하게 서류를 읽고 있었다. 어느 것 하나 건성으로 넘기는 법이 없었던 것이다. 하지만 표정에는 귀찮은 기색이 완연했다.

똑똑똑.

"들어와."

중식마저 거른 채 밀린 업무를 보던 벽우진의 귓가로 문을 두드리는 소리가 들렸다.

벽우진은 고개조차 돌리지 않은 채로 대답했다.

"접니다, 사형."

"응, 알고 있어. 이 사태의 원흉."

"허허허허. 저는 장문인이 아닙니다."

집무실 안으로 들어온 청민이 멋쩍게 웃었다. 벽우진이 없을 시 그가 장문인 대리 역할을 할 수는 있지만 그렇다고 장문인인 것은 아니었다.

　게다가 얼마 안 가 벽우진이 돌아온다는 사실을 알았기에 청민으로서는 정리만 하는 게 최선이었다.

　"간단한 것들은 네가 결정했어도 됐잖아?"

　"하고 남은 게 그 정도입니다."

　"일부러 다 떠넘긴 거 같은데?"

　"떠넘기다니요. 원래 사형께서 보셔야 하는 일입니다."

　"청범도 그렇고 너도 그렇고. 나 이리 치이고 저리 치여서 휙 날아갈 것 같다."

　벽우진이 한숨을 푹푹 내쉬며 그답지 않게 하소연을 하듯 약한 소리를 내뱉었다.

　"도망칠 구실을 만들면 안 됩니다, 사형."

　"쯧! 눈치만 늘어서는. 근데 두 사람을 데리고 어쩐 일이야? 분위기가 묘하기도 하고."

　의외의 조합이라고 할 수 있는 세 사람을 번갈아 쳐다보며 벽우진이 고개를 갸웃거렸다.

　특히 그는 배혁문과 청민을 의심스럽게 바라봤다.

　"사형께 개인적으로 보고드릴 게 있어서요. 배 동생도 사형께 드릴 말이 있다고 하고."

　"배 동생?"

　"저보다 다섯 살 동생이더라고요."

　"언제고 말씀드리려고 했는데 이제야 말하네요. 말 편히 하시지요, 장문인."

자연스럽게 어깨에 척 하니 손을 올리는 모습을 보니 자신이 없던 사이에 상당히 친해진 모양이었다.

하지만 그게 벽우진은 나쁘다고 생각하지 않았다.

나쁜 기억이 남아 있는 고향에 돌아가는 것보다 아예 이곳에 자리를 잡는 것도 나쁘지 않다고 생각했다. 곤륜파에 대장장이가 있어 나쁠 것은 없었으니까.

'언제까지 하오문의 도움을 받을 수도 없고 말이지.'

지금이야 소수 정예라는 말이 전역에 퍼져 있지만, 나중에 본격적으로 속가제자들을 받아들이면 그들에게 나눠줘야 할 검이나 도만 해도 수십 자루일 터였다. 그렇기에 벽우진은 배율석이 곤륜산에 터를 잡는 것도 괜찮다고 생각했다.

결정이야 배율석이 하는 것이지만.

"그러길 원한다면야. 어려운 것도 아니고. 그래. 내게 하고 싶은 말이 있다고?"

"예, 지난번에 말씀드린 약속을 지키려고요. 남은 생을 곤륜파에 바치겠습니다."

"그렇게 말하니까 왠지 내가 되게 나쁜 놈이 된 것처럼 느껴지는데."

"그럼 종신 계약이란 말은 어떻습니까?"

"더 나빠 보여."

벽우진이 미간을 좁혔다. 둘 다 이상했다. 왠지 모르게 악당이 된 듯한 느낌이랄까. 주고받는 관계가 나쁜 것은 아니었지만, 어감이 좀 이상했다.

"그래도 약속은 약속이니까요. 다시 고향에 돌아갈 마음도 없고요."

"이해는 가. 나였어도 그랬을 테니까. 근데 굳이 약속을 이행할 필요는 없다. 그걸 원하고 내가 추면색귀를 잡아 온 게 아니니까."

"알고 있습니다. 장문인께서 그런 분이 아니라는 것을요. 물론 그렇다고 약속을 지키지 않을 생각을 한 것은 아니지만요. 다만 여러 가지를 다 고민한 끝에 내린 결정입니다."

"여기서부터는 제가 말씀드리겠습니다, 사형."

"해봐."

묘하게 이어져 있는 듯한 세 사람의 분위기에 벽우진이 고개를 주억거렸다. 셋이 단순히 친한 것처럼 보이지는 않아서였다.

"혁문이를 제자로 들이고 싶습니다."

"호오."

비스듬히 앉아 있던 벽우진이 눈을 빛냈다. 정말 생각지도 못한 말에 놀란 것이었다.

그런데 배율석이랑 배혁문은 이미 알고 있던 내용이라 그런지 둘 다 표정이 담담했다.

"일단 둘 다 결정을 내린 상태입니다."

"내가 안 된다고 하면 제자로 들이지 않을 거야?"

"어……."

당당하게 말을 이었던 청민이 순간 당혹스러운 표정을 지었다.

그리고 그건 옆에 서 있던 배혁문도 마찬가지였다. 그는 이런 전개는 예상하지 못했다는 듯이 안절부절못하는 모습을 보였다.

"농담이야, 농담. 나야 네가 제자를 들이면 좋지. 다만 예상 밖이라 조금 놀란 것이고. 어쨌든 셋이 왜 같이 찾아왔는지 알겠네."

"그럼 허락하시는 겁니까?"

"응, 잘 키워봐. 청민이 네가 하고 싶은 대로."

"감사합니다."

"아마 지금껏 내 제자들을 가르쳤던 것하고는 느낌이 많이 다를 거야. 후후후."

안도의 한숨을 내쉬는 청민을 향해 벽우진이 의미심장한 웃음을 흘렸다.

그러나 청민도 만만치 않았다.

"알고 있습니다. 그리고 이왕 시작한 거 질 생각은 없습니다."

"그 승부욕. 아주 좋아. 남자로 태어나 그 정도 승부욕은 있어야지. 우리 애들에게도 좋은 경쟁자가 될 것이고. 하지만 너무 무리하지는 마. 혁문이는 아직 열 살밖에 안 되었으니까."

"명심하겠습니다."

"가, 감사합니다!"

잔뜩 긴장해 있던 배혁문도 청민을 따라 고개를 숙였다.

그 모습에 벽우진이 빙그레 웃으며 말을 이었다.

"앞으로는 사백이라 부르거라. 공적으로는 장문인이지만 사적으로는 너의 사백이니."

"예!"

"그래, 우렁차니 더 보기 좋구나. 남자라면 당당해야지. 어깨도 펴고. 그래야 몸이 예쁘게 자란단다."

"네!"

이제는 정식적으로 곤륜파의 식구가 되었기에 벽우진이 부드럽게 웃으며 말했다.

그러면서 그는 새삼 청민과 배혁문이 잘 어울린다는 생각이 들었다.

"율석이도 편하게 머물고."

"곤륜파의 병장기나 필요한 도구들을 만들 생각입니다. 가장 먼저 만들 것도 생각해 두었고요. 추면색귀에게 사용한 것들은 살기가 너무 짙어서 다시 녹여서 버렸습니다."

"잘했어. 망치도 그렇고 못도 살기와 원한이 너무 짙었어. 그런 건 몸 근처에 두면 좋지 않아."

"맞습니다."

오로지 손녀의 복수만을 위해 만들었던 것들이었다.

그런 만큼 쓰임을 다했기에 버리는 게 맞았다. 대장장이로서는 만들지 말아야 했던 물건이기도 했고.

"가장 먼저 만들 게 있다고?"

"예, 청민 형님께서 넌지시 압박 아닌 압박을 주셔서요."

"흠흠!"

찔리는 게 있는 모양인지 청민이 헛기침을 하며 슬그머니 고개를 돌렸다.

그 모습에 벽우진이 고개를 갸웃거렸다. 무엇을 요구했는지 감이 잡히질 않아서였다.

"뭔데?"

"장문령부를 부탁하셨습니다. 정확하게는 곤륜파 장문인의 검이요. 원래 있던 검이 부러졌다고 들었습니다."

"확실히 필요하기는 하지. 나야 있어도 그만, 없어도 그만이지만 다음 대를 위해서는 지금부터 준비하는 게 맞지."

벽우진이 고개를 끄덕였다.

확실히 장문령부가 필요하기는 했다. 언제까지 없이 지내는 것도 말이 안 됐다. 다만 지금까지는 꼭 필요하지 않았기에 벽우진도 신경 쓰지 않았을 뿐이다.

"그걸 제가 한번 도전해 볼까 합니다. 은혜를 보답할 겸 해서요. 떨어졌던 감도 확실하게 찾았으니 해볼 만하다고 생각합니다."

"검이라. 똑같은 모양으로 만들게?"

벽우진의 시선이 청민에게로 향했다.

그도 기억은 하고 있지만 워낙에 오래전에 봤었던 거라 정확하게 떠오르지는 않았다. 반면에 청민은 가장 최근에 봤었기에 벽우진보다는 자세하게 기억하고 있을 터였다.

"굳이 그럴 필요가 있을까 싶습니다. 새 술은 새 부대에 담는다는 말처럼 아예 새로운 검을 만드는 게 좋지 않을까 합니다."

"검은 검일 뿐이지. 단지 어떤 의미를 부여하느냐가 중요할 뿐."

벽우진이 입맛을 다셨다. 그 역시 굳이 똑같은 형태로 만들 필요는 없다고 생각하고 있었다.

다른 이들은 모르지만 이미 그에게는 애병이 있기도 했고.

"평생의 역작을 만든다는 생각으로 도전하겠습니다. 그래서 시일은 확실하게 말씀드리기가 힘들 것 같습니다."

"급한 건 아니니까 여유롭게 해도 돼. 하지만 어중간하면 안 된다. 적어도 500년은 사용할 수 있게 만들어야 해."

"알겠습니다."

배율석의 두 눈이 번뜩였다. 장인으로서의 도전 정신에 불이 붙은 것이었다.

그냥 검도 아니고 곤륜파의 검이며 앞으로 대를 이어 사용할 검이었다. 그런 만큼 500년이라는 세월은 결코 과장되지 않았다.

"너무 부담을 가지지는 말고. 안 되면 어쩔 수 없는 거니까. 그 정도의 검은 노력도 중요하지만, 그 못지않게 운도 따라줘야 해. 괜히 구파일방의 장문령부가 신화처럼 전해져 내려오는 게 아니니까."

"명심하겠습니다."

"그럼 이제 보고는 다 한 거지?"

"예, 사형."

"좋아. 그럼 다들 각자 일 봐. 나도 업무를 마저 봐야 하니."

벽우진의 표정이 순식간에 시무룩해졌다. 오전 내내 일을 했음에도 서류 더미는 좀처럼 줄어들 기미를 보이지 않아서였다.

"이만 나가보겠습니다."

"그래, 당분간 애들은 진 호법에게 맡기고 넌 혁문이에게 집중해."

"안 그래도 그럴 생각입니다."

"그래그래."

벽우진이 손짓했다. 그러자 세 사람이 공손히 인사한 후 집무실을 나갔다.

스르륵. 스륵.

그리고 다시 고요해진 집무실에 서류가 넘어가는 소리만 울려 퍼졌다.

○

파천도존이 달리면서 주변을 살폈다. 혹시라도 있을 기습조를 파악하기 위해 기감을 최대한 높이고서 주위를 끊임없이 살핀 것이다.

살아남은 다른 이들도 마찬가지였다.

'도대체 어디서부터 잘못된 건지······.'

십존이었던 북해빙궁 최고의 무사들은 이제 그를 포함해서 넷밖에 남지 않았다. 북해를 떨쳐 울렸던 그들이, 강북 무림을 거의 집어삼키다시피 했던 그들이 이제는 여섯이 죽고 넷만 남았다니. 파천도존은 그 사실이 여전히 믿기지 않았다.

으득!

"제갈현!"

파천도존이 제갈세가의 가주를 거론하며 이를 갈았다.

다 잡았던 남궁세가를 놓치고 이렇게 패잔병 신세가 된 게 전부 다 제갈현 때문이었다. 그가 기기묘묘한 수법으로 소림사와 아미파의 병력을 이끌고 후방에서 기습을 했기에 북해빙궁이 지금의 신세로 전락하고 말았다.

만약 그들이 아니었다면 북해빙궁은 지금쯤 남궁세가를 점령해 그 안에서 휴식을 취하고 있었을 터였다.

"그렇게 이를 간다고 해서 작금의 상황이 달라지진 않는다."

"……알고 있다. 그저 기성(奇星)이 떠올라서 그런 것뿐이다."

"이제는 좀 안심해도 될 것 같은데. 따라오는 낌새가 없어. 저쪽도 우리가 그곳으로 가리라고는 전혀 생각하지 못한 것이 겠지."

"그래도 아직은 이르다. 기성을 만만하게 보면 안 돼."

파천도존이 고개를 저었다. 다 잡았다고 여유를 부리다가 이 모양 이 꼴이 난 것이기에 그는 마음을 놓지 않았다.

더구나 중앙에는 궁주가 타고 있는 가마가 있었다. 그렇기에 더더욱 신중을 기해야 했다.

"더 이상의 습격이 없는 걸 보면 포위망을 벗어난 거 같은데."

"그걸 노린 걸 수도 있지. 우리를 방심하게 만든 다음에 일망타진하려는. 잊은 모양인데 저쪽에는 제갈현과 사마세가가 같이 있다. 머리 쓰는 건 저쪽이 위야."

"그렇긴 하지만."

천라혈존이 살짝 못마땅한 표정을 지었다.

아무리 된통 당했다지만 그래도 너무 경계하는 것 같았다. 이 정도면 충분히 포위망에서 벗어났다고 판단해도 될 것 같은데 말이다.

"조심해서 나쁠 건 없다. 그동안의 안일한 마음가짐이 어떤 결과를 초래했는지 잊으면 안 돼."

"알고 있지. 알고 있다고."

"더구나 저들에게는 개방이 있어. 황하에서 배를 타기 전까지는 안심할 수 없다."

파천도존이 그리 말하며 다시 한번 주위를 살폈다.

넷만 남은 십존도 십존이지만 북해빙궁의 병력 역시 반토막이 난 상태였다. 이 정도로는 전투에서 이겨도 제대로 지배하기가 힘들었다.

'일단은 숨을 골라야 해. 다시 전력을 꾸리고 쓰러뜨려도 되니까. 이미 한 번 쓰러뜨린 적이니 두 번은 더 쉬울 터.'

단 한 번의 대패로 피해가 막심한 상태였지만 그렇다고 최악의 상황은 아니었다.

북해빙궁의 전력은 반 이상 깎여 나갔지만, 휘하로 들어온 이들을 모조리 끌어모으면 숫자는 금세 채울 수 있었다.

강시가 거의 없다는 게 뼈아팠지만 그래도 파천도존은 아직은 재기할 여력이 있다고 생각했다.

"근데 알아차릴까? 제갈세가주나 사마세가주가 알아차려도 그때는 이미 우리가 도착했을 텐데?"

"알아차렸을 때 모든 게 끝나 있어야 해. 그래야 다시 병력을 꾸릴 시간을 벌 수 있다."

"이대로 물러날 수는 없지. 죽은 녀석들의 복수도 해야 하고."

"그런 의미에서 이번 전투가 아주 중요하다. 확실하게 복수도 하고, 기세도 올려야 하니까."

"패배는 전혀 생각지도 않는 모양이네?"

천라혈존이 피식 웃었다. 어째 말하는 모양새가 패배는 전혀 생각지도 않는 것 같아서였다.

"너는 질 거라고 생각하나?"

"힘들지. 하지만 네 말마따나 너무 방심해도 안 된다고 생각해서. 지금껏 계속 방심해서 당했잖아. 죽은 빙마존의 말도 곱씹어볼 필요도 있고. 아니면 백귀존에게 물어보거나."

"파악은 끝났다. 우리가 곤륜산에 도착한 순간, 곤륜파는 더 이상 강호에 존재하지 않을 것이다."

··· 제4장 ···
# 곤륜혈투(崑崙血鬪)

하남성 개봉에 도착한 제갈현이 깊은 눈빛으로 황하강을 내려다봤다.

복잡한 그의 심사와는 달리 황하강은 늘 그렇듯이 도도하게 흐르고 있었다.

"결국 놓쳤군."

지그시 황하강을 내려다보고 있는 제갈현에게로 개왕이 다가왔다.

그런데 그의 몸 상태가 이상했다. 왼쪽 발이 있어야 할 자리가 휑했던 것이다.

"포위망이 뚫린 순간 어느 정도 예상은 했습니다. 제대로 추격을 하기에는 저희들도 여력이 없던 상태였으니까요. 그래서 악착같이 물고 늘어졌던 것인데."

"가주가 생각하기에는 어디로 갔을 것 같나?"

"북해는 아닐 겁니다."

"돌아가지 않았을 거라고?"

개왕이 의아한 표정을 지었다. 전력의 반 이상이 날아간 만큼 북해빙궁이 본래의 영토로 돌아갔을 가능성이 크다고 생각했기 때문이다.

"대패를 당하기는 했지만 그렇다고 전멸할 정도의 피해를 입은 것은 아닙니다. 지금 전력으로도 두어 개의 성 정도는 차지할 수 있으니까요. 그렇기에 회군했을 가능성은 희박하다고 생각합니다. 만약 진짜 북해로 돌아가려 했다면 개봉으로 오지는 않았겠죠."

"으음!"

개왕이 침음을 흘렸다. 확실히 일리가 있었다.

그러면서 그는 의문이 들었다. 왜 굳이 이곳으로 왔을까 하는.

"추측이기는 한데 어쩌면 곤륜파를 노리고 있을지 모릅니다."

"설마 복수를 위해서?"

"그럴 가능성도 충분히 있습니다. 또한 청해성의 위치를 생각하면 북해빙궁 입장에서 나쁘지 않습니다. 서쪽으로는 서장이, 동쪽으로는 감숙성이 있으니까요. 중간 거점으로 사용하기에도 나쁘지 않습니다."

"반대로 우리를 유인하는 것일 수도 있지 않나? 우리를 청해성으로 보내놓고 다시 남궁세가를 노릴 수도 있을 것 같은데."

제갈현이 고개를 끄덕였다. 확실하게 밝혀진 게 없는 이상 모든 가능성은 열어두어야 했다.

물론 그는 자신의 추측이 가장 가능성이 높다고 생각했지만.

"만약 그렇게 움직인다면 남궁세가가 위험합니다. 어쩌면 양패구상을 당할 수도 있고요."

"으음! 중원에서 이렇게 용의주도하게 움직일 줄이야."

"북해빙궁을 따르는 곳이 의외로 많아서 그럴 겁니다."

"그만큼 백도가 신망을 잃었다는 뜻이기도 하고."

"반대로 다른 무문들 역시 힘을 축적했다는 말이기도 합니다."

쓸쓸한 표정을 짓는 개왕에게 제갈현이 웃으며 말했다.

그는 꼭 그렇게 생각할 필요는 없다고 여겼다. 무인이 야망을 가지는 것은 조금도 이상하지 않으니까.

막말로 오대세가만 하더라도 늘 수좌의 자리를 노리지 않던가.

"일단은 최대한 주변을 탐색해 봐야겠어."

"부탁드리겠습니다."

"혹시 모르니 곤륜파에도 연락을 보내야 하지 않겠나? 아닐 수도 있지만, 대비는 해놓아야지. 게다가 어느 정도는 관계 개선이 되었다고 하지 않았나?"

"제가 직접 전서응을 보내도록 하겠습니다."

"인편보다는 전서응이 낫겠지."

곤륜파에게는 지은 죄가 있기에 개왕은 특히나 더 신경 썼다. 같은 실수를 또다시 반복해서는 안 됐다.

"저도 같은 생각입니다."

"그런데 만약 진짜 곤륜파로 갔다면……"

"솔직히 말씀드리면, 힘들지 않을까 싶습니다. 곤륜파의 저력이 대단하다고 하나 지금 북해빙궁의 전력을 생각하면 홀로 상대하기에는 버겁습니다."

"우리도 수로를 이용하면 어떻겠나?"

1할의 가능성이라도 대비하는 게 맞았다. 그렇기에 개왕이 굳은 얼굴로 물었다.

"얼마나 빨리 북해빙궁의 위치를 파악하느냐가 관건일 것 같습니다. 만약 반나절 이상 거리가 벌어져 있다면, 힘듭니다. 도착이 문제가 아니라 도착해서 싸울 것도 생각해야 하니까요."

"으음!"

개왕의 얼굴이 굳어졌다.

다시 한번 속도가 중요하다는 걸 깨달은 그는 황급히 주변에 있던 방도들을 끌어모았다. 방도들을 최대한 풀어 조금이라도 더 빨리 북해빙궁의 위치를 찾고자 했던 것이다.

푸드득.

그러는 사이 그를 정확히 알아본 매 한 마리가 제갈현의 팔뚝에 내려앉았다.

"본가에서 왔구나."

삐이익!

말귀를 알아듣는 모습에 제갈현이 옅게 웃으며 전서응의 다리에 앙증맞게 매달려 있던 작은 통을 열었다.

그러자 돌돌 말린 서신 하나가 모습을 드러냈다.

"강남 쪽 상황은 어떻습니까?"

"다행히 큰 문제는 없는 듯합니다. 사천당가의 합류로 오독문을 큰 피해 없이 상대하고 있다네요."

"그렇습니까."

슬그머니 다가왔던 사마룡이 정말 다행이라는 듯이 얼굴을 주억거렸다.

북해빙궁에 이어 오독문까지 밀어낸다면 중원의 평화를 되찾았다고 말할 수 있었다.

물론 북해빙궁의 경우 잔당이 남아 있지만, 그는 현재 자신들의 전력이라면 충분히 북해로 쫓아낼 수 있다고 생각했다.

"하지만 확실하게 무너뜨리지는 못하는 모양입니다. 일반 독강시에 이어 백독강시, 천독강시라는 마물이 모습을 드러냈다고 하는군요."

"허어."

사마룡이 장탄식을 흘렸다.

일반 독강시만 하더라도 상대하기가 여간 껄끄러운 게 아닌데 그보다 더한 독강시들이 등장했다고 하자 기가 질렸다.

그러면서 오독문이 얼마나 지독한 곳인지 새삼 깨달았다.

"그래도 사천당가가 있으니 큰 피해는 막을 수 있지 않을까 싶습니다. 이독제독이라는 말이 괜히 있는 게 아니니. 더구나 사천당가는 의술 역시 중원에서 손꼽히니까요. 우리는 북해빙궁만 신경 쓰면 됩니다."

"가정이기는 합니다만 모두의 예상과는 달리 남진을 했을 수도 있다고 생각합니다."

제갈현이 묘한 표정을 지어 보였다.

확실히 일반적인 예상과는 다른 이동 경로를 보여준 점을 생각하면 사마릉의 추측도 무시할 수는 없었다. 힘이 빠진 두 곳이 반등을 노리기 위해 한 곳에 뭉치는 것도 충분히 가능성이 있었다.

"충분히 가능성이 있는 이야기네요."

"그 부분도 한 번쯤은 염두에 두어야 할 것 같습니다. 제 생각에도 곤륜파로 향했을 가능성이 높지만요."

"모든 가능성은 열어두어야 합니다. 그래야 당황하지 않고 빠르게 대응할 수 있으니까요."

"지당하신 말씀입니다."

사마릉은 격하게 고개를 주억거렸다. 같은 지자로서 아무래도 통하는 게 많아서였다.

그러면서 그는 내심 북해빙궁의 잔당이 곤륜파로 향했으면 하는 마음이 있었다. 곤륜파의 위상이 너무 높아지는 걸 그는 경계했던 것이다.

'다들 설설 기는 것도 마음에 들지 않고 말이지.'

사마릉은 곤륜파가 못마땅했다. 문파나 세가의 흥망성쇠는 세상의 이치나 마찬가지였다. 그런데 마치 죄진 것처럼 행동하는 게 너무나 거슬렸다. 어차피 서로가 이해관계로 묶여 있는 사이였는데 말이다.

'양패구상하면 정말 좋을 것 같은데.'

이상하게 마음에 들지 않는 곤륜파를 떠올리며 사마룡이 얼굴을 굳혔다.

하지만 그런 그의 표정을 본 사람은 없었다.

제갈현은 여전히 황하강을 바라보며 생각에 잠겨 있었고 사마룡 역시 하늘을 올려다보는 중이었기에 누구도 그의 얼굴을 보지 못했다.

스스스슥!

초승달이 겨우겨우 얼굴을 드러낸 야심한 시각에 곤륜산을 오르는 일단의 무리가 있었다.

어둠 속에서 움직이는 인영은 어느 순간 기하급수적으로 늘어나 시간이 갈수록 점점 많아졌다.

'너무 허술한데.'

선두에서 비탈길을 오르던 파천도존이 눈매를 좁혔다. 아무리 인원이 적다고 하나 그래도 자신들과 두 번이나 부딪쳤는데 경계를 서는 이가 하나 없다는 게 이상했다.

그건 다른 사존들도 마찬가지인 듯 주변에서도 그를 쳐다보고 있었다.

-너무 조용한 것 같지 않아?

-내 말이. 이렇게 경계조도 없는데 무음살존이 죽었다고?

곤륜파 경내로 들어온 사존들이 서로를 쳐다봤다.

그런데 그때 주변이 확 밝아졌다.

화르륵!

짙은 어둠이 내려앉았던 경내가 한순간에 밝아지는 모습에 사존들은 물론이고 북해빙궁의 무인들 역시 당혹감을 감추지 못했다.

"이제는 단체로 쥐새끼가 될 생각인가 보군."

"……당신이 패선인가?"

"쥐새끼가 말도 하는군."

파천도존의 얼굴이 새빨갛게 달아올랐다. 다짜고짜 쥐새끼라 하니 제아무리 그라도 격분하지 않을 수가 없었다.

"말을 함부로 하는군."

"야밤에 몰래 쳐들어온 적들에게 예의를 차리는 게 더 이상한 거 같은데."

백수장존의 말에 벽우진이 코웃음을 쳤다. 암습을 하려는 이들이 예의 운운하니 기가 찼다.

"어떻게 우리가 올 줄 알았지?"

"두 번이나 온 놈들이 세 번이라고 못 올 리가 없으니까."

벽우진이 건성으로 대답하며 북해빙궁의 병력을 훑었다. 인원이 얼마나 되는지 정확하게 파악하기 위해서였다.

"그래도 시기를 정확히 알기 힘들었을 텐데."

"내 귀가 좀 예민해서 말이지. 쥐새끼들의 움직임은 기가 막히게 알아차리거든."

"보자 보자 하니까!"

자꾸 쥐새끼라 하는 말에 천라혈존이 얼굴을 일그러뜨리며 소리쳤다.

하지만 이내 들려진 파천도존의 손에 의해 천라혈존은 분노를 곱씹을 수밖에 없었다.

"그런데 왜 도망가지 않았지?"

"쥐가 무서워 이사 가는 사람이 있나?"

"자신의 실력을 너무 맹신하는 모양이군. 아직 어린 제자들도 있는데."

"어리다고 살려줄 것도 아니잖아?"

파천도존의 시선이 벽우진의 뒤쪽으로 향했다.

파천도존이 곤륜파의 제자들을 응시하며 협박 아닌 협박을 했으나 그 말에 동요하는 이는 아무도 없었다. 다들 하나같이 단단한 안광을 뿌리며 그를 마주 보기만 했다.

"맹신이라고? 그럴 리가. 난 지극히 현실적인 판단을 내린 건데."

파아아앗!

벽우진이 앞으로 한 걸음 다가왔다.

그 순간 묵직한 기도가 벽우진을 중심으로 사방을 짓누르기 시작하면서 주변의 분위기가 달라졌다.

"헙!"

"크흡!"

호수에 떨어진 돌멩이가 파문을 일으키는 것처럼 벽우진에게서 흘러나온 무지막지한 기도가 동심원을 그리듯이 사방으로 퍼져 나갔다.

그러자 여기저기에서 신음 소리가 흘러나왔다. 그가 단순히 앞으로 일 보 내디딘 것뿐인데도 보이지 않는 중압감이 어깨를 짓누르는 것 같았다.

"허튼짓은 하지 않는 게 좋아. 이곳이 곤륜산이라는 걸 알고 있다면."

"으음!"

벽우진의 싸늘한 일갈이 허공을 갈랐다.

동시에 파천도존이 침음을 흘렸다.

예상과는 전혀 다른 기도도 기도지만 백우진은 정황을 읽는 눈 역시 기민했다.

저벅저벅.

거기다 그를 비롯한 사존을 압박하려는 듯이 호법들이 앞으로 걸어 나왔다. 마치 제자들을 지키듯이 전면에 나섰던 것이다.

-쉽지 않겠군.

벽우진의 존재감에 가려져 있던 호법들이 본격적으로 나서자 백수장존이 무거운 목소리로 전음을 보내왔다. 백귀존에게 들었던 대로 단 한 명도 만만한 이가 없었다.

동시에 그는 내심 경악을 금치 못했다. 촌구석이라 할 수 있는 이곳에 저만한 고수들이 모여 있다는 게 믿기지가 않았다.

-파산존과 무음살존이 죽은 게 이해가 가는군.

파천도존이 무거운 눈빛으로 벽우진을 쳐다봤다.

갈무리해 두었던 기도를 드러낸 순간 그는 벽우진이 얼마나 위험한 인물인지 알 수 있었다. 또한 백귀존이 그토록 곤륜파를 경계한 것도.

'여기서 끝장을 내야 해.'

무시무시한 기도를 뿌리는 벽우진이었지만 파천도존은 기죽지 않았다. 강하다고 해서 꼭 살아남는 것은 아니었다.

게다가 이 자리에는 그만 있는 게 아니었다.

쿠웅. 쿵.

북해빙궁의 최정예라 할 수 있는 무인들이 그의 뒤에 있었다. 또한 궁주 역시 건재했기에 파천도존은 계획대로 곤륜파를 지울 수 있다고 생각했다.

'애초에 저렇게 기도를 드러낸 것 자체가 우리들의 시선을 자신들에게 집중시키기 위함이니까.'

벽우진은 분명 강했다. 호법들 역시 소문 이상의 강자들이었다. 하지만 약점이 없는 것은 아니었다.

스윽.

파천도존의 시선이 옹기종기 모여 있는 아이들에게로 향했다.

벽우진과 곤륜파의 치명적인 약점이 바로 저 아이들이었기에 그는 그 부분을 철저하게 공략할 생각이었다.

'오늘 밤 곤륜파는 사라진다.'

비록 강북 무림과의 전쟁에서는 패배했지만 그렇다고 파천도존은 그냥 물러날 생각이 없었다.

적어도 곤륜파 정도는 본보기로 확실하게 보여줄 생각이었다. 자신들과 대적하면 어떻게 되는지 말이다.

"가라!"

거기까지 생각이 닿은 순간 파천도존이 공격 명령을 내렸다. 더 이상 대화는 무의미하다고 생각해서였다.

이윽고 그의 손짓에 북해빙궁의 모든 병력들이 일제히 뛰쳐나갔다.

"어디를 감히!"

"훙!"

하나하나가 일당백의 무력을 갖춘 강력한 무인들이었지만 그들을 맞이하는 호법들은 결코 긴장한 법이 없었다. 숫자는 많지만 그렇다고 상대하지 못할 전력은 아니었다.

콰아앙!

거기다 지금 곤륜파에는 그들만 있는 게 아니었다. 숫자는 적지만 그래도 전선의 한 축은 충분히 맡을 수 있는 사천당가의 기술자들도 있었다.

퍼퍼퍼펑!

사천당가가 자랑하는 각종 암기들이 비산하며 북해빙궁 무인들을 쓸어버렸다.

그러자 파천도존을 위시로 사존들 역시 본격적으로 움직였다. 피해를 최소화하기 위해서 다들 몸을 날렸던 것이다.

그런데 그들이 향하는 곳은 호법들이나 벽우진이 있는 곳이 아니었다.

"괜히 쥐새끼가 아니라니까."

"적의 약점을 파고드는 것 역시 전략이다."

"그렇게 생각하고 싶겠지."

각기 다른 방향에서 제자들을 향해 달려드는 사존들의 모습에 벽우진의 눈빛에 노기가 서렸다. 어째서 아이들을 노리는 것인지 모를 수가 없어서였다.

그리고 그건 다른 호법들 역시 마찬가지였다. 북해빙궁이 영악하게 아이들을 노리는 모습에 다들 분노했다.

쑤아아아앙!

하지만 그들은 몰랐다. 벽우진이 가로막고 있는 한, 아이들에게 갈 수 있는 방법은 없다는 사실을 말이다.

"칫!"

"큡!"

벽우진의 손에서 뿜어져 나오는 무지막지한 경력에 사존들이 일제히 주춤거렸다. 보고도 믿어지지 않는 위력에 좀처럼 거리를 좁힐 수가 없었다.

'대체 어떻게 이런 무력을······!'

단순한 손짓만으로 자신들을 밀어내는 모습에 파천도존의 동공이 격렬하게 흔들렸다.

강할 것이라고 예상을 못 한 건 아니지만 이건 말이 안 되는 수준이었다.

그 혼자도 아니고 비슷한 무위를 지닌 넷을 동시에 밀어내는 광경에 파천도존은 물론이고 다른 사존들도 경악을 금치 못했다. 천하제일인에 가장 근접해 있다는 소림무제도, 화산검제도 이 정도는 아니었다.

툭. 투욱.

벽우진의 일격에 속절없이 밀려난 사존의 앞으로 네 사람이 떨어져 내렸다. 달려들던 북해빙궁의 무인들을 죄다 쓸어버린 호법들 중 네 명이었다.

"이놈들은 우리가 맡겠소이다."

"장문인께서 손을 쓰기에는 격에 맞지 않습니다."

벽우진의 앞에 내려선 이는 진구와 설백 그리고 허륭과 파풍이었다. 호법들 중에서 가장 강한 네 명이 서둘러 북해빙궁의 무인들을 정리하고 이곳으로 온 것이었다.

그런데 그들의 눈빛이 심상치 않았다. 대놓고 아이들을 노려서인지 하나같이 눈동자에 노기가 짙게 서려 있었다.

"그래주신다면야."

콰앙! 콰콰콰쾅!

느긋한 이곳과 달리 다른 곳은 피 튀기는 격전이 한창이었다.

네 명의 호법이야 막강한 무력을 지니고 있기에 가로막는 북해빙궁 무인들을 쓸어버리는 게 어렵지 않았지만 다른 이들은 달랐다. 북해빙궁 역시 악착같이 달려들고 있었기에 다들 자리를 벗어나기가 쉽지 않았다.

그중 제일 어렵게 싸움을 이어나가는 이는 청민과 서진후였다. 아무래도 가장 무력이 떨어지다 보니 전선의 한축을 유지하는 것만으로도 버거운 기색이었다.

하지만 그럼에도 둘은 악착같이 버티면서 싸웠다.

저벅저벅.

그 모습을 잠시 살펴본 벽우진이 걸음을 옮겨 아직도 가마 안에 있는 북해빙궁주를 향해 느릿하게 걸어갔다.

끼이익.

그리고 그 순간 화려한 사인교(四人轎)의 문이 열리며 북해의 새하얀 눈을 연상케 하는 피부를 가진 여인이 모습을 드러냈다.

언뜻 보면 소녀 같기도 하고 또 달리 보면 중년에 이른 것처럼 보이는, 이상하게도 나이를 짐작하기 어려운 외모의 여인이 가마에서 나오더니 대뜸 손을 들어 올렸다.

스스슥!

말도 없는 단순한 수신호였지만 그로 인한 결과는 놀라웠다. 그녀의 손짓 한 번에 저돌적으로 달려들던 북해빙궁의 무인들이 일제히 뒤로 물러났던 것이다.

"흠."

그 모습에 모두가 놀랄 때 여인의 미간이 살짝 찌푸려졌다.

전투가 시작된 지 일각(약 15분)이 채 되지도 않았는데 벌써 백여 명이 훌쩍 넘는 사상자가 나왔다. 그것도 자신의 수하들만 죽어나간 모습에 여인이 심기 불편한 표정을 지었다.

"구, 궁주님."

"넷 다 물러나라."

"존명."

여인의 지시에 파천도존을 위시로 사존이 군말 없이 물러났다. 아무리 사존이라도 북해빙궁주의 명령은 절대적이었다.

"으음."

모든 수하들을 뒤로 물린 여인의 시선이 이제야 벽우진에게로 향했다.

그런데 벽우진을 마주본 여인의 동공이 미약하게 흔들렸다.

"이제야 나왔군."

벽우진의 시선이 여인에게로 향했다. 북해빙궁주가 벽우진을 살펴보는 것처럼 벽우진 역시 그녀를 응시하고 있었다.

그러나 반응은 완전히 달랐다.

"안 그래도 얼굴 한번 보고 싶었는데 말이지."

"마치 다 이긴 것처럼 말하는구나. 아직 전투는 끝나지 않았는데."

"끝나지 않았지. 내가 끝을 내지 않았으니까."

벽우진의 말에 조용히 뒤로 물러나 있던 사존들에게서 살기가 폭발적으로 솟구쳤다. 오만해도 그렇게 오만할 수가 없어서였다.

하지만 정작 벽우진은 그런 사존들의 살기에도 눈 하나 깜빡이지 않았다.

"자신만만한데."

"그럴 만한 능력이 있으니까."

"길고 짧은 건 대봐야 안다는 말이 있지."

사존들이 움찔거렸다. 북해빙궁주의 말이 심상치가 않았다.

동시에 넷 다 모두 눈동자에 의문이 떠올랐다.

그들의 주군은 소림무제와 제왕검의 협공도 견뎌냈던 절대고수였다. 한데 그런 북해빙궁주가 벽우진을 더없이 경계하는 모습을 보이자 사존의 얼굴이 굳어졌다.

-설마.

-그럴 리 없다. 궁주님은 천하제일이시다.

모두가 똑같은 생각을 한 모양인지 동시에 전음이 들려왔다. 하지만 파천도존은 아무런 말을 하지 않았다.

대신 날카로운 눈빛으로 벽우진의 뒤쪽을 힐끔거렸다. 만약이기는 하지만 최악의 결과가 나왔을 때를 대비하기 위해서였다.

'차선책도 생각해 두어야 하고.'

파천도존의 시선이 다른 곳으로 향했다. 그는 아이들이 아닌 두 명을 차례대로 쳐다봤다.

"굳이 대볼 필요가 없다는 걸 알게 해주지."

벽우진의 신형이 사라졌다. 절정에 달한 이형환위가 펼쳐진 것이다.

하지만 북해빙궁주도 만만치 않았다. 그녀는 육안으로 보이지 않는 벽우진의 움직임을 놓치지 않았다.

쩌어어엉!

정확히 목을 노리고서 쇄도하는 벽우진의 손날을 북해빙궁주는 정면으로 막아냈다. 그녀 역시 손날을 이용해서 공격을 튕겨냈던 것이다.

그런데 분명 피육으로 이루어진 손이 부딪쳤는데 소리는 마치 쇳덩어리끼리 충돌한 듯한 굉음이 울려 퍼졌다.

츠츠츠츠!

그뿐만 아니라 북해빙궁주를 중심으로 대지가 얼어붙기 시작했다. 본격적으로 진기를 끌어 올리자 그녀의 육신에서 무시무시한 냉기가 뿜어져 나왔던 것.

한순간에 북해로 만들어 버리는 듯한 그 압도적인 냉기에 멀찍이 떨어져 있던 설백조차도 얼굴을 찌푸릴 정도였다.

'확실히 거슬려.'

대지는 물론이고 공기마저 얼려 버리는 지독한 냉기에 벽우진이 미간을 좁혔다.

그녀는 파산존과 무음살존과는 확실히 격이 다른 무위를 보여주고 있었다.

특히 전신에서 뿜어져 나오는 냉기는 벽우진도 경시할 수 없었다. 자칫 잘못하다가는 사지 중 하나가 얼어붙어 박살 날 수도 있었기에 벽우진 역시 상청무상신공(上淸無上神功)의 진기를 끌어 올렸다.

우우웅!

이윽고 벽우진의 낡은 도복에 푸른빛의 기운이 넘실거리기 시작했다. 그리고 상청무상신공의 기운이 북해빙궁주의 냉기를 차단하기 시작했다.

"흥."

하지만 그 모습에도 북해빙궁주는 코웃음을 쳤다.

그녀가 가진 냉기는 단순히 공력을 일으킨다고 해서 차단시킬 수 있는 수준이 아니었기 때문이다.

더구나 그녀의 무기는 절대 냉기만이 아니었다.

쩌저저적!

북해빙궁주의 손짓에 따라 허공에 얼음 결정들이 생성되었다. 손에서 흘러나오는 냉기에 허공 중의 수분들이 얼어붙어 날카로운 형태를 이루었다.

북해빙궁주는 그것을 벽우진을 향해 날렸다.

"흠!"

마치 암기처럼 날아오는 얼음 결정에 벽우진이 눈을 빛냈다. 단순히 냉기로 얼린 게 아님을 단박에 파악했던 것이다.

하지만 그럼에도 벽우진은 피하지 않고 오히려 재미있다는 표정을 지으며 정면으로 달려들어 오른손을 크게 휘둘렀다.

치이이익!

상청무상신공의 진기로 펼쳐진 육양수(六陽手)가 벌 떼처럼 날아들던 날카로운 얼음 결정들을 한순간에 녹여 버렸다.

극양지력을 담고 있었기에 제아무리 빙백신공으로 만들어진 얼음 결정이라고 하더라도 별수 없었다.

하지만 이 모든 건 말 그대로 시작에 불과했다.

쑤아아앙!

얼음 결정이 증발하며 수증기가 되기 무섭게 허공에 새하얗고 거대한 장인이 모습을 드러냈다. 북해빙궁주가 이번에는 장강을 일으킨 것이다.

꽈아앙!

일시에 주변을 가득 채우는 수증기를 밀어내며 덮치듯이 쇄도해 오는 빙백신장이었지만 벽우진은 당황하지 않았다. 벽우진 정도쯤 되면 굳이 육안에 연연하지 않아서였다.

대신 무표정한 얼굴로 육양수가 펼쳐진 오른손을 정면으로 내질렀다. 이번 역시 피하지 않고 정면 승부를 걸었던 것.

쩌저저적!

그로 인해 꽁꽁 얼어붙었던 대지가 찢겨졌다. 두 사람의 충돌에 땅바닥이 견디지 못한 것이었다.

꽈앙! 꽝!

빙백신장과 육양수가 부딪칠수록 굉음이 쩌렁쩌렁 울려 퍼졌다.

그와 동시에 수증기 역시 계속해서 증가했다. 극양지력과 극음지력이 충돌하니 수증기가 끊임없이 발생했던 것이다.

하지만 둘 다 수증기는 신경도 쓰지 않은 채 서로가 서로를 향해 살수를 뿌렸다.

'으음!'

쉴 새 없이 이어지는 난타전에 북해빙궁주의 미간이 찌푸려졌다.

빙백신공을 전력으로 펼쳤음에도 이렇게나 영향을 받지 않는 무인은 처음이었다. 천하제일인에 제일 근접해 있다는 소림 무제도 이 정도는 아니었다.

그게 그녀는 도저히 믿기지가 않았다.

'도대체 어디서 이런 괴물이 나온 거지?'

빙화파산존이 죽었다는 소식을 들었을 때 그녀는 나름 저력이 있다고 생각했다.

삼제오왕칠성에 비견되는 고수가 십존이긴 했지만 빙화파산존은 그중에서 하위에 속해 있는 고수였다. 그런 만큼 한때 구파일방에 꼽혔던 곤륜파에 빙화파산존을 쓰러뜨릴 수 있는 고수가 있다 해도 이상하지는 않았다.

한데 그 생각은 무음살존의 소식이 끊어진 후 바뀌었다.

'그래도 이 정도일 줄은……'

북해 최고의 신공이라는 빙백신공으로 펼치는 빙백신장을 어렵지 않게 막아내는, 아니, 튕겨내는 벽우진의 모습에 감정 변화가 거의 없는 그녀가 입술을 살짝 깨물었다. 이상하게 자꾸 불길한 생각이 들었다.

하지만 그녀는 이내 그 생각을 털어냈다.

지금은 승부에 집중할 때다.

'늘 그랬듯이 쓰러뜨리면 된다.'

소림무제와 제왕검의 협공도 받아냈던 자신이었다. 패선이라고 해서 다를 것은 없었다.

후우우웅!

달라진 마음가짐을 보여주듯 북해빙궁주에게서 뿜어져 나오는 냉기가 더욱 지독해졌다. 그뿐만 아니라 거대한 장강이 두 개로 늘어나며 벽우진을 짓뭉갤 듯이 떨어져 내렸다.

그녀는 장강 하나로 육양수를 밀어내고 다른 하나로는 벽우진의 머리를 노렸다.

쿠아아앙!

한순간에 이어진 연계 공격에 벽우진의 모습이 사라졌다.

기척이 전혀 느껴지지 않자, 한쪽에 서서 주시하고 있던 사촌들의 얼굴이 밝아졌다. 제아무리 패선이라 불리는 벽우진이라도 이번 공격은 견디지 못한 것이라 생각한 것이다.

"으음!"

그리고 그건 멀리서 두 세력의 전투를 지켜보고 있던 하오문도 마찬가지인 듯했다.

최대한 멀리 떨어져서 주시하던 설향이 딱딱하게 굳은 얼굴로 침음을 흘렸다.

"아니겠죠?"

"일단은, 보이지 않는구나."

"그렇게 가실 분이 아니신데."

"나도 아니길 빈다만……."

설향이 말끝을 흐렸다.

그녀도 아니길 바라고 있지만 북해빙궁주의 무력이 너무나 막강했다. 초인이라는 말이 절로 떠오를 정도로 북해빙궁주가 보여준 무위는 엄청났다.

인간의 몸으로 대지를 얼려 버리고 나무들을 먼지로 만드는 모습에 설향은 몸이 떨려왔다. 저런 괴물이 존재한다는 사실이 믿기지가 않았다.

'도망친 게 아니라 숨을 고르기 위함이었나.'

설향의 얼굴이 딱딱하게 경직되었다.

저런 무위를 지닌 북해빙궁주가 도망쳤다고는 생각하기 힘들었다. 오히려 전세의 불리함을 인정하고 스스로 물러났다는 쪽이 맞지 않을까 하는 생각이 들었다.

"지금이라도 물러나야 하지 않을까요?"

"조금만 더 기다려 보자. 준비는 진즉에 해놓은 상태이니."

"그래도 서두르는 게……."

양선의 말이 끊겼다. 산에서 불어온 바람에 수증기가 서서히 걷히기 시작해서였다.

그리고 곧 하나의 인영이 모습을 드러냈다.

"아직 안 끝난 것 같구나."

서서히 모습이 드러나는 인영을 보며 설향이 눈을 빛냈다.

어마어마한 폭발의 중심에 있었다고 보기에는 인영의 의복이 너무나 멀쩡했다.


"역시 죽지 않았어."

"이 정도에 죽을 거였으면 진즉에 죽었지."

"왜 피하지 않았지?"

"피할 필요가 없었으니까. 아니, 피할 가치가 없었다고나 할까."

뒷짐을 진 자세로 벽우진이 천천히 걸어 나왔다.

어디 하나 그을린 자국 없이 아까 전과 똑같은 상태의 옷에 북해빙궁주의 눈동자가 미세하게 흔들렸다.

"피할 가치가 없었다고?"

"어. 피하면 너무 없어 보이잖아. 그래도 난 일파의 장문인인데."

"허!"

상상조차 하지 못한 대답에 북해빙궁주가 어이없다는 표정을 지었다.

하지만 벽우진은 진심이었다.

그는 보는 순간 한눈에 알 수 있었다. 북해빙궁주가 어느 정도의 실력인지 말이다.

타앗!

그것을 벽우진은 지금부터 알려줄 생각이었다. 북해빙궁, 아니, 정확하게는 북해빙궁주가 얼마나 큰 착각을 하고 있었는지 말이다.

"본 파는 결코 만만한 곳이 아니란다, 아가야."

"그 무슨 망발……!"

북해빙궁주의 두 눈이 부릅떠졌다. 분명 느릿하게 날아오던 벽우진의 신형이 일순 사라져서였다.

육안으로는 물론이고 기감으로도 감지할 수 없는 상태에 북해빙궁주의 얼굴에 당혹감이 떠올랐다. 이렇게 두 눈 부릅뜨고 벽우진을 놓칠 줄은 몰랐다.

우우웅!

그때 머리 위에서 묵직한 소성이 들렸다. 신형은 놓쳤지만, 공격의 전조만은 확실하게 느껴졌다.

"너무 순진한데."

"컥!"

고개를 들었던 북해빙궁주의 상반신이 거칠게 흔들렸다.

당연히 위에 있을 거라 생각했던 벽우진이 그녀의 등 뒤에 있었다.

제대로 막지도 못하고 일격을 허용한 북해빙궁주가 신음을 흘리며 황급히 몸을 돌려, 다급하게 벽우진이 있는 곳을 향해 몸을 반회전시켰다.

쑤아아앙!

하지만 그런 그녀를 반겨주는 건 벽우진의 주먹이었다.

지금껏 육양수를 펼쳤던 것과 달리 벽우진은 순수하게 주먹을 휘둘렀다.

그런데 평범한 정권임에도 북해빙궁주의 머릿속에서는 연신 경종이 울렸다. 권기 하나 서리지 않은 주먹질인데 이상하게 불길했다.

'일단은 거리를 벌려야 해.'

북해빙궁주는 차분하게 생각했다.

굳이 벽우진이 원하는 방식으로 싸울 필요는 없다.

게다가 지금 유리한 쪽은 그녀였다. 지켜야 할 게 많은 벽우진과 달리 그녀에게는 많은 수하들이 있었다.

쿠르르릉!

이윽고 북해빙궁주의 앞에 두꺼운 얼음벽이 생성됐다. 빙백신공으로 허공에 빙벽을 만들었던 것이다.

동시에 그녀가 뒤로 훌쩍 물러났다.

꽈아아앙!

잠시 후 벽우진의 주먹이 빙벽을 때렸다. 그는 가로막는 건 그냥 때려 부수겠다는 듯이 무식하게 빙벽을 박살 냈다.

그러나 북해빙궁주 역시 원하는 만큼의 거리를 벌린 뒤였다.

"이번에야말로 확실하게 끝장내 주마."

북해빙궁주의 눈빛이 달라졌다.

여유가 생기니 당했던 모욕이 떠올랐다. 감히 북해의 지배자인 자신을 앞에 두고서 피할 가치가 없다는 등의 망발을 지껄인 벽우진의 주둥이를 가만두지 않을 생각이었다.

물론 벽우진이 강하다는 걸 알고 있었지만, 아까도 말했다시피 길고 짧은 건 대봐야 아는 법이었다.

'경험은 내가 더 많아.'

풍기는 기도는 분명 벽우진이 비슷하거나 반수 정도 위였다. 하지만 그건 말 그대로 종이 한 장 차이였다. 얼마든지 뒤집어질 수 있는.

더구나 세상에 나온 지 얼마 되지 않는 벽우진과 달리 그녀는 산전수전을 다 겪은 백전노장이었다.

우-우-우웅!

달라진 눈빛만큼이나 많은 것이 변했다.

북해빙궁주의 전신에 새하얀 호신강기가 마치 갑옷처럼 덧씌워졌을 뿐만 아니라 허공에 수십, 수백 개의 얼음 창들이 생성되었다. 그리고 그녀는 얼음 창이 생성되는 즉시 벽우진을 향해 날렸다. 호신강기조차도 종잇장처럼 꿰뚫어 버리는 얼음 창 수백 개였다.

콰우우우!

허공을 가득 채우는 수백 개의 얼음 창이 달빛을 받아 반짝거렸다.

그리고 그 모습에 지켜보던 북해빙궁도들이 침을 삼켰다. 저 얼음 창이 얼마나 무시무시한지 그들이 가장 잘 알았다.

더불어 벽우진의 오만함도 여기서 끝맺을 거라 자신했다.

"호오."

한편 빙벽을 부순 벽우진은 허공을 빼곡히 채운 얼음 창을 신기한 눈빛으로 쳐다봤다. 보통이 아닐 거라고 예상하기는 했지만 이런 식으로 공격을 해올 줄은 몰랐다.

게다가 북해빙궁주의 노림수는 이게 전부가 아니었다.

호신강기를 마치 갑옷처럼 두르고 있는 그 모습에 벽우진이 재미있다는 표정을 지었다.

"죽어라."

"그 무슨 섭섭한 말을. 나는 최소한 오십 년은 더 살다가 죽을 거다."

무감정한 북해빙궁주의 말을 정면으로 반박하며 벽우진이 오른손을 들어 올렸다.

그런데 그의 손에서 숫구친 푸른빛 강기는 모양이 조금 특이했다. 일반적인 수강과는 달리 마치 검처럼 올곧게 숫구쳐 있었던 것이다.

벽우진은 그것을 얼음 창을 향해 휘둘렀다.

퍼퍼퍼펑!

단순하기 그지없는 횡 베기에 무서운 기세로 벽우진에게 쏟아지던 얼음 창들이 터져 나갔다.

검강이 뿌려진 것도 아니고 참격도 아닌 단순한 횡 베기에 무시무시한 기세로 떨어지던 얼음 창들이 일제히 터지는 모습에 북해빙궁주의 눈썹이 꿈틀거렸다.

"흥!"

하지만 놀람은 잠시뿐이었다.

이내 해보자는 표정으로 북해빙궁주는 빙백신공의 진기를 모조리 끌어 올렸다. 정말 오랜만에 전심전력을 다해 빙백신공을 운용했다.

츠츠츠츠!

그 기세에 그녀를 중심으로 사방이 얼어붙고 마치 북해를 이곳으로 소환한 듯이 북풍한설이 불기 시작했다.

거기에 수백 개의 얼음 창들이 다시 허공을 채웠다.

"어리석은 아이로고."

모든 이가 말도 안 되는 광경에 질린 표정을 지을 때 벽우진은 오히려 미소를 지었다. 그에게는 북해빙궁주가 무모한 도전을 하는 것으로밖에는 보이지 않았다.

그래서 벽우진은 친히 알려주기로 마음먹었다.

어째서 자신이 곤륜의 주인인지를 말이다.

'하늘의 실수로 내가 존재함을 알려주마.'

입가에 미소가 떠오른 순간 그의 신형이 다시 움직였다.

그는 극성에 이른 운룡대팔식(雲龍大八式)을 선보이며 허공을 유려하게 뛰어다녔다.

물론 이동하면서 수검(手劍)을 휘두르는 것도 잊지 않았다.

콰콰콰쾅!

벽우진에게 닿기도 전에 수검에서 뿌려진 검격에 얼음 창들이 박살 나고, 수백 개의 얼음 창이 또다시 생성되었다.

두 사람은 마치 내공의 화수분이라도 가지고 있는 것처럼 끊임없이 공격하고 끊임없이 박살 냈다.

그러다가 이내 마주쳤다.

"차합!"

벽우진이 다가온 순간 북해빙궁주의 양손이 번개같이 움직였다. 그녀는 원거리 공격도 강력하지만, 근접전에도 강했다. 지금과 같은 경지에 오르기 전에는 근접 박투로 상대를 아작 냈던 게 바로 그녀였다.

쐐애애액!

극한의 냉기를 머금은 북해빙궁주의 양손이 벽우진의 머리와 단전을 노렸다. 오로지 죽이겠다는 의지로 지독한 살초를 뿌린 것이었다.

터엉! 텅!

그러나 두 곳 중 한 곳도 제대로 적중된 곳은 없었다. 벽우진의 수검이 북해빙궁주의 양손을 튕겨냈기 때문이다.

게다가 벽우진의 대응은 이게 다가 아니었다.

그는 오른손으로 만든 수검으로는 북해빙궁주의 빙백신장을 튕겨내고 왼손으로는 일권을 꽂아 넣었다.

쿠아아앙!

진기를 가득 머금은, 내강(內罡)의 묘리가 담긴 일권이 정확히 북해빙궁주의 복부를 타격했다.

그뿐만 아니라 벽우진의 양다리가 연거푸 크게 반회전을 그리며 북해빙궁주의 전신을 두들겼다.

"크흑!"

호신강기를 일으킨 상태인데도 저릿저릿하게 파고드는 충격에 북해빙궁주가 자기도 모르게 신음을 흘렸다. 벽우진이 단순히 힘만으로 때리는 게 아니라 내가중수법(內家重手法)으로 공격했기에 내부가 크게 진탕되었다.

그러나 북해빙궁주도 당하고만 있지는 않았다. 최선의 방어가 공격이라는 것을 잘 알고 있었기에 맞불을 놓았다.

콰앙! 콰쾅! 꽝!

벽우진의 수검과 북해빙궁주의 장강이 허공을 갈가리 찢어 버리고 짓뭉갰다.

둘은 각자만의 방식으로 상대방을 맹렬히 몰아붙였다.

그로 인해 두 사람의 주위는 순식간에 쑥대밭으로 변했다. 무지막지한 경력이 휘몰아치는 탓에 땅거죽이 쉴 새 없이 뒤집혔다.

"죽어!"

일순 허공에 거대한 장인이 떠올랐다. 극성의 빙백신공으로 펼친 빙백신장이었다.

집채만 한 크기의 장인 두 대가 벽우진을 압착하듯이 양쪽에서 쇄도했다.

"흡!"

흘러나오는 냉기만으로도 온몸을 꽁꽁 얼려 버릴 것 같은 장인에 벽우진이 양손을 뻗었다. 똑같이 장강으로 맞불을 놓은 것이다.

피할 수도 있었지만 벽우진은 말했던 대로 정면 승부를 걸었다.

꽈아앙!

이윽고 빙백신장과 상청인(上淸印)이 격돌했다.

하지만 이번에도 역시나 무승부였다. 굉음과 함께 네 개의 장인이 허공에서 소멸했다.

타핫!

그런데 그 순간 북해빙궁주가 달려들었다. 마치 벽우진을 껴안으려는 듯이 두 팔을 벌리고서 전광석화처럼 접근했다.

그녀는 창졸간의 무방비 상태를 노리고서 쇄도했다.

'단숨에 얼려 버린다!'

북해빙궁주의 의도는 명백했다. 비교적 평범한 육체를 지닌 벽우진과 접근해 그대로 꽁꽁 얼려 버릴 작정이었던 것.

그런데 그녀가 닿기 직전, 한 줄기 섬광이 그녀를 꿰뚫었다.

퍼석.

뒤이어 미약한 소성이 울려 퍼졌다.

지금까지 터져 나왔던 굉음과 비교하면 너무나 작은 소리였지만, 그로 인한 결과는 결코 작지 않았다.

"큭!"

달려들던 북해빙궁주가 복부를 움켜잡으며 주저앉았다.

그녀는 믿을 수 없다는 눈빛으로 벽우진을 올려다봤다. 지금의 일격은 북해빙궁주가 생각하기에는 말도 안 되는 공격이었다.

"애초부터 결과는 나와 있었다."

"공격해라!"

흔들리는 북해빙궁주의 시선을 마주하며 벽우진이 입을 열었다.

그런데 그 순간 파천도존의 고성이 경내를 갈랐다. 북해빙궁주의 단전이 박살 난 순간 그가 공격 명령을 내렸던 것이다.

파파팟!

그러자 뒤로 물러나 있던 북해빙궁의 빙령전대와 북풍전대가 기다렸다는 듯이 몸을 날렸다. 그들은 자신들의 목숨은 도외시한 듯이 곤륜파의 제자들을 향해 달려들었다.

그리고 사존들 역시 몸을 날렸는데 방향이 북해빙궁도들과는 달랐다. 네 명이 전부 청민과 서진후가 있는 곳을 향해 몸을 날렸다.

"이놈들이!"

그 모습에 설백이 대경실색했다. 북해빙궁의 무인들이 노리는 바가 너무나 명백했다.

그러나 싸우려는 게 아니라 지나치는 게 목적이었기에 아무리 호법들의 실력이 뛰어나도 오백여 명 가까이 되는 이들을 모두 다 잡는 건 불가능했다.

"젠장!"

"버텨라!"

특히나 사존들은 호법들과 비등한 무력을 가진 존재들이었기에 설백은 더욱더 다급하게 소리쳤다.

제자들도 중요했지만 청민과 서진후는 그보다 더 중요한 존재들이었다.

특히 벽우진이 두 사람을 어떻게 생각하는지 너무나 잘 알았기에 설백은 전력을 다해 경신술을 펼쳤다. 만약 두 사람이 죽게 된다면, 아니, 사로잡히게 된다면 상황이 아주 극단적으로 흘러갈 가능성이 높았다.

파아앗!

한데 그런 설백보다 먼저 두 사람에게 달려가는 이가 있었다.

바로 진구였다.

그는 마치 미리 짐작하고 있었다는 듯이 살벌한 얼굴을 하고서 전력 질주했다.

"네놈들만은!"

"흐아아압!"

하지만 진즉에 준비를 하고 있던 사존들보다는 늦을 수밖에 없었다. 애초부터 최악의 결과도 상정하고 자리를 잡고 있었기에 사존들이 조금 더 두 사람과 가까웠던 것이다.

하나 그렇다고 포기할 수는 없었기에 진구는 이를 악물고서 더욱 속도를 올렸다.

콰아앙!

그러나 먼저 도착한 것은 결국 사존이었다.

진구와 호법들이 악착같이 달린 것만큼, 아니, 그 이상으로 사존 역시 절실했기에 간격이 끝내 좁혀지지 않았다.

"끄으윽!"

게다가 위험한 것은 두 사람만이 아니었다.

빙령전대와 북풍전대는 스스로가 고기 방패가 되는 것도 마다치 않으며 동료가 아이들에게 다가갈 시간을 벌어주었다. 때문에 호법들로서는 이중고를 겪을 수밖에 없었다.

"청민아!"

천라혈존과 백수장존에게서 뻗어 나간 새하얀 강기가 청민과 서진후를 향하는 것을 보며 진구가 소리쳤다.

늘 티격태격대기는 했지만 누가 뭐래도 곤륜파 내에서 진구와 가장 친한 사람을 꼽으라면 둘이라고 할 수 있었다.

그렇기에 진구는 다급하게 권격을 날렸다. 일단은 두 사람과 사존을 떨어뜨려 놓아야 한다고 생각했다.

"칫!"

등 뒤에서 날아오는 맹렬한 권격에 파천도존이 혀를 찼다. 아직 확실하게 제압하지 못했는데 진구가 도착해서였다.

게다가 진구에 이어 세 명의 호법들이 속속들이 도착했기에 파천도존은 황급히 몸을 돌리며 길을 막았다. 우선은 청민과 서진후를 사로잡을 시간을 벌 작정이었다.

"저희는 괜찮습니다!"

"오!"

그때 멀리서 청민의 목소리가 들려왔다. 갑작스러운 사존의 공격을 가까스로 막아내고서 소리쳤던 것이다.

물론 상태는 썩 좋지 못했다. 청민과 서진후가 짧은 시간에 강해졌다고 하나 그렇다고 사존에 비할 바는 아니었다.

"제기랄!"

그래도 일격 정도는 어찌어찌 버텨낼 정도는 되었기에 둘 다 입가에서 피를 흘릴지언정 사로잡히지는 않았다. 사존의 공세를 받아치면서 그 반동을 이용해 거리를 벌렸다.

그 영악한 행동에 천라혈존과 백수장존이 분기탱천했다. 다 잡았다고 생각한 둘을 어이없게 놓친 탓이다.

퍼퍼퍼펑!

거기다 제자들 역시 합격진을 펼치는 것으로 시간을 번 결과 무사히 호법들과 합류할 수 있었다. 크고 작은 부상은 입었을지언정 사로잡힌 이는 없었다.

"하아."

그 모습에 파천도존이 절망 어린 표정을 지었다.

최소한 제자들이라도 사로잡았어야 협상을 할 수 있는데 계획이 완전히 실패했기에 파천도존은 막막한 얼굴로 도를 늘어뜨렸다.

"발악은 끝났군."

"……."

정리된 상황에 벽우진의 시선이 다시 북해빙궁주를 향했다. 가뜩이나 창백했던 안색이 더욱 새하얗게 변한 그녀에게로 말이다.

"그러기에 왜 여기로 왔어. 그냥 강북 무림하고 담판을 짓지. 그랬다면 최소한 이 모양 이 꼴은 당하지 않았을 텐데."

"너만 없었어도 이런 일은 벌어지지 않았다."

"아니지. 너희들이 간을 보지 않았다면 여기까지 오지 않았겠지. 난 그저 이곳에 있었을 뿐이니까. 쳐들어온 건 너희들이지."

흠칫!

벽우진의 시선이 북해빙궁주를 넘어 파천도존과 백귀존에게로 향했다.

그러자 백귀존이 유독 크게 움찔거렸다. 여기에서 오직 그만이 벽우진과 초면이 아니었다.

"……물러나겠다면 보내줄 수 있나?"

"이제 와서?"

벽우진이 어처구니없다는 표정을 지었다. 야밤에 대대적으로 암습을 한 주제에 너무나 당당하게 물러나겠다고 말을 하니 기가 막혔다.

하지만 북해빙궁주는 당당했다.

"적장에 대한 예우도 있는 법이니까."

"흥. 적장은 무슨. 정면 대결도 아니고 비겁하게 쳐들어온 주제에 예우? 가당키나 하다고 생각하는 건가?"

"……나 혼자로 안 되겠나?"

그녀는 여전히 오른손으로 복부를 부여잡은 채로 말했다.

그러나 그 눈빛은 아직 죽지 않았다. 지금 이 순간에도 구멍 난 단전에서 평생 동안 쌓아온 공력이 빠져나가고 있었지만, 그래도 아직 그녀는 북해빙궁의 주인이었다. 싸움을 멈춘 것이지 아직 싸우지 못하는 건 아니었다.

"반대 입장이었다면 어땠을까? 네놈들은 우리가 살려달라고 빈다면 살려주었을까?"

"……."

"개소리는 저승에 가서 해라. 여기서 하지 말고."

쫘아아앙!

벽우진의 말이 끝난 순간 호법들이 움직였다.

그들은 곤륜파 제자들의 안전이 확보되자 미친 들소처럼 저돌적으로 사존과 북해빙궁도를 도륙했고, 그로 인해 경내에 단말마가 끊임없이 이어졌다.

"궁주님!"

다른 사존들이 시간을 벌어주는 사이 파천도존이 피 칠갑을 한 채로 북해빙궁주에게 달려왔다.

-제가 시간을 버는 동안……!

"늦었다."

쯔억.

선혈이 낭자한 상태로 그녀에게 다가왔던 파천도존의 목이 서서히 갈라졌다.

벽우진의 수검이 그의 목을 단숨에 가른 것이었다.

하지만 그것을 모르는 듯 파천도존의 입술은 여전히 꿈틀거리고 있었다. 다만 목소리가 제대로 나오지 않았을 뿐.

"구, 궁주님."

"이대로 끝날 것이라 생각하지 마라. 나와 사촌은 비록 이곳에서 죽지만 북해빙궁은 영원하니까."

"그렇다면 나도 말해주지. 오는 족족 죽게 될 것이라고. 사실 난 바로 와주었으면 해. 내가 굳이 찾아갈 필요 없이 말이지."

으득.

북해빙궁주의 눈동자에 악독한 빛이 서렸다.

동시에 그녀의 기운이 요동쳤다. 혼자 죽지 않겠다는 듯이 폭사공을 펼치려고 한 것이다.

콰콰콰쾅!

그런데 그보다 먼저 사방에서 폭발이 일어났다. 북해빙궁주와 마찬가지로 남은 삼촌 역시 폭사공을 펼쳤기 때문이었다.

"같이 가자!"

"미안하지만 난 아직 할 일이 많아서."

동귀어진하겠다는 듯이 달려드는 북해빙궁주를 향해 벽우진이 손을 들어 올렸다. 접근하기 전에 아예 머리를 날려 버릴 생각이었다.

하지만 그전에 북해빙궁주의 몸이 폭발했다. 벽우진이 이렇게 나올 줄 예상하고 한발 먼저 폭사공을 펼친 것.

터터터텅!

피로 홍건한 수백 개의 육편들이 벽우진의 호신강기를 때렸다.

그러나 안타깝게도 벽우진의 몸에 직접적으로 닿는 것은 없었다.

"사부님!"

괜히 북해빙궁주가 아니라는 듯이 그녀가 펼친 폭사공의 위력은 삼존이 펼친 것과는 격이 달랐다. 구덩이의 크기만 봐도 폭발의 차이를 느낄 수 있었다.

지축이 울리는 어마어마한 폭발에 서예지가 날듯이 벽우진에게 달려왔다.

"난 괜찮다."

"정말 괜찮으신 거죠?"

"보고도 모르겠어?"

평소와 달리 걱정이 가득한 서예지의 눈빛에 벽우진이 두 팔을 들어 올렸다.

약간 그슬리고 뜯겨진 것을 제외하면 거의 멀쩡하다시피 한 의복의 모습에 서예지는 그제야 안도의 한숨을 내쉬었다.

다른 이도 아니고 강북 무림을 공포에 떨게 만들었던 북해빙궁의 주인이 벽우진의 상대였다. 그렇기에 서예지는 대결 내내 가슴을 졸이며 지켜봤었다.

"사형."

"걱정은 이 녀석들에게 해줘야 할 것 같은데?"

"허허……."

벽우진에게 다가온 청민과 서진후가 멋쩍게 웃었다.

진짜 간발의 차이로 살아남았다는 표현이 맞을 정도로 둘은 생사의 기로에 서 있었다.

하지만 그것보다 더 두려웠던 것은 사존들에게 사로잡히는 상황이었다.

만약 두 사람이 사존에게 붙잡혔다면 상황은 지금과 완전히 달랐을 터였다.

'생각만 해도 끔찍하지.'

가뜩이나 창백했던 청민의 안색이 더욱더 새하얗게 탈색되었다.

벽우진이 자신을 어찌 생각하는지 모르지 않았기에 곤륜파의 미래가 자연스레 예상되었던 것이다.

'절대 그런 꼴은 볼 수 없지.'

청민의 눈동자에 결연한 빛이 찰나지간에 떠올랐다가 사라졌다.

사실 그는 마음의 결정을 내린 상태였다. 벽우진에게, 곤륜파에게 절대 폐를 끼치지 않겠다고. 사로잡히게 되면 스스로 목숨을 끊자고 말이다.

하지만 다행스럽게도 최악의 상황까지 가지는 않았다.

"괜찮으세요, 사숙님?"

"좀 많이 다치긴 했다만, 살아남았으니 된 게지."

"할아비보다 사형이 먼저인 게냐?"

인자하게 웃는 청민의 모습을 보며 재차 안도하는 손녀의 모습에 서진후가 퉁명스럽게 말했다. 아무리 함께 지내면서 친해졌다고 하나 그래도 자신은 혈육인데 너무 무관심한 것 같아서였다.

"항렬은 지키라고 있는 것이니까요. 그리고 저는 할아버지의 손녀이기도 하지만 곤륜의 제자인 걸요?"

"에잉."

"대신 붕대는 제가 직접 감아드릴게요, 할아버지."

"허허허허!"

언제 투덜거렸냐는 듯이 서진후가 함박웃음을 지었다. 손녀에게서 정성스러운 간호를 받을 생각을 하자 벌써부터 기분이 좋아졌다.

"내상이 더 번지기 전에 얼른 들어가, 이 녀석들아. 괜히 상처 더 도지게 하지 말고. 부상당한 호법들이랑 같이."

"장문인."

벽우진이 피투성이 채로 파안대소하는 서진후를 못마땅한 눈빛으로 쳐다볼 때 다른 호법들과는 달리 멀쩡한 모습을 하고 있는 설백이 다가왔다.

그런데 그의 표정이 심상치 않았다.

"저도 느꼈습니다. 그런데 적은 아닌 것 같습니다."

"적의나 살기는 없습니다만, 그래도 전의가 상당합니다."

"일단 적은 아닌 것 같습니다."

설백이 느낀 걸 벽우진이 느끼지 못할 리가 없었다. 이미 진즉부터 그는 알고 있었다.

그렇기에 벽우진은 먼 곳을 응시했다.

"그게 무슨 말인지요?"

"손님이 하나 더 있다는 뜻이지?"

"……!"

언제 마음을 놓았냐는 듯이 청민과 서진후의 표정이 일변했다. 다시 전투가 벌어질 수도 있기에 다시 바짝 긴장하는 것이었다.

그런데 벽우진은 그런 두 사람의 등짝을 후려쳤다.

"부상자들은 이만 들어가지? 내가 방금 전에 한 말 잊었어?"

"그래도 저희가 한 손이라도 거들어야……."

"다친 주제에 말이 많다. 내가 멀쩡한데 너희들이 힘을 보탠다고 해서 달라질 것 같아? 조용히 들어가서 비 호법에게 치료나 받아. 어르신들 모시고서."

"예."

강경한 벽우진의 지시에 청민도 더 이상 반항하지 않았다.

괜찮은 척하고 있었지만, 사실은 내상이 심각했기에 청민은 고개를 한 차례 꾸벅이고서 서진후와 몸을 돌렸다.

파바바밧!

그리고 그때 북해빙궁의 무인들이 모습을 드러냈던 곳에서 새카만 그림자들이 하나둘 모습을 드러내며 상당수의 인원이 집결하기 시작했다.

"장문인!"

"다행히 적은 아닌 것 같군요."

선두에서 다급히 그를 부르며 달려오는 인영을 육안으로 확인한 벽우진이 어깨를 으쓱거렸다. 낯익은 얼굴에 긴장을 풀었던 것이다.

그러나 설백은 벽우진의 말에도 굳은 안면을 풀지 않았다. 아직은 확실한 게 없다고 생각해서였다.

"외팔이에 발목이 없는 무인이라. 몸 상태가 다들 정상이 아닌데?"

다른 호법들과 같이 두 사람의 곁으로 다가온 진구가 요상한 조합에 고개를 갸우뚱거렸다. 보면 볼수록 특이한 조합이라는 생각이 들어서였다.

하지만 긴장을 풀지는 않았다. 비정상으로 보이는 이들의 무위가 보통이 아니었다.

"괜찮으십니까, 장문인!"

"보이는 대로. 근데 여긴 무슨 일이지?"

유일하게 곤륜산을 오른 적이 있어서인지 길잡이 역할을 맡은 듯한 제갈현을 향해 벽우진이 다짜고짜 용건부터 물었다.

아무리 안면이 있고, 오대세가의 한 곳인 제갈세가의 수장이라고 하나 시기가 시기이다 보니 자연스레 벽우진의 어조에는 날이 서 있었다.

게다가 제갈현은 혼자 온 게 아니라 뒤에 수백 명이나 되는 인원을 데리고 왔기에 벽우진의 두 눈이 날카롭게 빛냈다.

"오해하지 말아주십시오. 저희는 곤륜파가 걱정되어 온 것입니다. 북해빙궁이 곤륜산으로 향한다는 소식을 들었거든요."

"북해빙궁을 추격해 온 것이다?"

"예, 두 번이나 같은 실수를 해서는 안 되니까요. 그런데, 이미 상황은 종결된 거 같습니다."

침착한 어조로 제갈현이 말하며 주변을 훑었다.

아직은 깜깜한 밤하늘 아래 곤륜파의 경내를 횃불이 환하게 밝히고 있었다. 그리고 그 아래에는 북해빙궁도로 보이는 수백 개의 시체들이 보였다. 군데군데 벽력탄이라도 터진 듯한 흔적과 함께 말이다.

"그래도 이번에는 왔군. 지난번에는 아예 모른 척하더니."

"……죄송합니다."

얼마나 열심히 뛰어왔는지 얼굴이 땀범벅인 제갈현이 정중하게 고개를 숙였다.

그건 다른 이들도 마찬가지였다. 수뇌부들은 여유가 조금 있어 보였지만 일반 무사들은 하나같이 지친 기색이 완연했다.

"그 말은 충분히 들었고. 숫자가 정확히 얼마나 되지?"

"낙오자가 없다면 삼백육십칠 명일 것입니다."

"일단 숙소부터 안내해 주지."

"아닙니다. 정리하는 걸 돕겠습니다. 또 장문인께 소개해 드릴 분들도 계시고요."

제갈현이 슬쩍 벽우진의 눈치를 살폈다.

아무래도 막 격전을 치렀기에 예민할 수밖에 없는 상태라는 걸 잘 알아서였다. 원래 성격이 좀 까다롭기도 했고.

"상황이 이래서. 내일 받도록 하지."

"그럼 정리를 돕겠습니다. 그래야 저희도 마음이 편할 것 같아서요."

"마음대로 해."

굳이 일손을 마다할 이유는 없었기에 벽우진은 거절하지 않았다.

안 그래도 이 많은 시체를 언제 정리하나 걱정하고 있었기에 벽우진은 자연스럽게 제갈현의 선의를 받아들이며 장내를 정리했다.

장문인답지 않게 앞장서서 시체들을 옮기기 시작하는 그 모습을 몇 명이 유심히 바라보고 있었다.

'허어.'

그러다가 호법들에게까지 시선이 옮겨간 이들이 두 눈을 부릅떴다.

벽우진만 하더라도 보통이 아닌 것을 알아챌 수 있었는데 호법들 역시 하나같이 만만한 이가 없었다.

대외적으로 알려져 있는 열 명 중 네 명만이 남아 있었지만, 그들만으로도 곤륜과 호법들의 위엄을 느끼기에는 충분했다. 놀랍게도 호법 한 명 한 명의 실력이 구파일방의 장문인들과 비교해도 크게 뒤떨어지지 않는 수준이었다.

'믿을 수가 없군.'

그것을 꿰뚫어 본 이 중 한 명인 남궁진이 허탈한 표정을 지었다. 숫자는 적을지 모르나 고수의 질은 그 어떤 곳과도 비교를 불허했다.

'만약 멀쩡했다면 이길 수 있었을까?'

남궁진의 시선이 바람에 따라 이리저리 흔들리는 왼쪽 소매로 향했다.

북해빙궁의 절대고수 중 한 명인 옥면검존을 쓰러뜨리는 쾌거를 이룩했지만 그 대가는 그의 왼팔이었다. 살을 주고 뼈를 취한다는 마음으로 옥면검존을 쓰러뜨렸지만 대신 팔을 잃었던 것이다.

물론 그 선택을 후회하지는 않지만 안타까운 마음이 드는 건 어쩔 수가 없었다.

"불가능해."

"예?"

"멀쩡해도, 승산이 없어. 그건 가주도 그렇고, 나도 마찬가지고."

"방주님."

"주변을 봐. 감당할 수 있겠어?"

왼쪽 발이 없는 개왕이 눈짓으로 주변을 가리켰다. 그러자 북해빙궁과의 전투로 초토화가 된 전경이 남궁진의 두 눈에 들어왔다.

"으음!"

"난 감당이 안 되는데."

"……."

"인정할 건 인정해야지. 그리고 강하니까 살아남은 거야. 무림의 전쟁은 국가 간의 전쟁과 다르다는 걸 가주도 알고 있지 않나. 절대자 한 명이 어떤 힘을 발휘하는지."

남궁진이 두 눈을 감았다.

그 역시 강호를 대표하는 고수이기에 절대자라고 불리는 무인들의 힘에 대해서 너무나 잘 알고 있었다.

절대자는 전쟁의 향방을 혼자의 힘으로 바꿀 수 있기에 절대자로 불리는 것이었다.

그도 한때 그게 가능했었고.

'그래도 인정하기가 쉽지 않군.'

오랜 세월 강호를 호령했던 이가 바로 남궁진이었다. 제왕검이라는 별호와 함께, 삼제오왕칠성 중 당당히 일좌를 차지하고 있던 게 그였다. 하지만 앞으로는 그 위상이 예전 같지 않을 터였다.

"세월의 흐름은 어쩔 수 없음이야. 새 시대가 오고 있고, 그 흐름을 우리는 바꿀 수 없어. 치고 올라간 때가 있는 것처럼 이제는 내려올 때가 된 게지."

"허허허허."

남궁진이 허탈한 웃음을 흘렸다.

인정하기는 싫지만 틀린 말이 아니었다. 그렇다고 거절할 수 있는 상황도 아니었고.

그러므로 받아들여야 했다.

"수긍하고 받아들이며 체념하는 게 쉽지만은 않겠지만 말이지."

"방주님께서도?"

"나는 뭐 사람 아닌가. 자네야 두 발은 멀쩡해서 맘껏 돌아다닐 수 있지만, 난 이제 한 발밖에는 남지 않았지."

개왕이 히죽 웃었다.

발 한쪽을 잃었지만 의외로 그는 아무렇지 않은 표정이었다. 개방의 특징이자 장점이라 할 수 있는 경신술을 이제는 더이상 펼칠 수 없게 되었는데도 말이다.

"그리 보지 말게. 싸움은 이제 할 만큼 하지 않았나. 후학이나 양성하면서 뒷방 늙은이로 사는 것도 나쁘지 않지. 사실이 나이까지 피를 보는 게 더 이상하지 않나."

"듣고 보니 그것도 그렇군요."

"제자의 복수도 했으니 난 이제 여한이 없어. 내가 할 일은 이제 다시 후개를 키우는 것만 남은 것 같기도 하고."

"아직 전쟁은 끝나지 않았습니다."

후련한 표정의 개왕을 보며 남궁진이 낮은 목소리로 말했다.

강북의 전쟁은 오늘로 마무리가 되었지만, 강남 무림은 아니었다. 아직 강남 무림은 오독문과 전쟁 중이었다.

"그쪽도 슬슬 정리되지 않겠나. 일단 사천당가의 합류로 반등을 이루어냈고, 우리도 이제는 여유가 생겼으니."

"뭐 해? 정리 안 할 거면 돌아가!"

그때 벽우진의 퉁명스러운 일갈이 경내를 갈랐다. 자신은 열심히 시체를 나르는데 천하 태평하게 수다나 떨고 있자 심기에 거슬렸던 것이다.

그러자 두 사람이 황급히 움직이기 시작했다.

겉모습은 이제 약관이 된 것처럼 보이지만 벽우진의 배분은 그들보다 위였기에 둘 다 감히 따지지를 못했다.

'허 참.'

나이로도, 배분으로도, 거기다 무공으로도 상대가 안 되는 벽우진의 모습에 남궁진이 속으로 헛웃음을 흘렸다.

수뇌부들이 그러니 죽자 사자 따라온 각 방파와 세가의 무인들도 서둘러 시신들을 나르기 시작했다.

육안에 공력을 집중해야 겨우 보일 듯 말 듯한 거리에서 곤륜파와 북해빙궁의 일전을 처음부터 끝까지 지켜보던 하오문은 하나같이 입을 다물지 못했다.

승산이 아예 없지만은 않을 거라 생각했지만 그래도 다들 패배 쪽에 마음이 기울어 있었다.

곤륜파가 아무리 저력이 있고, 고수가 제법 있다고 하나 그래도 상대가 북해빙궁이었다. 강북 무림을 거의 집어삼킬 뻔했던.

그런데 결과는 예상과 정반대가 나왔다.

이기더라도 가까스로 이기지 않을까 싶었는데 결과는 곤륜파의 압승이었다.

"허허."

특히 벽우진과 북해빙궁주의 대결은 무공을 익히지 않은

설향이 보기에도 천외천의 싸움이었다. 경천동지, 천번지복이라는 말이 절로 나올 정도로 초인들의 싸움이었던 것이다.

그런데 그 말도 안 되는 전투에서 살아남은 쪽은 곤륜파였다. 심지어 부상자는 제법 많지만 죽은 자는 없었다.

"진짜 이길 줄이야……."

"확실히 곤륜파 장문인이 걸물은 걸물인가보다. 이 판세를 이렇게 쉽게 뒤집을 줄이야."

"저런 무인이 있을 줄은 정말 몰랐습니다."

설향과 같이 곤륜산의 전투를 지켜보던 양선이 아직도 창백한 안색으로 말을 이었다.

두 존재의 대결을 처음 봤을 때 그녀는 오금이 저려왔다.

말을 하지는 못했지만, 심장이 턱 하니 멈춘 듯한 충격을 받았다. 피육으로 이루어진, 아니, 같은 인간이 저럴 수가 있나 하는 생각이 들었다.

"그건 나도 마찬가지다. 대단하다는 무인들이 많다지만, 저런 신위를 보일 수 있는 자들은 과거까지 포함해도 손에 꼽을 게다."

괜히 북해빙궁이 강북 무림의 8할을 점령한 게 아니라는 생각이 들었다. 저런 고수가 있으니 단기간에 그 많은 성들을 정복할 수 있었을 터였다.

다만 의문인 것은 그런 신위를 지녔던 북해빙궁주가 안휘성 합비에서 물러났다는 사실이었다.

'협공을 당했다고는 하나, 그렇다고 쉽게 밀릴 것처럼 보이지

는 않는데.'

아무리 소림무제와 제왕검, 기성이 협공했다고 하나 아까 전의 전투를 보면 북해빙궁주가 밀렸다는 게 쉬이 납득되지 않았다.

그 정도로 북해빙궁주가 보여준 무위는 압도적이었다. 소림무제와 제왕검, 기성의 이름값이 아무리 높더라도 말이다.

"이제(二帝)도 패선에는 안 될 것 같습니다."

"둘은 이제 지는 해들이지. 물론 연배가 높은 패선이 신성이라고 보기에는 어렵다만."

"외관만 보면 한참 어려 보이잖아요. 그러고 보니 장문인은 다 가졌네요. 젊은 육체, 막강한 무공, 거기에 명분과 신분까지."

"어떻게 보면 강북 무림을 평정한 거지."

설향은 새삼스러운 눈빛으로 벽우진을 쳐다봤다. 워낙에 거리가 멀어 까만 점으로밖에는 보이지 않았지만 그럼에도 그녀는 벽우진만을 주시했다. 그의 가치가 오늘 이후로 수직 상승할 것임을 알 수 있었으니까.

"평정이라니."

양선이 묘한 표정을 지었다. 그런 벽우진이 자신과 아무렇지 않게 대화했다는 사실이 믿기지가 않았다.

"우리는 일단 내려가자꾸나. 저들에게 굳이 우리가 함께 있다는 사실을 알릴 필요는 없으니."

"알겠습니다."

개방의 방주인 개왕이 와 있는 만큼 조심할 필요가 있었다. 하오문주의 정체가 드러나 있지 않다고 하지만 개왕이라면 혹 몰랐다. 어쩌면 알고 있지만, 모른 척할 수도 있었고.

그 정도 역량이 개방에게는 있기에 설향은 몸을 돌렸다.

"앞으로는 곤륜파와의 관계에 더욱 신경을 써야 할 것이야."

"그리하겠습니다."

양선이 고분고분하게 대답했다.

굳이 설향이 그리 말하지 않아도 더욱더 조심할 생각이었다. 이제는 청해성에서의 패선이 아니라 중원의 패선이 되었으니까.

그리고 그 말은 곧 중원의 수많은 이들이 벽우진에게 어떤 방식으로든 관심을 가지게 된다는 걸 뜻했다.

'경쟁자가 많아지겠는데.'

패선이라 불리는데도 은근히 벽우진을 까내는 이들이 존재했다. 십존의 둘을 쓰러뜨렸음에도 그의 무위를 인정하지 않았었다.

하지만 그 말들은 이번 일로 쏙 들어갈 터였다. 강북 무림을 단독으로 휩쓸었던 북해빙궁을 막아낸 게 곤륜파였으며, 북해빙궁주를 홀로 쓰러뜨린 게 벽우진이었으니까.

'더 열심히 궁리하고 움직여야겠어.'

양선이 눈을 빛냈다.

다른 곳들보다 먼저, 그리고 오랫동안 벽우진을 봐온 만큼 출발선 자체가 달랐다. 그걸 그녀는 최대한 이용할 생각이었다.

··· 제5장 ···

# 할 건 해야지?

시체를 깔끔하게 불태우고 청소를 끝마치니 해가 중천에 떠 있었다.

그러나 하룻밤을 새운다고 피곤함을 느낄 정도로 벽우진의 경지는 낮지 않았기에 그는 정리를 끝마치기 무섭게 평소와 같이 업무를 봤다.

"넌 좀 쉬어야 할 것 같은데?"

"비 호법님의 실력을 아시지 않습니까? 외상은 금창약을 발랐고, 내상도 요상약을 먹어서 괜찮습니다."

"안색은 곧 죽어도 이상하지 않을 것 같은데?"

집무실 자신의 의자에 삐딱하게 앉은 채로 벽우진이 고개를 갸웃거렸다. 청민은 온몸에 붕대를 칭칭 감고 있는 것도 그렇지만 내상 역시 가볍지만은 않아 보였다.

"환골을 이루어서 육신은 튼튼하지 않습니까. 견딜 만합니다."

"그렇게 믿다가 혹 가는 거야. 자고로 건강은 멀쩡할 때 챙겨야 해. '아, 이제부터 챙겨야지' 하면 늦는 거야."

"나이는 사형이 더 많으십니다만."

"육체 나이를 따져야지. 내 육체 나이가 너랑 같냐?"

"허허허."

청민이 멋쩍게 웃었다. 육체적인 나이로 따지면 할 말이 없었다.

동시에 정신적인 나이도 거론하고 싶었지만 참았다. 꺼내는 건 자유지만 그로 인한 결과는 오롯이 그가 감당해야 했으므로.

"뭐야? 눈빛이 좀 야리꾸리한데? 너 지금 이상한 생각했지?"

"아닙니다."

"정색하는 거 보니까 맞는 거 같은데. 무슨 생각했어? 지금 말하면 내가 그냥 넘어가 줄게."

"저도 더 이상 어린애가 아닙니다, 사형."

"에잉."

단호하게 선을 긋는 청민의 모습에 벽우진이 입맛을 다셨다. 초반에는 어째 순둥이 같았던 청민이 이제는 닳고 닳은 노도인이 된 것 같아서였다.

"부상자들에 대해서 보고하겠습니다."

"서면으로 보고해도 되는데."

"그럴 수는 없지요. 지금은 손님들도 많은데요."

"걔네들은 신경도 안 쓸걸. 막상 볼 것도 없고."

벽우진이 늘어지게 하품을 했다.

처음에야 놀랐겠지만, 볼거리는 딱 그게 전부였다. 때문에 벽우진은 보지 않아도 그들이 무슨 생각을 하고 있을지 짐작이 갔다.

"그래도 격식은 차려야지요. 전통과 역사가 있는 문파가 본 파이지 않습니까."

"눈치를 봐야 하는 쪽은 저들이다. 우리가 아니라."

"그렇긴 합니다만……."

"너무 신경 쓰지 마. 하던 대로 해, 하던 대로."

벽우진이 히죽 웃으며 말했다. 마치 자신은 조금도 신경 쓰지 않는다는 듯이 말이다.

"그게 말처럼 쉽지 않습니다."

"에이. 우리 대벽검께서 왜 그래?"

"어제 우물 안 개구리라는 사실을 알았거든요."

"십존 애들은 원래 강해. 내가 붙어봐서 잘 알아. 호법 분들 아니면 감당하기 힘들어. 오히려 버텨낸 게 대단한 거라고. 자신감을 가져라, 청민아."

의기소침해 있는 청민을 달래듯이 벽우진이 말했다.

청민과 서진후가 말도 안 되는 발전을 이룩하기는 했지만 그렇다고 십존에 비할 바는 아니었다.

그가 겪어본 십존은 구파일방이나 오대세가의 수장들과 비견될 만한 고수들이었다. 그런 만큼 일격이라도 견뎌낸 청민과 서진후가 대단한 것이었다.

"나이도 저희들이 훨씬 많은데……."

"그렇게 따지면 끝도 없다. 남하고 비교하는 건 상향심을 가지는 것으로 충분해. 자기 비하와 자격지심은 버려야 해. 거기에 빠지는 게 심마의 시작이야. 마음속의 마귀가 먹는 게 바로 그 두 가지다."

"명심하겠습니다."

"그래, 보고해 봐."

"사망자는 없고 부상자가 열두 명입니다. 저와 청범이를 포함해서 호법들이 여섯 명, 그리고 당가 쪽에서 네 명이 다쳤습니다. 이 중 중상자는 저와 청범이뿐입니다. 당가 쪽에서는 경미한 부상만 입었습니다."

"다행이네. 민호에게 사과하지 않아도 되겠어."

벽우진이 진심을 담아 고개를 주억거렸다.

만약 당필교를 비롯해서 당가의 기술자들이 죽었다면 정말 면목이 없었을 텐데 다행히 죽은 이는 없었다.

"현재 비 호법께서 부상자들을 살피는 중입니다."

"의원이 필요하기는 할 것 같은데 말이지. 언제까지 비 호법에게 의존할 수는 없으니까."

"전문적인 의술을 익힌 의원을 키우는 것은 쉽지 않은 일입니다. 기반도 없고요."

"영입밖에는 답이 없겠지?"

"예."

고만고만한 의원이야 얼마든지 구할 수 있지만, 실력 있는 뛰어난 의원은 달랐다. 돈만으로는 회유하기가 쉽지 않았기에 청민 역시 고개를 저었다.

"슬슬 대비를 하긴 해야 해."

"사천당가의 도움을 받는 방법도 있습니다만, 결국 자립해야 할 것을 생각하면 처음부터 시작하는 게 나을 것 같습니다."

"늘 시간이 문제야. 돈이 해결되니 인재와 시간이 발목을 붙잡네."

"엄밀히 말해 돈도 해결된 것은 아닙니다만."

청민이 확실하게 짚고 넘어갔다. 재정적으로 여유가 있는 거지 해결된 것은 아니었다.

"차차 해결될 문제잖아? 급하지도 않고."

"하오문에서도 연락이 왔습니다. 근시일 내에 다시 찾아오겠다고요."

"지금은 좀 힘들겠지. 저쪽이랑 마주쳐서 좋을 게 없으니까."

"그리고 따질 것도 있지 않습니까. 도울 수도 있었는데 그냥 물러났으니까요. 아무리 사형께서 물러나라고 했지만."

청민이 살짝 괘씸하다는 표정을 지었다. 너무 기다렸다는 듯이 물러난 것 같은 느낌이 들어서였다. 예의상 한번 정도는 함께 싸우겠다고 말해도 되는데 말이다.

"있어 봤자 도움도 안 됐다. 오히려 신경만 분산되었을걸. 너랑 청범이도 위험했는데 고작 백여 명이 함께한다고 달라졌을까. 되레 피해만 더 컸을 거다. 하오문주도 그걸 알기에 순순히 물러난 것이고."

"그래도 말이라도 한번은 할 수 있지 않습니까."

"난 오히려 자만하지 않아서 마음에 들었는데. 적어도 다리는 붙잡지 않을 것 같아서."

"끄응!"

"어차피 남이다. 서로 이용하는 관계에 불과해. 좋은 말로 상부상조하는 거지, 사실은 서로에게 필요한 것을 챙겨가는 것뿐이다."

벽우진이 냉정하게 말했다. 하오문과의 관계는 이 이상도, 이 이하도 아니었기 때문이다.

"알겠습니다."

"아이들 상태는 어때?"

"지난번 습격 때 면역이 생겨서 그런지 크게 놀란 이는 없습니다."

"혁문이는?"

"괜찮습니다."

가장 어린 배혁문도 괜찮다는 말에 벽우진은 그제야 안도했다. 아무래도 나이가 가장 어리기도 하지만 곤륜파에 입문한 지 얼마 안 되었기에 걱정이 안 될 수가 없어서였다.

"그럼 보고할 거는 끝난 거지?"

"한 가지 더 있습니다."

"또 뭐?"

벽우진이 이제는 살짝 지겹다는 표정을 지었다.

잠도 못 잤기에 좀 늘어져 있으려는데 청민이 좀처럼 그를 놓아주지 않아서였다.

"괜찮을까요? 저희의 전력이 너무 노출된 거 같은데."

"그럼 어때. 오히려 과시하고 좋지. 너무 숨기고 있는 것도 좋지 않아. 게다가 그 대단하다는 소림무제와 제왕검, 기성과 권성 등등이 우르르 달려왔는데 눈치채지 못하는 게 더 이상한 거 아냐?"

"그렇긴 합니다만. 그래도 최대한 숨기는 게 더 낫지 않을까 싶습니다. 아직은 확실하게 같은 편이라고 보기 힘드니까요."

제갈세가의 가주인 제갈현이 직접 찾아와 과거의 실수를 사과했고, 벽우진이 일정 부분 용서했다고 하지만 그럼에도 청민은 명문정파들을 믿지 않았다. 적이 아닐 뿐이라고만 생각했던 것이다.

"그건 나 역시 같은 생각이다. 뒤통수 맞는 건 내 적성이랑 안 맞거든. 오히려 내가 뒤통수를 치면 모를까."

"이제는 체면과 위신을 챙기셔야 합니다."

"알고 있어. 나름 조심하고 있다고. 예전처럼 막 날뛰지는 않잖아?"

"그 점은 정말 다행이라고 생각하고 있습니다."

"어쨌든 걱정하는 부분이 뭔지 알아. 그러니까 더 이상 말하지 마."

청민이 무엇을 염려하는지 벽우진도 알았다.

그렇기에 벽우진도 단호하게 말했다. 벽우진 역시 청민과 같은 생각이었다.

"아마 오늘 오후쯤에나 찾아오지 않을까 싶습니다."

"너는 알아서 잘 차단해. 뭐, 호법 분들께서 만나는 걸 귀찮아할 가능성이 크지만. 혹시나 다른 애들이 사고 칠 수도 있으니 그것도 신경 쓰고."

"저쪽이 문제죠. 우리 애들은 사고 안 칩니다."

"너무 맹신하지는 말고. 괜히 혈기 왕성하다는 말이 있는 게 아냐."

다시 한번 하고 싶은 말이 식도까지 올라왔지만 청민은 참았다. 말을 한다고 해서 달라지지 않는다는 걸 잘 알고 있어서였다.

"예."

"그럼 일 봐. 난 좀 쉬어야겠다."

"다른 사람들에게 말해놓겠습니다."

"아주 좋은 생각이야."

이미 의자에 널브러져 있지만, 더욱더 늘어져 있고 싶다는 표정의 벽우진을 보며 청민이 고개를 절레절레 저었다.

그런데 신기한 것은 저러면서도 벽우진의 육체나 감각은 무더지는 기색이 전혀 없다는 점이었다. 다른 사람들의 눈에는 한없이 게을러 보이는데 말이다.

"쉬십시오."

"응."

손을 들 힘조차 없다는 듯이 입술만 달싹이는 벽우진을 향해 청민이 고개를 꾸벅 숙인 후 집무실을 나섰다.

그러자 방 안에 고요한 침묵이 내려앉았다.

〇

벽우진의 여유는 오래가지 못했다.

늘어져 있는 꼴을 보지 못하겠다는 듯이 그의 집무실로 손님들이 들이닥쳤다.

그것도 강호에서 다들 한가락씩 하는 인물들이었기에 벽우진으로서도 마냥 팅길 수만은 없었다. 아주 조금, 눈곱만큼 궁금한 점도 있었고.

"갑자기 찾아와서 죄송합니다."

"죄송한 걸 알면서 왜 찾아왔어?"

"하하하."

대놓고 못마땅한 눈빛을 보내오는 벽우진의 모습에 제갈현이 식은땀을 흘렸다.

그나마 벽우진과 안면이 있기에 전면에 나섰지만 그렇다고 해서 벽우진이 편하지는 않았다.

사람을 다루는 데 이골이 난 그이지만 벽우진은 만만치 않은 인물이었다. 게다가 지은 죄가 있기도 했고.

"흠흠!"

"가래가 올라오면 나가서 침 뱉고 와. 더럽게 킁킁거리지 말고."

"끄응!"

헛기침을 하던 개왕이 앓는 소리를 흘렸다. 다짜고짜 내뱉는 하대에 순간적으로 표정 관리가 되지 않았던 것이다.

하지만 따질 수가 없는 게 겉모습은 저래도 벽우진은 나이는 물론이고 배분도 그보다 높았다. 심지어 소림무제와도 열 살 이상 차이 나는 게 벽우진이었다.

"왜? 꼬와? 꼬우면 나가. 나도 불편하게 네 얼굴 보고 싶지 않으니까."

"거, 말이 좀 심하신 거 같소이다."

"같소이다?"

삐딱하게 앉아 있던 벽우진이 오른쪽 다리를 왼쪽 다리 위로 올려 가부좌를 틀듯이 오른쪽 다리만 올렸다. 그 자세는 묘하게 거만한 느낌을 풍겼다.

"아무리 그래도 개방주인데……."

"그 대단한 개방주께서 본 파를 괄시하고 무시하며 외면했었지."

"끄응! 죄, 죄송합니다."

말발로 밀어붙이는 벽우진의 모습에 개왕이 결국 무릎을 꿇었다. 압도할 수 있는 게 아무것도 없으니 할 수 있는 것도 없었다.

하지만 그의 사과에도 벽우진의 표정은 별반 달라지지 않았다.

"자기 주제를 확실하게 깨달았으면 해. 곤륜과 개방은 더 이상 과거의 관계가 아니니까."

"다시 처음부터 시작하면 되지 않겠습니까?"

오늘따라 더욱더 까칠한 벽우진의 모습에 제갈현이 조심스럽게 중재했다. 분위기가 그가 바랐던 것과는 정반대로 흘러가는 듯해서였다.

"글쎄. 한 번이 어렵지 두 번, 세 번은 쉽다고 생각해서 말이지. 더구나 흐른 세월이 얼마인데."

"……."

뼈가 한가득 담겨 있는 말에 모두가 입을 다물었다.

그러나 이 자리에 있는 모든 이가 눈치를 살피는 것은 아니었다.

"귀 파가 느꼈을 배신감에 대해서 십분 이해할 수 있는 이는 이 자리에 누구도 없을 것이에요. 하지만 모두 사과를 하고 있으니 이쯤에서 그만하는 게 어떻겠어요?"

이 자리에서 유일하게 벽우진과 같은 배분이라 할 수 있는 아미파의 금강신니가 차분하지만 똑 부러지는 어조로 말했다.

벽우진이 느꼈을 고통과 아픔이 어느 정도일지 감도 잡히지 않지만 과거에 연연하는 것은 결코 좋은 일이 아니었다. 더구나 오독문이 남아 있는 현시점에서는 더욱더.

그렇기에 그녀는 이쯤에서 정리했으면 했다.

"한마디로 내가 속이 좁다?"

"그런 것보다는 거시적인 자세가 필요하다고 생각해요. 과거에 저희가 잘못한 것을 알고 있고, 그 부분에 대해서는 충분히 사과할 생각이 있으니까요. 따로 지원할 생각도 있고요."

"그러니까 그냥 잊어라? 쪼잔하게 과거에 연연하지 말고?"

벽우진의 표정이 달라졌다.

웃고 있는데 묘하게 위화감이 드는 그 모습에 제갈현이 다급하게 끼어들었다.

"장문인! 그런 뜻이 아닙니다. 영화 사태께서는 절대 그런 의미로 말을 한 게 아닙니다!"

"저쪽은 그렇게 생각하지 않는 것 같은데."

"장문인이야말로 너무 당한 것만 생각하는 것 같네요."

중재하던 제갈현의 얼굴이 어두워졌다. 가만히 있으면 중간이라도 갈 텐데, 아니, 그가 적절히 중재했을 텐데 이번 말로 모든 게 틀어졌다. 그것을 제갈현은 본능적으로 느꼈다.

"반대로 생각해 보자고. 만약 아미파와 본 파의 상황이 반대라면, 내가 당신이 했던 말을 똑같이 하면 하하 호호 웃으면서 받아들일 수 있나?"

"……."

"간단하게 생각해 보자고. 역지사지라는 좋은 말도 있잖아? 아미파가 지금 요 모양 요 꼴이야. 근데 강호가 어지러우니 우리 함께 힘을 합쳐 고난을 극복해 보자고 말을 하면 당신은 어떤 심정일 거 같아? 옳다구나 하고 나설 수 있겠어?"

영화 사태의 얼굴이 굳어졌다. 벽우진의 말마따나 반대의 입장이라고 생각하자 대답이 선뜻 나오지 않았다.

"그래도 대의를 위해서라면……."

"그래서 제자들을 희생시키겠다? 강호의 정의와 평화를 위해서? 정작 힘들었을 때는 외면한 이들을 위해? 설마 단순히 말뿐이라고 해서 지껄이는 건 아니겠지?"

"……."

"주둥이가 다 있다고 입이 있는 건 아냐. 말을 하려면 스스로 책임질 수 있는 말을 해라."

영화 사태가 두 눈을 감았다.

말은 그렇게 했지만 사실 그녀가 벽우진의 입장이어도 선뜻 도와주겠다고 나서기가 힘들 터였다. 아무리 불심이 깊다고 한들 그녀는 사람이었지 부처는 아니었다.

"미안합니다."

"지금 이 자리에 있는 것도 제갈가주 때문이라는 걸 잊지 말라고."

벽우진이 비스듬히 앉아 있는 자세로 흉흉한 안광을 뿌렸다.

도인이라고는 보기 힘들 정도로 패도적인 모습이었지만 누구 하나 그 모습을 가지고 딴죽을 걸지 못했다. 패선의 성향에 대해서는 귀에 딱지가 앉도록 들어서였다. 게다가 충분히 벽우진의 입장을 이해하고 있었고.

"영화 사태께서 피곤해 조금 예민해지신 것 같습니다."

"내가 그걸 신경 쓸 이유는 없지."

"흠흠!"

슬그머니 변호하러 입을 열었던 개왕이 멋쩍은 표정을 지었다.

정말 오랜만에 괄시를 받는 것 같았다. 지금의 나이가 된 후 어디 가서 이런 대우를 받은 적이 없었는데 말이다.

'성격이 더럽다는 말을 듣기는 들었는데, 이 정도일 줄이야.'

개왕이 어색한 미소를 지어 보였다.

마음 같아서는 당장 자리를 박차고 싶었지만 안타깝게도 그의 위치는 을이었다. 그렇기에 참을 수밖에 없었다.

"오히려 내 기분에 신경 써야 하지 않나?"

"죄송합니다."

동년배라 할 수 있는 영화 사태가 깨갱 하며 물러나자 감히 벽우진의 말에 토를 달 수 있는 이는 없었다. 이 자리에는 소림무제도 있었고, 제왕검도 있었지만, 누구도 벽우진의 시퍼런 눈빛을 마주하지 못했다.

"그래서, 왜 찾아온 거야? 그냥 쉬고 있지."

"휴식은 충분히 취했습니다. 오후에 가기 전에 인사를 제대로 드리고 가야 할 것 같아서요."

"복귀?"

벽우진이 제갈현을 시작으로 앉아 있는 이들을 찬찬히 훑었다. 그러다가 한 명을 발견하고는 묘한 눈빛을 흘렸다.

"복귀하는 곳도 있고, 남쪽으로 가는 곳도 있습니다."

"오독문?"

"예, 아무래도 북해빙궁을 정리했으니 이제는 오독문 차례이니까요. 물론 북해빙궁을 멸절시켜 주신 부분에 대해서는 모두가 감사하고 있습니다."

꾸벅.

제갈현의 말이 끝나기 무섭게 영화 사태는 물론이고 앉아 있는 이들이 벽우진을 향해 작게 고개를 숙였다. 감사한 마음을 행동으로 보여주었던 것이다.

그러나 그들의 모습에도 벽우진은 심드렁한 얼굴이었다.

"어쩌다 보니 엮여서 그렇게 된 거지 너희들 도와주려고 한 건 아니다. 난 그저 우리를 지키기 위해 싸웠을 뿐."

"결과적으로 그게 도와주신 것이나 마찬가지이니까요."

"그 말 하려고 온 거야?"

"진짜 본론은 따로 있습니다. 저번에 장문인께 약속드렸지 않습니까. 전쟁이 끝나면 제대로 사과하겠다고요."

"그랬었지."

제갈현이 가져왔던 연판장은 아직도 여기 집무실에 있었다. 그날 이후 다시 꺼낸 적은 없었지만 말이다.

말뿐인 연판장만 믿기에는 세상이 녹록지 않았기에 벽우진은 받기만 해두었을 뿐 따로 관리하지는 않았다.

"전부는 아니지만 그래도 오신 분들만이라도 하겠다고 찾아오셨습니다."

"죄송합니다."

"무슨 말을 해도 변명처럼 들리겠지만, 원하시는 게 있으시다면 최대한 이행하겠습니다."

명망 높은 소림무제와 제왕검은 물론이고 하나하나가 일문의 수장들인 이들이 재차 벽우진을 향해 고개를 숙이며 입을 열었다.

그 모습에 벽우진은 지금까지와는 달리 알 수 없는 표정으로 두 눈을 감았다.

"위령비에 향 하나씩 피우고 가."

"알겠습니다."

조금은 먹먹한 벽우진의 목소리에 제갈현이 내심 안도했다. 첫 시작은 좋지 않았지만 그래도 마무리는 괜찮게 지은 것 같았다.

그러나 아직 마음을 놓기는 일렀다.

스윽.

한순간에 눈빛이 달라진 벽우진이 끝자리에 앉은 이를 뚫어져라 쳐다봤기 때문이다. 그 강렬한 눈빛에 제갈현은 물론이고 다른 이들의 시선도 한곳으로 집중되었다.

"왜, 왜 그러십니까?"

"너는 사과를 한 번 더 해야 할 것 같은데."

"저 말입니까?"

"설마 모른다고 하지는 않겠지?"

벽우진이 의미심장한 미소를 지어 보였다. 보는 이를 섬뜩하게 만드는 서늘한 미소였다.

하지만 그 미소를 마주하고도 사마룡은 발뺌을 선택했다.

"무슨 말씀을 하시는 건지 모르겠습니다."

"시치미를 떼겠다?"

"무엇을 물으시는 건지 모르겠습니다만."

사마룡이 되레 당당하게 반문했다. 그러고는 정말 모르겠다는 듯이 벽우진을 똑바로 마주했다.

그러자 벽우진이 대답 대신 자리에서 일어나 자신의 책상으로 걸어갔다.

드르륵.

잠시 서랍을 당기는 소리가 고요한 방 안에 울려 퍼졌다.

그리고 자리로 돌아온 벽우진이 검붉은 얼룩이 덕지덕지 묻어 있는 작은 두루마리를 던졌다. 정확히 사마륭을 향해.

"……이게 무엇입니까?"

"직접 봐, 궁금하면."

"으음!"

왠지 모르게 불길하게 느껴지는 두루마리를 사마륭을 가만히 내려다봤다. 하지만 열어보지 않을 수가 없었다.

다른 이들도 궁금한 얼굴로 그를 주시하고 있었기에 사마륭은 입술을 깨물며 두루마리를 천천히 풀었다.

'혈향이군.'

검붉은 얼룩을 본 순간 사마륭은 짐작했었다. 두루마리에 묻어 있는 게 핏자국임을 말이다.

그런데 직접 만지니 미약하지만 혈향이 올라왔다.

"무슨 내용입니까?"

천천히 두루마리를 펼치던 사마륭의 눈동자가 크게 동요했다. 직감대로 불길한 내용이 여지없이 맞아서였다.

그래서 그는 흔들리는 눈동자로 벽우진을 바라봤다.

"설마 다른 이의 필체라고 말하지는 않겠지?"

"어, 어디서 이것을……."

"출처를 묻기 전에 왜 그딴 식으로 뒷공작을 펼쳤는지에 대해서 설명부터 해야 하지 않을까?"

"그게 무슨 말씀이신가요? 뒷공작이라니요?"

사마륭의 얼굴이 해쓱해졌다.

이 자리에서 이것이 밝혀진다면 그는 물론이고 사문 자체가 매장을 당할 수도 있었다. 가뜩이나 현재 멸문에 가까운 피해를 입은 상태인데 말이다.

"저기, 그러니까…… 어?"

두 손으로 서신을 구기던 사마륭이 두 눈을 부릅떴다. 방금 전까지만 해도 그의 손아귀에 있던 서신이 저절로 허공에 두둥실 떠올랐기 때문이다.

그는 반사적으로 몸을 일으켰다. 일단 유일한 증거인 저 서신만큼은 자신이 들고 있어야 한다는 생각이었다.

"어허."

"큭!"

그러나 그가 할 수 있는 일이라고는 딱 몸을 일으키는 것뿐이었다. 무공을 익히기는 했으나 절정에 겨우 턱걸이한 실력으로는 벽우진이 뿌리는 기세에 아무런 반항도 할 수 없었다.

"이제는 증거까지 훼손시키려고."

"아, 아닙니다!"

"난 너 같은 놈들을 믿지 않아. 입만 산 놈들의 특징이 어떤지 너무나 잘 알거든."

벽우진이 냉엄한 눈빛으로 사마룡을 직시했다.

그러자 사마룡이 몸을 부르르 떨었다.

그는 지금 이 순간 자신이 할 수 있는 게 아무것도 없다는 것을 깨달았다. 하지만 그렇다고 가만히 있을 수만은 없었다.

"제가 읽어봐도 되겠습니까?"

"얼마든지. 보라고 꺼낸 거니까."

눈알을 뒤룩뒤룩 굴리는 사마룡을 여전히 차가운 눈빛으로 주시하며 벽우진이 말했다.

그러자 모두의 궁금증을 대신해서 제갈현이 조심스럽게 허공에 떠 있는 서신을 잡았다.

사라락.

허공섭물로 떠 있던 서신이 반항하지 않고 손에 들어오자 제갈현은 내심 안도하며 천천히 적혀 있는 내용을 읽어 내려갔다.

그런데 시간이 흐를수록 제갈현의 표정이 심상치 않게 변해 갔다.

이 내용이 사실이라면 벽우진의 적의와 퉁명스러움도 이해가 갔다. 사마룡을 머물게 해준 것만으로도 벽우진은 상당한 아량을 베푼 것이었으니까.

"이게, 정녕 사실입니까?"

"……."

벽우진의 의해 강제로 자리에 착석하게 된 사마룡이 고개를 숙였다. 최대한 불쌍하게 보이기 위함이었다.

하지만 그의 두 눈알은 쉴 새 없이 구르고 있었다.

"무슨 내용인데 그래?"

"방주님께서도 직접 보시죠."

"왜 그래, 사람 무섭게. 나 이제 발 하나 없는 거 알잖아. 좋게 좋게 가자고, 제갈가주."

개왕이 너스레를 떨며 제갈현에게서 서신을 받았다. 애써 좋게 만든 분위기를 다시 불편하게 만들고 싶지 않아서였다.

그러나 그 생각은 서신을 읽는 순간 감쪽같이 사라지고 대신 무거운 표정만이 남았다.

"변명할 기회를 주지. 다 읽을 동안 납득할 만한 이유를 대면 이번 일은 그냥 넘어가 주마."

암담하게 변한 개왕의 표정을 보며 벽우진이 입을 열었다.

하지만 그는 알고 있었다. 그 어떤 말을 하더라도 자신을 납득시키기 힘들 거라는 사실을 말이다.

'동조하면 동조하는 대로 대응하면 되는 일이니까.'

애초에 벽우진은 여기 앉아 있는 이들을 특별하게 생각하지 않았다. 사과를 하러 왔다니 받아주면 그뿐이었다. 이후의 관계는 상황에 맞추면 되었고.

"허어."

개왕에 이어 소림무제, 제왕검, 금강신니가 차례대로 서신을 읽었다.

그러고는 하나같이 똑같이 어처구니가 없는 얼굴로 사마룡을 노려보았다.

"그, 그게. 그러니까……."

"설명해 봐. 왜 이랬는지."

"전체적인 상황이 좋지 않아서 북해빙궁의 전력을 분산시킬 생각으로……."

"그래서 본 파로 유인했다? 일단 나부터 살자는 심보로?"

"아, 아닙니다!"

이죽거리는 벽우진을 향해 사마륭이 다급하게 고개를 저었다. 우선은 아니라고 무조건 잡아떼야 한다는 생각이었다.

하지만 그런 그의 대답에도 불구하고 좌중의 분위기는 싸늘했다.

"아니긴. 곤륜파가 다시 멸문하거나 말거나 신경도 안 쓴 거 아냐? 일단 북해빙궁의 전력부터 분산시킬 생각으로. 일단은 자기 발등에 떨어진 불부터 끄는 게 먼저라고 생각해서."

"결단코 아닙니다!"

"근데 왜 이런 서신을 공동파 제자에게 보냈을까. 그것도 간절하게 도와달라고 부탁한 서신을 받고 말이지. 그때의 사마 세가는 분명 건재했을 텐데."

"상황이……."

사마륭이 최대한 불쌍한 얼굴로 입을 열었다.

그러나 누구 하나 그의 편을 들어주는 이가 없었다.

그것은 벽우진의 말마따나 변명에 불과했다. 또한 뒷공작을 부린 것이기도 했고.

"할 말은 그게 다냐?"

"죄, 죄송합니다! 정말 죄송합니다!"

"상황이 이렇게 될 줄은 몰랐겠지. 아마도 다시 망하거나 멸문지화를 입었을 거라 생각하고 일을 벌였겠지. 어차피 재건하다가 사라지는 문파가 한둘도 아니고 죽은 자는 말이 없으니까. 명분도 얼마나 좋아? 북해빙궁이 싹을 자르기 위해 곤륜파를 지워 버렸다는 식으로 소문을 낼 수도 있고."

"……"

사마륭의 표정이 시시각각 변해갔다.

성격만 고약하지 머리가 비상한 것과는 거리가 먼 것처럼 보였던 벽우진이 너무나 정확히 그의 속내를 읽어내서였다.

딱 그때 당시의 생각을 정확히 읊어대는 벽우진의 모습에 사마륭이 마른침을 삼켰다.

"그런데 어쩌나. 본 파는 너무나 멀쩡히 있는데."

"저는 곤륜파의 잠재력을 알고 있었고, 또한 공동파가 자리 잡은 감숙성과 청해성은 가까운 위치에 있었기에 그런 제안을 한 것입니다. 절대 곤륜파를 이용하려거나 하는 마음은 없었습니다!"

"그럼 떠넘겼다는 소리네? 무림의 명문세가께서 고난에 빠진 공동파를 좌시하면서 말이지."

"어……"

이상하게 흘러가는 분위기에 사마륭이 눈알을 뒤룩뒤룩 굴렸다. 지금 말을 조심해야 한다는 걸 본능적으로 알 수 있었다. 게다가 이 자리에는 그보다 더하면 더했지 못하지 않은 제갈현도 앉아 있었다.

"근데 본 파의 잠재력을 어찌 알았을까? 나는 사마세가의 사람을 만난 적이 없는데. 설마 몰래 뒷조사를 한 건가?"

"……"

사마룡의 표정이 점점 심각해졌다. 하나의 함정을 빠져나오니 다른 함정이 그를 기다리고 있는 듯한 느낌이었다.

그러나 그는 몰랐다. 애초에 빠져나올 구석은 없다는 사실을.

"사마우현 형님이 보고 싶군."

흠칫!

사마룡이 움찔거렸다. 개왕이 말한 사람은 바로 그의 부친이었기 때문이다.

그리고 부친을 찾는 이유는 명백했다. 돌려서 그를 질책한 것이다.

"지금까지 변명만 한 것 같은데. 대체 언제쯤 날 납득시킬 생각이지?"

"죄송합니다!"

"사과한다는 말은 모든 걸 인정한다는 말인가?"

"아닙니다. 전 결코 그런 의미로 서신을 보낸 것이 아닙니다. 하지만 장문인께서 그리 생각하시는 것도 무리는 아니라고 생각합니다. 저는 바로 그 부분을 사과드리는 것이고요."

사마룡이 빠르게 말을 이었다.

하지만 그럴수록 방 안의 분위기는 점점 흉험해졌다. 지금 사마룡이 하는 말이 개소리임을 모두가 알고 있었다.

특히 소림무제와 남궁진의 표정이 가장 차가웠다. 무인으로서 사마룡의 행동은 이해할 수도 없고, 이해하기도 싫은 짓이어서였다.

"그러니까 잘못한 것은 없다? 어쩌다 보니 상황이 그런 식으로 흘러간 거다?"

"그, 그렇습니다."

"어이, 제갈가주. 이렇다는데? 넌 어찌 생각하나?"

"제 생각도 장문인과 같습니다."

제갈현 역시 다른 이들과 같은 표정이었다.

명문세가이자 백도를 대표하는 가문 중 한 곳인 사마세가가 한 짓이라고 하기에는 너무나 졸렬했기에 제갈현은 생각할 가치도 없다는 듯이 말했다.

그러면서 개왕의 심정이 십분 이해가 갔다. 만약 사마우현이 살아 있었다면 절대 이런 사태는 벌어지지 않았을 터.

'그건 나도 마찬가지인가.'

만약 부친이 살아계셨다면 북해빙궁에 이렇게 처참하게 박살 나지는 않았을 터였다. 방만하고 안일한 마음가짐의 결과가 지금의 상황이었으니까.

"그렇다면 상황이 이상하게 흘러가도 너 역시 기분이 상하지는 않겠군. 내 의도와는 다르게 상황이 이상하게 흘러간 거니까. 안 그래?"

"그게, 무슨 말씀이십니까?"

왠지 모르게 불길하게 느껴지는, 두루마리를 봤을 때보다 더욱 위화감이 드는 말에 사마륭이 흔들리는 동공으로 벽우진을 쳐다봤다.

하지만 그 눈빛에도 벽우진은 오히려 히죽 웃었다.

"이게 의도치 않게 세간에 알려질 수도 있을 것 같아서. 지금만 하더라도 알게 된 사람이 몇 명이야? 그러니 내가 굳이 말하지 않더라도 강호인들이 알게 되지 않겠어? 중원 전역에 알려질 수도 있는 거지. 그럴 수 있는 가능성은 충분하니까."

"자, 잠시만요!"

사마륭이 다시 한번 자리에서 벌떡 일어났다. 당장에라도 벽우진에게 날아가겠다는 듯이 말이다.

그러나 그는 이번에도 뜻을 이룰 수 없었다.

"이곳의 주인은 나야. 내 허락 없이 누구도 자기 마음대로 움직이는 건 허용되지 않아."

"으읍!"

무지막지한 중압감.

몸을 사정없이 짓누르는 압박감을 견디기 위해 사마륭은 이를 악물었다. 목은 물론이고 이마까지 핏줄이 섰다.

하지만 말은 할 수 없었다. 딱 버티는 것까지가 한계였다.

"자업자득이라는 말이 있지. 자신이 뿌린 대로 거두는 법이지 너무 억울해하지 말고. 그리고 이렇게 다 함께 온 걸 감사히 여기도록 해. 만약 혼자 왔어 봐. 네깟 놈이 멀쩡히 나갈 수 있었겠어?"

"……."

소림사와 남궁세가, 제갈세가와 아미파의 무인을 앞에 두고도 벽우진은 스스럼없이 말했다.

겁박에 가까운 말이었지만 누구 하나 그 말에 제재를 가하는 이는 없었다. 은원(恩怨)은 당사자 간의 문제였기에 끼어들 수 없기 때문이었다. 하물며 벽우진에게 뭐라 할 수 있는 이가 이 자리에 없기도 했고.

스윽.

더구나 남궁진과 개왕을 번갈아 보는 눈빛에서 모든 이들은 벽우진의 말이 빈말이 아님을 느낄 수 있었다. 벽우진의 시선이 남궁진의 텅 빈 왼팔과 개왕의 왼쪽 발에 잠시 동안 머문 것을 모두가 확인했으니까.

"히끽!"

그 모습에 사마륭이 딸꾹질을 했다.

벽우진의 눈빛이 말하는 바를 눈치 빠른 그가 못 알아들을 리 만무했던 것.

그래서 그는 감히 벽우진의 시선을 마주하지 못했다. 눈이 마주친 순간 자신의 팔이나 발 한쪽이 즉시 썰려 나갈 것만 같았다.

"꺼져. 더 이상 네놈 면상 보기 싫으니까."

"무, 물러나겠습니다!"

사마세가라는 가문의 가주답지 않게 사마륭은 너무나 볼썽사나운 모습으로 방을 나섰다.

그러나 누구 하나 측은하게 생각하게 않았다. 벽우진의 성격을 생각하면 몸 성히 나간 것만으로도 다행이었다.

'도인이라고 하기에는 어려운 성격인데 또 선을 넘거나 악독한 것은 아니니.'

소림무제라 불리는 법무가 묘한 눈으로 벽우진을 바라봤다.

지금껏 알려진 곤륜파의 장문인과는 전혀 다른 인물이 바로 벽우진이었다.

그런데 신기하게도 벽우진은 세인들에게 신선들의 문파라 불리던 곤륜파와 어울리지 않으면서도 장문인이라는 자리에 앉아 있는 게 이상하지 않았다. 어울리지 않으면서도 묘하게 어울리는 느낌이라고나 할까.

'한 가지 분명한 사실은 지금까지의 도인과는 완전히 다른 성격이라는 거지.'

괴팍하고 고약하며 종잡을 수 없는 성격이지만 이상하게 밉지 않은 느낌에 법무는 속으로 피식 웃었다.

그러면서 그는 속에서 솟구치는 감정을 가까스로 억눌렀다. 지금 이 자리는 그 감정을 드러내도 되는 자리가 아니었다.

"아량을 베풀어주셔서 감사합니다."

"적정선이라는 게 있으니까. 그리고 꼬라지를 보니까 굳이 내 손을 더럽히지 않아도 될 것 같더만. 10년 안에 가문을 회복시키기 힘들 것 같은데."

"그래도 능력은 있습니다."

"부친보다 못해서 문제지. 호랑이는 힘들더라도 늑대 정도는 될 줄 알았는데."

개왕이 대화에 끼어들며 혀를 찼다. 어째, 보면 볼수록 모자라다는 생각이 들었다.

"혹시 나중에 찾아가는 건 아니시겠죠?"

"그것도 나쁘지 않지."

조용히 경청하고 있던 남궁진이 조심스럽게 말했다.

그 말에 좌중의 분위기가 술렁거렸다. 다른 이도 아니고 벽우진이 한 말이었기에 농담으로 들리지 않았기 때문이다. 그라면 정말 몰래 찾아가고도 남을 위인이었으니까.

"죗값은 앞으로 충분히 받지 않을까 싶습니다."

"그리고 복수할 때를 기다리겠지. 군자의 복수는 십 년도 길지 않다고 속으로 생각하면서 말이야."

"하하하."

제갈현이 어색하게 웃었다. 이것 역시 충분히 가능성이 있어서였다.

그런데 의외로 벽우진은 털털하게 손을 저었다.

"뭐, 그것도 재미있겠네. 본 파가 먼저 회복할지 아니면 사마세가가 먼저 일어날지 지켜보는 것도."

"군이 장문인께서 사마세가와 경쟁하실 필요는 없을 것 같습니다만."

"왜? 난 재미있을 것 같은데. 그래야 밟아주는 재미가 있지 않겠어? 오늘은 경고, 다음에는 직접적인 타격. 구경하는 재미가 쏠쏠할 것 같지 않아?"

농담인지 진담인지 구분이 가지 않는 벽우진의 말에 모두가 어색한 미소를 지었다.

그러면서 하나같이 영화 사태를 힐끔거렸다. 이 자리에서 그나마 벽우진과 대등하게 말할 수 있는 인물이 그녀뿐이어서였다.

"그건 좀 아닌 것 같네요."

"농담이야. 근데 사과는 다 한 것 같은데, 다들 안 나가?"

"아직 드릴 말씀이 남아 있습니다."

"해."

대놓고 축객령을 내리던 벽우진이 의자에 깊게 기댔다.

그러나 그 심드렁한 태도에도 제갈현의 표정은 일관적이었다.

"지난번에 약속한 것이 있지 않습니까? 그 부분에 대해서 이참에 상세하게 논의를 하는 게 나을 것 같아서요."

"약속? 사과 말고?"

"어, 네."

고개를 갸웃거리며 반문하는 모습에 제갈현이 두 눈을 끔뻑거렸다. 벽우진의 모습을 보아하니 진짜 까먹은 듯해서였다.

"딴 게 있었나? 내가 요즘 정신이 없어서. 신경 쓸 게 너무 많아. 뭔 작은 문파에 이렇게 결정할 일이 많은지."

"허허허. 충분히 그럴 수 있죠. 저만 해도 업무만 보는데 하루가 거의 다 가니까요."

"그래서 내가 이 자리에 앉기 싫었는데……."

진심이 담긴 벽우진의 투덜거림에 모두가 어색한 표정을 지었다. 싫어하는 것 치고는 너무나 잘 어울려서였다. 패선이라

는 별호도 누가 지었는지는 모르겠지만 그렇게 잘 어울릴 수
가 없었고.

"제가 설명해 드려도 되겠습니까?"

"응, 해."

벽우진이 시큰둥한 얼굴로 대답했다.

하지만 이어지는 내용에 벽우진의 표정이 조금씩 변해갔다.
곤륜파의 입장에서는 나쁠 게 없는 말들이었다. 그렇다고 빚
지는 것도 아니었고 말이다.

# 제6장

# 지는 해와 떠오르는 해

점심 식사를 마친 법무는 건물 밖으로 나왔다.

과거 있던 모습을 그대로 재현했다고 하나 곤륜산을 방문한 것은 이번이 처음이었기에 법무는 과거와 현재가 얼마나 비슷한지 체감할 수가 없었다.

그리고 그건 개왕이라고 해도 마찬가지일 터였다. 중원 전역을 뻔질나게 돌아다니는 개왕도 과거의 곤륜파에 방문한 적은 없었을 테니까.

"하앗!"

"오늘은 안 진다!"

"흐흐. 과연 말처럼 될까?"

소림무제라 불리는 이답게 청각이 예민한 그는 멀지 않은 곳에서 들려오는 금속의 마찰음을 놓치지 않았다. 그래서 자기도 모르게 소리가 들려오는 곳으로 발걸음을 옮겼다.

"여기까지는 되겠지?"

딱히 금역에 대해서 들은 게 없기에 법무는 자연스럽게 발걸음을 옮겼다. 그리고 곧 공용으로 사용할 법한 넓은 연무장을 발견할 수 있었다.

깡! 까앙!

삼백여 명은 족히 동시에 수련할 수 있을 것 같은 널찍한 연무장에는 다양한 연령층의 아이들이 모여 있었다. 십 대 후반부터 갓 열 살이 될까 말까 한 아이들은 옹기종기 모여서 대련을 하거나 각자 수련을 하고 있었다.

그들을 본 법무의 두 눈이 휘둥그레졌다. 분명 제자를 받아들인 지 얼마 되지 않았다고 들었는데 어째 하나같이 상당한 공력을 쌓은 것 같았다.

"허어."

게다가 수준 역시 기대했던 것 이상이었다.

무공에 입문한 시기가 있기에 실력이 그저 그럴 것이라 생각했는데 직접 본 곤륜파 제자들의 수준은 그의 예상에서 한참이나 벗어나 있었다. 특히 두 명은 소림사의 본산제자들과 비교해도 크게 뒤떨어지지 않는 수준이었다.

물론 일대제자들하고는 비교할 수 없지만 입문한 시기를 따지면 오히려 곤륜파 제자들이 위였다.

"도대체 어떤 비술을 쓴 거지?"

입문한 시기를 생각하면 절대 가질 수 없는 공력을 가지고 있는 제자들의 모습에 법무가 고개를 갸웃거렸다. 그의 상식으로는 도무지 이해가 가지 않았다.

게다가 각각의 자질 역시 나쁘지 않았다. 천고의 기재까지는 아니더라도 다들 수재 이상은 되어 보였다.

"십 년 안에는 진짜 복귀할 지도 모르겠군."

북해빙궁과 오독문이 침공하기 전에는 형산파가 곤륜파의 자리를 대신하고 있었다. 몰락한 곤륜파 대신에 형산파가 구대문파의 한 자리를 차지했던 것.

그런데 지금은 북해빙궁과 오독문으로 인해 공동파, 점창파, 화산파, 종남파가 무너진 상황이었다. 그런 만큼 곤륜파에게도 충분히 기회가 있었다.

"아니, 당장 지금만 보더라도 가장 앞서 있기는 하지."

법무는 새벽에 보았던 이들을 떠올렸다.

장문인인 벽우진도 벽우진이었지만 남아 있던 네 명의 호법들 역시 만만한 인물이 단 하나도 없었다. 한 명 한 명이 구파일방의 수장급 무경에 올라 있던 걸 떠올리며 법무는 고개를 저었다. 어느 면으로 봐도 곤륜파가 득세할 게 자명했다.

"불과 1년도 안 되는 사이에. 그러니 나도 할 수 있다."

방장인 사제가 죽었기에 앞으로의 소림은 이제 그가 책임져야 했다. 가장 연배가 높기도 했지만 그 말고 소림사를 맡을 사람이 없기도 했다.

공동파나 점창파, 화산파, 종남파보다는 상황이 낫다고 하지만 그렇다고 해도 상황이 마냥 좋은 것만은 아니었다. 북해빙궁의 습격으로 입은 피해는 형언할 수 없을 정도였으니까.

"후우."

당장 건물부터 새로 지어야 하는 상황이었기에 법무는 한숨이 절로 나왔다.

그러나 문제는 당장 시작하기도 힘들다는 점이었다. 태산북두라는 칭호를 가진 만큼 법무는 오후에 강남으로 길을 떠나야 했다.

스윽.

사천당가의 합류로 반등을 이뤄냈다고 하나 오독문의 저력은 대단했다. 사군(四君)이라 불리는 절대고수들도 문제지만 독강시로 인해 입은 피해가 상당했다.

하지만 그 사실을 알고 있음에도 법무는 좀처럼 발이 떨어지지 않았다. 가슴에 피어난 호승심이 자꾸 그가 옥청궁을 바라보게 만들었던 것이다.

'결과는 어쩌면 뻔하겠지만…….'

법무의 얼굴에 씁쓸한 기색이 서렸다.

세인들이 소림무제라 불러주며 천하제일인에 가장 근접한 무인이라고 떠받들어 주었지만 사실 그는 그 말에 크게 연연하지 않았다.

애초에 무승이 된 게 천하제일이 되고 싶어서가 아니었다. 그저 건강히, 소림의 무를 잇는다는 생각으로 입문한 게 시작이었다.

"근데 나도 사람이었던 게지. 승려이기 전에 사람이자 무인인."

오랜 세월 동안 천재라 불리며 수많은 이들에게서 승리를 따냈다. 때론 살계를 열기도 하면서 말이다.

하지만 단 한 번도 벽이라는 걸 느끼지 못했는데 근래 들어 그는 무려 두 번이나 벽을 마주했다. 북해빙궁주와 벽우진이라는 벽을 말이다.

"찾아가 볼까."

법무가 조용히 중얼거렸다.

마음 같아서는 당장 벽우진에게 찾아가 대련을 요청하고 싶었지만 현재 처한 상황이 그를 말리고 있었다. 당장 한 시진 후에는 곤륜산을 내려가야 했고, 전투가 끝난 지도 얼마 되지 않았기에 섣불리 벽우진을 찾아갈 수가 없었던 것이다.

하지만 지금이 아니면 언제 또 벽우진을 만날 수 있을 거라 장담할 수 없기에 법무는 고민이 되었다.

"후우."

"배짱이 두둑한데. 남의 제자들이 수련하는 걸 당당히 지켜보다니."

"장문인?"

"벌써 내 목소리를 잊었나? 그 정도로 늙은 것 같지는 않은데. 나도 창창한데 네가 벌써 그러면 안 되지."

등 뒤에서 들려오는 익숙한 음성에 법무가 고개를 돌렸다. 그러자 뒷짐을 진 채 짝다리를 짚고 서 있는 벽우진의 모습이 눈에 들어왔다.

"죄송합니다."

"하루 온종일 사과만 하네."

"저도 모르게 그만."

법무가 다시 한번 고개를 꾸벅 숙였다. 어찌됐든 타파의 무공 수련을 훔쳐본 것이나 마찬가지였기에 사과한 것이다.

"뭐, 소림무제라고 불리는 이가 곤륜파의 무공을 훔쳐갈 리는 없겠지."

"물론입니다."

"하지만 다음번부터는 조심해 주었으면 좋겠군."

"두 번은 없도록 하겠습니다."

법무가 단호하게 대답했다. 어떻게 보든 자신의 실수가 맞았으니까.

그러니 인정할 것은 깔끔하게 인정하고 넘어가는 게 좋았다. 앞으로의 관계를 생각해서라도 말이다.

"심심한 모양이군. 홀로 나와 있는 걸 보면. 다들 퍼져 있던데."

"다들 죽어라 달려왔으니까요. 싸울 힘이 남아 있을까 싶을 정도로 무리해서 달려왔으니 뻗어 있는 것도 이상하지는 않습니다."

"흠."

마치 이 정도로 곤륜파를 생각했다는 듯이, 그걸 알아달라는 듯이 말하는 법무를 벽우진은 지그시 쳐다봤다.

법무는 그 눈빛을 피하지 않았다.

"아까도 얘기했지만 앞으로는 좀 더 나은 관계로 나아갔으면 좋겠습니다. 누구 하나가 희생하는 일 없이 말이지요."

"그 정도라면 나 역시 거절할 이유가 없지."

벽우진이 어깨를 으쓱거렸다.

독불장군처럼 걸어가는 것도 불가능하지는 않았다. 하지만 인간은 홀로 살아가는 존재가 아니었다. 더구나 벽우진은 장문인인 만큼 후일도 생각해야 했다.

'언제까지나 내가 살아 있을 수만은 없으니까.'

지금이야 자신이 있기에 누구도 찍소리 못 한다지만 자고로 모든 것에는 끝이 있었다. 시작이 있으면 반드시 끝이 있었기에 벽우진도 미래를 생각해야 했다.

"장문인."

"왜?"

"실례가 안 된다면 한 수 가르침을 받을 수 있겠습니까?"

"지금?"

"예."

벽우진이 재차 물었다. 자신은 상관없었지만, 법무의 일정은 빠듯했다.

"몸 상태를 유지하는 게 나을 텐데."

"하루 이틀 정도 피곤한 것은 참을 수 있습니다. 하지만 장문인과의 비무는 오늘이 아니면 힘들 것 같다는 생각이 드는지라."

완곡한 거절에도 법무는 물러나지 않았다. 오히려 호승심을 숨기지 않고 두 눈에 드러냈다. 말했던 대로 오늘이 아니면 언제 또 벽우진을 만날 수 있을지 장담할 수 없었다. 어쩌면 오독문과의 전투에서 자신이 죽을 수도 있었고.

'화산검제가 죽고 벽력도왕이 죽었지. 점창파의 장문인 역시 명을 달리했고. 나라고 죽음이 피해갈 리 없다.'

가깝게는 그의 사제이자 소림사의 방장 역시 죽음을 피하지 못했다.

물론 정당한 싸움은 아니었지만 원래 전쟁이란 게 그랬다. 애초에 정정당당한 싸움은 없었다. 죽거나 살아남거나 둘 중 하나였다.

"결과를 모르지 않을 텐데?"

"그렇기에 가르침을 받고 싶습니다."

"소림무제라 불리는 이가 너무 저자세인 것 같은데."

"장문인이시니까요."

벽우진이 장난스럽게 말하며 은근슬쩍 그의 자존심을 건드렸다. 하지만 법무는 흔들리지 않았다.

"원하는 게 있다고 너무 띄워주는데."

"부탁드리겠습니다."

"이렇게 나오는데 매몰차게 거절할 수도 없고."

법무가 속으로 피식 웃었다.

지금껏 보여준 벽우진의 성격이라면 수십 번을 거절해도 이상하지 않았으나, 마음 약한 척을 하는 것을 보자 실소가 절로 나왔다.

물론 그걸 티 내지는 않았다.

"따라와."

"감사합니다."

잠시 고민하던 벽우진이 이내 말과 함께 몸을 돌렸다. 그러고는 둘이 대련하기에 적당한 장소로 법무를 데려갔다.

벽우진을 따라 일다경 정도 걸어간 법무는 담벼락이 제법 높게 세워진 아담한 연무장에 도착했다.

두 사람이 비무하기에 모자라지도 과하지도 않은 적당한 크기의 연무장이었다.

"관리가 잘 되어 있네요."

"뭐야, 그 말은? 인원이 없다는 걸 돌려 깐 건가?"

"절대 그런 뜻이 아닙니다."

"곧 제자들로 가득 찰 거다. 근 시일 내에 속가제자들을 모집할 계획이니까."

"많이 모이겠는데요."

몰랐던 소식이었기에 법무가 두 눈을 동그랗게 떴다.

그러면서 그는 아직 거뭇한 턱수염을 쓰다듬었다. 지금 곤륜파의 위명이라면 상당히 많은 이들이 속가제자가 되기 위해 지원할 것이었다.

"그랬으면 좋겠군."

"아마 꽤 많은 이들이 지원하지 않을까 생각합니다."

"하지만 중요한 건 자질이지. 무재도 무재지만 난 인성을 중요시하거든."

"어……."

법무는 순간 말문이 막혔다. 다른 이도 아니고 벽우진이 인성을 중요시한다고 하자 순간적으로 머리가 멍해졌다.

하지만 그러한 기색은 창졸간에 사라졌다.

"무재가 뛰어나다고 해서 꼭 고수가 되는 건 아니니까. 다만 가능성이 높은 것뿐이지. 그건 너 역시 알 텐데?"

"맞습니다. 중요한 것은 계속 도전하느냐 하는 것이니까요. 아무리 대단한 재능을 가지고 있다고 하더라도 포기하면 거기에서 끝이니까요."

"천재인 네가 그런 말을 하니 신빙성이 좀 떨어지기는 하다만."

"저 역시 많은 노력 끝에 여기까지 올라온 것입니다. 수도 없이 깨지고 박살 나면서 말이지요. 단지 계속 노력하다 보니 소림무제라 불리게 된 것뿐입니다. 그런데 앞으로는 소림무제라는 이름보다 패선이라는 이름이 더 중원을 진동시킬 것 같습니다."

벽우진을 마주한 채로 법무가 진심을 담아 말했다.

그는 이번 북해빙궁과의 결전이 알려지면 패선이라는 별호가 이제(二帝)보다 앞에 있을 게 분명하다고 생각했다.

"그렇게 아부해도 줄 거 없다. 오늘의 가르침은 나중에 어떤 식으로든 따로 받아낼 테니까."

"저 역시 거저 받을 생각은 없습니다. 다른 이도 아니고 패선의 가르침이니까요."

"흐음."

벽우진이 미간을 좁히며 법무를 쳐다봤다.

아무리 북해빙궁주를 때려잡았다지만 저자세도 이런 저자세가 없었다. 그렇다고 법무의 배분이나 명성이 낮은 것도 아니었는데 말이다.

'승려라서 그런가.'

벽우진이 고개를 갸웃거렸다.

무명이 무명이다 보니 조금은 거만할 줄 알았는데 그런 모습이 전혀 없고, 오히려 나이와 위상에 어울리지 않게 예의 바른 모습에 벽우진은 살짝 당혹스러웠다.

그렇다고 싫은 건 또 아니었지만.

"시간이 얼마 없으니 바로 시작하자고."

"알겠습니다."

"선수는 양보하지 않아도 되겠지? 그런 허례허식이 필요한 단계는 지났잖아?"

"물론입니다."

법무가 당연하다는 듯이 대답했다.

규칙에 맞게 하는 대련도 있었지만 두 사람의 경지에서는 어울리지 않았다. 때문에 법무는 생각할 필요도 없다는 듯이 고개를 끄덕였다.

"그렇다면."

벽우진이 히죽 웃으며 접근했다.

그리고 거리라는 의미가 무색할 정도로 한순간에 코앞까지

다가갔다. 궁신탄영과는 비교도 안 되는, 마치 축지법을 펼친 듯한 속도였지만 의외로 법무는 당황하지 않았다.

스슥!

마치 이 정도쯤은 충분히 예상했다는 듯이 도리어 그 역시 벽우진에게 달려들었다.

그와 동시에 한 줄기 주먹이 유유히 뻗어 나왔다. 소림사가 자랑하는 칠십이종절예 중 하나이자 그가 가장 심도 깊게 익힌 무공 중 하나인 용왕유권(龍王柔拳)을 펼친 것이다.

무당의 면장처럼 극유(極柔)의 묘리가 담긴 일권이 마치 바람처럼 벽우진에게 스며들었다.

투웅.

법무의 두 눈이 흔들렸다. 단순하지만 수많은 변화가 담겨 있는 그의 일권을 벽우진이 너무나 쉽게 흘려내서였다.

겉으로는 아무런 기운이 담겨 있지 않은 것처럼 보이지만 실상은 집채만 한 바위조차도 일격에 박살 낼 거력이 담겨 있었는데, 그 일권을 벽우진은 아무렇지 않게 손등으로 튕겨 흘려냈다.

"흡!"

그러고는 흘려낸 자세 그대로 손을 들이미는데 마치 그 모양새가 자신이 일부러 맞으려고 달려드는 것처럼 보였다. 즉 자신이 원하는 상황을 직접 만들어냈던 것이다.

이건 몇 수 앞을 보는 것과는 완전히 다른 것이기에 법무는 놀라면서도 이를 악물었다. 아는데도 순순히 맞아줄 수는 없다고 생각해서였다.

파바바밧!

그렇게 생각하기 무섭게 법무의 신형이 흐릿해졌다.

동시에 벽우진을 중심으로 전후좌우에서 아홉 개의 법무가 나타났다. 용왕유권과 마찬가지로 당당히 칠십이종절예에 속해 있는, 경신술 중에서는 단연 손에 꼽히는 절학인 연대구품(蓮臺九品)이 펼쳐진 것이다.

쌔애액!

단순히 잔영이 아니라는 듯이 아홉 명의 법무는 각기 다른 자세를 취했다. 똑같은 용왕유권이지만 각자가 다른 초식을 펼쳤다.

'이번 공격은 쉽게 피할 수 없을게요!'

법무의 두 눈동자에 자신감이 서렸다.

유경험자라면 모를까 생전 처음 보는 초식인 만큼 제아무리 벽우진이라도 완벽하게 흘려내지는 못할 거라고, 그리고 충돌이 있다면 거기서 틈을 찾아낼 수 있을 거라고 법무는 생각했다. 아무리 대단한 무인이라도 완벽한 사람은 없는 법이니까.

사사사삭!

그런데 벽우진은 그런 법무의 자신감을 산산이 박살 냈다.

소림사에 연대구품이 있다면 곤륜파에는 운룡대팔식이 있다는 듯이 한 마리의 운룡이 하늘을 노니는 것처럼 너무나 우아하게 법무의 용왕유권을 피해냈다.

"허어!"

보고도 믿기지 않는, 오히려 감탄사가 나오는 그 광경에 법무가 자기도 모르게 탄성을 내질렀다.

하지만 그 모습은 잠시뿐이었다.

고고하게 법무의 공격을 피해낸 벽우진은 양손을 활짝 폈다. 그러자 십지(十指)에서 수십, 수백 개의 지풍들이 벼락처럼 쏟아져 나왔다.

씨이잉! 씨잉!

폭우처럼 쏟아지는 지강(指罡)의 세례에 법무의 안색이 딱딱하게 굳어졌다. 벽우진이 장난이 아니라는 듯이 진심으로 공격하고 있어서였다.

하나라도 허용했다가는 전신에 수백 개의 구멍이 뚫릴 게 분명했기에 법무는 평생 동안 고련한 대반야금강공(大般若金剛功)을 극성으로 일으켰다.

이윽고 그의 전신에서 찬란한 금광이 솟구쳤다.

퍼퍼퍼펑!

반면에 분신이라 할 수 있는 여덟 명은 폭격과도 같은 벽우진의 지풍 세례에 갈가리 찢겨지며 허공중에 흩어졌다. 그리고 본체만이 벽우진의 지풍들을 막아냈다.

그런데 호신강기 안에 있는 법무의 표정이 심상치 않았다.

'무슨 놈의 지강이 이런 위력을 지니고 있는 거지?'

말 그대로 쉴 새 없이 두들기는 벽우진의 공격에 법무의 안면이 딱딱하게 굳어졌다.

대반야금강공으로 일으킨 호신강기가 금방이라도 깨질 것

처럼 불안하게 뒤흔들렸다.

퍼석!

그 예상이 틀리지 않았다는 듯이 결국 호신강기가 뚫렸다. 잔금이 생기기 무섭게 한 줄기 지풍이 끝내 그의 호신강기를 꿰뚫고서 오른쪽 어깨를 스치고 지나갔던 것이다.

'이대로는 진다.'

어깨에서 느껴지는 따끔한 고통과 함께 법무가 땅을 박찼다. 이대로 가만히 막기만 하다가는 허무하게 질 것임을 본능적으로 느낀 것이다.

위험하더라도 지금은 무조건 공격해야 했다. 최선의 방어가 공격이라는 말처럼 지금은 무리하더라도 공세를 펼쳐야 할 때였다.

'가르침을 청한 마당에 허무하게 맞기만 할 수는 없지!'

애초에 법무는 승산이 적다고 생각했다.

승부에 절대적인 것은 없지만 그래도 천운이 닿지 않는 한 이기기는 힘들 거라고 처음부터 생각했기에 승리에 연연하지는 않았다. 승부보다는 한 수 배우겠다는 생각으로 비무를 청했기에 법무는 일단 자신이 할 수 있는 모든 것을 다 쏟아낼 생각이었다.

퍼퍼퍼펑!

'적당히'라는 말이 떠오르지 않을 정도로 벽우진의 공세는 사정없었다. 그는 진짜로 쓰러뜨리겠다는 듯이 법무를 공격했다.

그로 인해 금빛 호신강기가 종잇장처럼 찢겨 나가고 승복이 터져 나갔지만 그럼에도 법무는 벽우진에게 달려들었다. 쓰러지더라도 자신의 모든 걸 쏟아낸 다음에 쓰러질 생각이었다.

'호오.'

한편 피하는 데 힘을 쏟기보다는 막아내며 어떻게든 간격을 좁히려는 법무의 모습에 벽우진이 의외라는 표정을 지었다. 법무의 근성에 살짝 놀란 것이었다.

그렇다고 법무가 단순히 두들겨 맞기만 하는 것은 아니었다. 그는 거리를 좁히면서도 백보신권으로 간간이 반격하는 것을 잊지 않았다.

콰앙! 쾅!

물론 무형의 권강이 날아든다고 해서 맞아줄 생각은 전혀 없었지만 말이다.

"크흥!"

사정없이 지풍을 휘갈기면서 정작 자신은 단 한 방도 맞지 않는 벽우진의 모습에 법무가 콧김을 내뿜었다. 아무리 평정심이 대단한 그라도 이렇게 두들겨 맞는데 아무렇지 않을 수만은 없어서였다.

'잡았다!'

수련용 목각 인형처럼 묵묵히 두드려 맞으며 벽우진에게 접근하던 법무가 눈을 빛냈다. 드디어 그가 원하던 간격이 나왔다.

파바바밧!

그것을 확인한 순간 법무의 움직임이 달라졌다.

그는 지금까지와는 다르게 현란하고 강맹한 일격을 뿌렸다. 두 다리로는 항마연환신퇴(降魔連環神腿)를 뿌리고 두 주먹으로는 천수여래장(千手如來掌)을 펼쳤다. 그뿐만 아니라 양 손가락 끝에서는 벽우진처럼 날카로운 지강이 뿜어져 나왔다.

파앙! 팡!

말 그대로 전신이 무기라는 듯이 휘몰아치는 법무의 공격에는 뒤가 보이지 않았다. 그는 이번 공세로 모든 걸 결판내겠다는 듯이 전심전력을 다해 벽우진을 공격했다.

"흠!"

그 순수한 투지에 벽우진도 감히 경시할 수 없었다.

지금 펼치는 혼신의 공격은 과연 소림무제라는 말이 나올 정도로 대단하기도 했지만, 벽우진은 다른 관점에서 상당히 놀라고 있었다.

무공이 대단하다는 것은 모르지 않았는데, 육체를 '완벽히' 다루는 모습에 벽우진은 내심 감탄했다.

'이 정도로 육체를 자신의 의지대로 움직일 수 있는 이는 못 만났는데.'

벽우진이 놀란 건 다른 이유에서가 아니었다. 그가 자신과 비슷한 길을 걷고 있었기에 크게 놀란 것이다.

시공간의 진에 빠져 있을 때, 또 다른 자신과 매일 같이 비무를 하면서 벽우진이 궁리한 것이 있었다. 어떻게 해야 현재의 자신을 뛰어넘을 수 있을 것인가.

거울처럼 모든 것이 똑같았기에 승패는 늘 쉽지 않았다. 운 좋게 이기더라도 다음 날에는 패배하는 게 일상이었고.

더구나 매일 같이 이어지는 비무에 정신적으로 피폐해지는 그와 달리 또 다른 벽우진의 상태는 늘 최상이었다. 때문에 이기는 날보다 지는 날이 많았고, 그게 이어질수록 벽우진의 고민 역시 길어졌다.

그러다가 어느 날 찾은 방법이 바로 자신의 육신을 완벽히 통제하는 것이었다.

'물론 그마저도 금세 따라잡혔지만.'

자신의 몸이 달라지는 것만큼 그림자라 불렀던 또 다른 그 역시 강해졌다.

하지만 비무 당시에도 강해질 수 있는 벽우진과 달리 그림자는 딱 어제 수준이었기에 방법을 찾은 순간 패배보다 승리가 많아지기 시작했다. 더불어 몸을 '제대로' 다룰 수 있게 되었고.

한데 지금 법무가 바로 그처럼 스스로의 몸을 완벽히 다루고 있었다.

파팡! 파파팡!

극한으로 단련한 육체를 이용해 법무는 끊임없이 움직이며 공격하고 압박하며, 치명적인 사혈만을 노리고서 벽우진을 몰아붙였다.

그런데도 법무의 호흡은 조금도 흐트러지지 않았다. 이런 움직임에도 지치지 않을 정도로 체력을 철저하게 단련했다는 뜻이었다.

'북해빙궁주와 비슷한 경지였다면 그냥 압살했겠는데?'

분명 북해빙궁주는 강했다. 막대한 공력으로 상대를 찍어 누르는 방식의 공격은 누구라도 제대로 막아내기 힘들 정도였으니까.

하지만 그건 하수에게나 통하는 방식이었다. 비슷한 수준이라면 누가 더 정교하고 효율적으로 정기신(精氣神)을 다루느냐에 따라 승패가 갈렸다.

그리고 균형적인 면에서 봤을 때 북해빙궁주는 법무와 비교할 수 없었다.

'대호법님보다도 위야.'

벽우진의 두 눈에 은은한 감탄이 서렸다. 직접 겨뤄보니 설백보다 위의 실력임을 알 수 있었다.

물론 연륜이 있기에 설백도 쉽게 지지는 않겠지만 결국 체력적인 부분으로 인해 나중에는 무너질 터였다.

"혹시 딴생각을 하고 계신 겁니까!"

"어. 생각했던 것보다 훨씬 강해서 말이지."

칼날처럼 상단을 후려치는 항마연환신퇴(降魔連環神腿)를 종이 한 장 차이로 피해내며 벽우진이 피식 웃었다.

그리고 그때부터 반격이 시작됐다. 벽우진은 지금껏 흘려내거나 피하던 것과 달리 두 주먹을 본격적으로 사용했다.

쫘앙!

그로 인해 연무장의 담벼락이 순간 꿀렁거렸다. 주먹과 주먹이 부딪치니 막대한 충격파가 발생했던 것.

하지만 이것은 시작에 불과했다.

콰콰콰쾅!

창졸간에 이어지는 연타에 굉음이 계속해서 이어졌다.

동시에 법무의 안면이 서서히 굳어졌다. 난타전에 들어가자 미세하게 그가 밀리기 시작했다.

퍽!

"큭!"

느닷없이 쇄도한 벽우진의 슬격이 법무의 복부를 정확히 가격했다. 법무의 신형이 활처럼 휘었다.

퍼퍼퍽!

그리고 매타작이 시작되었다.

벽우진은 조금의 틈도 주지 않겠다는 듯이 정말 집요할 정도로 지독하게 법무를 밀어붙였다. 반격할 여지를 주지 않는다는 게 바로 이런 식이라는 듯이 말이다.

하지만 속절없이 두들겨 맞음에도 법무는 포기하지 않았다.

"후아압!"

제가 졌다고, 이쯤 하자고 해도 될 법한데도 법무는 그러지 않았다. 오히려 더욱더 처절하게 진기를 끌어 올렸다.

법무는 이왕이면 할 수 있는 모든 것을 다 쏟아낸 후 비무를 끝내고 싶었다.

퍼억!

하지만 그 마음가짐은 일각을 채 넘기지 못했다. 복부며, 어깨며, 머리 등 전신을 가리지 않고 쏟아지는 공격에 법무도 끝내 주저앉을 수밖에 없었던 것이다.

악독하게도 때린 곳을 연거푸 타격하는 공세에 법무는 결국 얼굴과 전신이 퉁퉁 부은 상태로 패배를 시인할 수밖에 없었다.

"고생했다."

"수, 수고하셨습니다."

"수고야, 뭐. 내가 한 일이라고는 흠씬 팬 것밖에 없는데."

"허허허."

본래의 얼굴을 떠올리기 힘들 정도로 퉁퉁 부은 얼굴로 법무가 어색하게 웃었다.

하지만 눈빛 어디에서도 분한 기색은 보이지 않았다. 오히려 엄청나게 개운한 기색이었다. 외상은 좀 있을지 모르나 내상은 전혀 없는 상태였고.

게다가 이런 외상은 그의 자연 치유력으로 하룻밤 정도면 다 가라앉았다.

"얻은 게 있었으면 좋겠군."

"많은 걸 배웠습니다. 특히 몸을 어떻게 쓰고 다뤄야 하는지에 대해서요."

"그럼 다 훔쳐간 건데."

"많이 배웠습니다, 장문인."

"빚 잊지 말고."

벽우진이 씩 웃으며 몸을 돌렸다.

법무만큼은 아니지만 그 역시 느낀 바가 많았다.

특히 소림사 무공의 정수를 느낄 수 있었기에 벽우진은 생각이 많아졌다. 곤륜파의 무공도 뒤떨어지지는 않지만 여러 부분에서 부족함을 느낄 수 있었기에 그는 이 깨달음을 문서로 고스란히 남길 생각이었다.

'내가 익혔기에 오늘은 이겼지만, 무공 대 무공으로는 아직 부족해.'

만약 벽우진처럼 특이한 경우를 법무가 겪었으면 오늘의 승패는 반대로 나왔을 터였다. 아니, 똑같이 시공간의 진에 갇힌 후에 탈출했다면 벽우진이 졌을 터였다.

그 정도로 소림사의 무공은 깊고 넓었으며 거대했다.

"할 일이 또 늘었네."

경건한 자세로 포권지례를 올리고 있는 법무에게 시선 하나 주지 않은 채로 벽우진이 몸을 날렸다.

집무실에 가서 지금 느낀 것을 고스란히 남기기 위해서였다. 겸사겸사 무공들도 개선시키고.

맹렬하게 충돌했던 기파가 잠잠해지자 남궁진은 눈을 떴다. 비무가 끝났음을 알 수 있어서였다.

그는 진심으로 부러운 표정을 지었다.

"선수를 빼앗겼군."

남궁진 역시 법무와 마찬가지로 벽우진을 마주한 순간 격렬한 호승심을 느꼈다.

법무야 불가에 귀의한 승려였지만 그는 속세에서 살아가는 무인이었다. 또한 남궁세가의 수장이었고.

그런 만큼 남궁진은 진심으로 벽우진과 한번 붙어보고 싶었다.

"내가 먼저 움직였어야 했는데."

남궁진이 입맛을 다셨다.

시간도 시간이지만 이미 법무와 비무를 했기에 벽우진이 그의 부탁을 들어줄 리 만무했다. 예의에 어긋나기도 했고.

게다가 비무를 하자고 하루를 더 이곳에서 머물 수는 없었다.

"아쉽군. 팔만 멀쩡했으면 곧바로 비무를 부탁했을 텐데."

남궁진은 오늘따라 헐렁한 자신의 왼팔이 원망스러웠다.

팔만 멀쩡했어도 지금까지 고민하지는 않았을 터였다. 아직은 적응기였기에 선뜻 말을 꺼내지 못했는데 그렇게 머뭇거리는 사이에 법무가 냉큼 기회를 가져가 버렸다.

"곤륜파라."

왠지 모르게 빼앗긴 듯한 느낌을 털어내며 남궁진이 벽우진을 곱씹었다.

앞으로의 무림에서 곤륜파의 영향력이 상당할 것 같았다.

그러니 남궁세가도 그 부분에 대해서 한 번쯤은 깊게 생각해 볼 필요가 있었다. 제갈세가가 이미 그러고 있었고.

"뒤처질 수는 없지."

떠오르는 신성이라고 말하기에는 벽우진의 나이가 너무나 많았지만, 겉으로 보이는 모습을 생각한다면 3, 40년은 족히 건재할 것 같았다.

그러니 그 부분도 감안해야 했다. 더 이상 삼제오왕칠성의 시대가 아니었으니까.

# 제7장

받은 만큼 돌려주는 남자

떠들썩했던 경내가 다시 조용해졌다.

예기치 못한 손님들이었던 이들이 다시 하산하자 평소의 고적한 분위기로 돌아왔던 것이다.

저벅저벅.

구름이 가득 낀 하늘에서 반달이 겨우겨우 모습을 드러낼 때 벽우진이 휘적휘적 걸어갔다.

늘 그렇듯이 뒷짐을 지고서 한적한 경내를 가로지른 그가 향한 곳에는 하루 종일 뜨거운 열기를 내뿜는 대장간이 있었다.

"여어."

늦은 시각임에도 여전히 열기가 뿜어져 나오는 대장간의 문을 열고 벽우진이 들어갔다.

열심히 일한다는 건 들어서 알고 있었지만 그게 좀 과한 것 같았다. 무공을 익힌 이도 아니고 나이도 적지 않은데 말이다.

"장문인."

"너무 무리하는 거 아냐? 나이를 생각해야지."

"아직은 괜찮습니다. 허허허. 오히려 너무 쉬면 몸이 무너지는 느낌이 들어서요."

"그래도 적당히 해야지. 지금 시간이 몇 시인데. 혁문이 자는 건 봐줘야지. 이제 열 살인데."

배율석이 두 눈을 끔뻑거렸다. 그러고는 황급히 창밖을 쳐다봤다.

어째 모양새를 보아하니 또 시간 가는 줄 모르고 작업한 듯했다.

"벌써 시간이……."

"장문령부를 만드는 것도 좋지만, 일단 자기 건강부터 챙겨. 너마저 가면 혁문이 혼자 남는다고. 적어도 성년이 되는 걸 보고 가야 하지 않겠어?"

"죄송합니다."

"사과할 것까지는 없고. 정리하는 데 시간 오래 걸려?"

벽우진의 시선이 안쪽으로 향했다. 대충 봐도 어질러져 있는 게 상당했다.

"금방 됩니다. 어차피 저만 사용하는 대장간이라서. 혁문이도 도구들의 위치는 다 알고 있고요."

"원래 대장간이 이런 거야?"

"믿기 힘드시겠지만 이게 다 정리가 된 것입니다. 다만 크기에 비해 물건이 이것저것 많은 것뿐입니다. 어지럽혀져 있는 게 아닙니다."

"그래?"

벽우진이 미심쩍은 표정을 지었다.

아무리 봐도 그의 눈에는 어지럽게 널브러져 있는 듯한 느낌이 들어서였다. 그리고 벽우진은 성격답지 않게 검소하고 깔끔한 걸 좋아했다.

"예."

"그럼 얼른 정리하고 나와. 나랑 오랜만에 한잔하자. 날씨도 좋은데."

"알겠습니다."

예전보다 한결 가벼워진 표정으로 배율석이 우렁차게 대답했다. 그러고는 땅땅한 몸으로 황급히 실내를 정리했다.

"좋구만."

서둘러서 정리하는 배율석을 일별하며 벽우진이 천천히 밖으로 나갔다.

그러자 휘영청 떠 있는 반달이 두 눈에 들어왔다.

"다 끝냈습니다."

"그럼 갈까."

"예."

뒷짐을 지고서 휘적휘적 걸어가는 벽우진을 따라 배율석이 조용히 뒤따랐다.

겉으로 보기에는 잘생긴 공자님과 노종처럼 보였지만 실상은 정반대였다. 또한 그렇게 생각하는 이들도 없었고.

"날씨가 선선하니 참 좋아. 나들이하기 좋은 날씨지."

"벌써 가을이 오는 것 같습니다."

"무더위가 꺾였으니 여름 역시 절정을 지났다고 봐야지. 여름이 지나면 가을이 오는 게 자연의 이치고."

"그러다 보면 어느새 겨울이더라고요."

배율석이 묘한 표정을 지어 보였다.

손자인 배혁문이 자라는 것만큼이나 시간이 빠르게 흘러가는 것 같았다. 그리고 그 말은 곧 그가 늙어간다는 소리와 마찬가지였다.

"걱정이 되지?"

터 좋은 곳에 손수 만든 작은 정자에 앉으며 벽우진이 소매에서 호리병 하나와 투박한 모양새의 돌 잔 두 개를 꺼냈다. 그러고는 자신의 잔과 배율석의 잔에 술을 따랐다.

"안 된다고 하면 거짓말이겠지요."

"사람 마음이라는 게 다 비슷하니까. 게다가 천명은 인간이 어쩔 수 없는 부분이기도 하고. 어느 날 갑자기 부름을 받는 게 또 인생이니까."

"그래도 장문인과 형님이 계셔서 정말 다행이라고 생각합니다. 두 분마저 없었다면……."

배율석이 말을 채 잇지 못했다.

만약 곤륜파와 인연을 맺지 못했다면, 그리고 자신이 갑자기 비명횡사라도 한다면 배혁문의 미래는 보지 않아도 뻔했다. 일가친척 하나 없는 어린아이가 살아갈 곳은 이 세상에서 너무나 뻔했으니까.

하지만 지금은 그가 없어도 사부가 있었으며 누나, 형들이 있었다.

"안 좋은 생각은 가급적 하지 않는 게 좋아. 괜히 긍정적으로 생각하고 살라는 말이 있는 게 아니지. 좋은 생각만 하고 살기에도 인생은 짧단다, 율석아."

"저도 알고는 있는데, 말처럼 쉽지 않습니다."

배율석이 머쓱하게 웃었다.

생각이라는 게 자기 마음대로 되지 않았다. 털어내야지, 그만 생각해야지 하면서도 결국에는 고민거리를 털어내지 못했다. 인간이 참으로 오묘한 게 생각하기 싫다고 해서 딱 그만둘 수가 없었다.

"그러니까 인간인 게지. 그래서 곡차를 찾는 것이고."

"장문인께서는 그냥 술이라고 해도 될 것 같습니다만."

"어허. 이건 곡차야, 곡차. 도인들이 나름의 풍류를 즐기기 위함이랄까."

"허허허."

배율석은 대답 대신 어색한 웃음을 흘렸다. 그러고는 벽우진을 따라 그윽한 향을 은은히 내뿜는 술을 입안에 털어 넣었다.

"괜찮지?"

"예, 달짝지근한 것이 꽤나 비싼 술 같은데요?"

쩝쩝거리며 맛을 보던 배율석이 두 눈을 휘둥그레 떴다. 그 인생에서 손에 꼽을 만한 맛이었다.

"청범이가 몰래 챙겨줬어. 얼마 없어서 아껴 먹는 걸 지금 너에게 따라준 거야. 원래는 나 혼자 몰래 조금씩 아껴 먹던 술인데."

"청하상단의 전대 상단주께서 챙겨주실 정도의 술이라면 진짜 귀한 술이겠는데요."

"마시는 순간 딱 느낌이 오잖아? 얘는 비싼 술이라고."

"병도 범상치 않아 보입니다."

"물만 넣어서 팔아도 제법 비싼 값을 받을 수 있을 것 같지?"

벽우진이 장난스럽게 웃으며 호리병을 작게 흔들었다.

과도한 업무를 그나마 버틸 수 있게 해주는 게 바로 이 곡차였기에 벽우진은 마치 신줏단지 만지듯이 술병을 부드럽게 쓰다듬었다.

"그건 사기이지 않습니까."

"말이 그렇다는 거지. 내가 진짜로 그렇게 하겠다는 게 아니라."

"왠지 모르게 장문인께서는 진짜 그렇게 하실 수도 있다는 생각이 듭니다."

"뭐야, 그건."

벽우진이 피식 웃었다. 배율석의 말을 농담으로 들은 것이었다.

하지만 배율석은 진심이었다. 평소 벽우진의 행실을 생각해 보면 충분히 가능성이 있었으니까.

"제가 따라 드리겠습니다."

"그래, 율석이가 따라주는 술 좀 마셔보자."

졸졸졸.

두 손으로 공손히 호리병을 잡은 배율석이 천천히 술잔에 술을 채웠다. 탁하면서도 묘하게 맑은 것 같은 술이 느릿하게 술잔을 채워갔다.

"저야말로 불러주셔서 감사합니다."

"감사하긴. 나야말로 남아줘서 고맙지. 사실 썩 좋은 환경은 아니니까."

"아닙니다. 오히려 전 이곳이 좋습니다. 마음이 정화되는 느낌도 들고요. 시끌벅적한 곳에서 반평생 이상을 살았으니 이제는 한적하고 조용한 곳에서 살고 싶습니다."

"그렇다면 다행이네."

"다만 마음에 드는 녀석이 좀처럼 나오지 않아서 문제지요. 곤륜산의 정기가 담긴, 곤륜파스러운 검을 만들고 싶은데 역시 예상했던 대로 쉽지가 않네요. 아무래도 제 실력이 턱없이 모자라서 그런 것 같습니다."

배율석이 씁쓸하게 중얼거렸다.

하지만 그 말에 벽우진은 고개를 저었다.

"그걸 안다는 것만으로도 대단한 거야. 자기 실력을 확실하게 알고 있다는 뜻이니까. 그래서 더 높은 곳을 보려는 것이고. 무인도 마찬가지야. 가장 중요한 건 현재의 나 자신을 냉정하게 볼 줄 알아야 해. 그래야 미흡한 점을 채우고 앞으로도 나아갈 수 있지."

"그렇게 말씀해 주셔서 감사합니다."

"누구도 너에게 독촉하지 않아. 그러니까 넌 네가 생각한 대로 하면 돼."

"기대가 크게 없다는 말로 들리는데요?"

긴장이 조금 풀렸는지 배율석이 농을 했다.

그 모습에 벽우진도 옅게 웃었다.

"아니라고는 말 못 하겠는데. 차라리 그렇게 생각하는 게 마음 편하지 않아? 부담감에 짓눌리는 것보다는."

"노력해 보겠습니다."

"그래서 말인데."

공손히 대답하는 배율석을 쳐다보며 벽우진이 운을 뗐다. 배율석을 바라보는 눈빛이 상당히 의미심장했다.

"말씀하시지요."

"너 본 파의 기본공을 익히는 건 어때?"

"기…… 본공이요?"

배율석이 어리둥절한 표정을 지었다. 저의가 무엇인지 알 수가 없어서였다.

그러자 벽우진이 가볍게 손을 저었다.

"어렵게 생각할 거 없어. 내 말은 건강을 위해서 익혀볼 생각이 없느냐는 거니까. 내 제자가 되라는 말이 아니라. 솔직히 네 나이에 무공에 정식으로 입문하는 건 너무 늦었다는 거 알잖아? 그렇다고 네가 대장장이 일을 때려치울 것도 아니고. 내 말은 순수하게 건강용으로 익혀보는 게 어떠냐는 거다."

"그래도 될까요?"

"안 될 건 뭐야? 장문인인 내가 그러겠다는데. 누가 나한테 뭐라 할 건데? 그렇다고 너에게 본산제자에게 주어지는 운기토납법을 주려는 것도 아니고 말 그대로 기본공인데."

"으음."

배율석이 고민하는 표정을 지었다.

나름, 아니, 상당히 솔깃한 제안이었다.

제 딴에는 관리를 잘해왔지만 안 그래도 하루가 다르게 체력이 떨어지고 있음을 느꼈다. 지금까지는 경험과 숙련도로 버티고 있었지만, 이것도 얼마 가지 않을 것이기에 배율석은 벽우진의 말이 너무나 솔깃했다.

"괜찮으니까 받아도 돼. 그리 대단한 게 아니니까. 그렇다고 검공이나 장법을 가르치는 것도 아니고. 순수하게 건강을 위한 기본공이니까 부담 안 가져도 돼."

"이렇게 받기만 해도 되는지 모르겠습니다."

"대신 더 좋은 장문령부를 만들면 돼. 곤륜파의 무공을 익힌 상태에서 만들면 더 좋은 작품이 나오지 않겠어?"

배율석의 두 눈이 번쩍거렸다.

충분히 일리가 있는 소리였기에 배율석은 자기도 모르게 고개를 주억거렸다.

그러나 벽우진의 말은 아직 끝나지 않았다.

"물론 성취가 어느 정도 있어야 하겠지만 말이지."

"당장 배우겠습니다."

"술 마셨는데? 내일 아침부터 시작해. 오늘은 이 흥취를 만 끽하고. 어느 정도 성취를 이루기 전까지는 무조건 금주해야 하니까."

"……정말요?"

배율석이 의심 섞인 눈빛으로 벽우진을 쳐다봤다. 비밀리에 벽우진이 곡차라고 부르는 술을 자주 마시는 걸 그는 알고 있어서였다. 다른 이들 역시 알고 있었지만, 티를 내지 않는 것 뿐이었고.

"나를 같은 선상에 두면 섭섭하지. 곤륜파 역사에 나보다 더 대단한 사람은 시조밖에 없는데. 역대 두 번째로 성취가 높은 이가 바로 이 몸이야. 이깟 곡차가 어찌할 수 있는 수준이 아니라는 말씀이지."

벽우진이 콧대를 세웠다.

그리고 그 말은 사실이기도 했다. 곡차를 항아리째로 마셔도 술기운을 한순간에 배출할 수 있는 고수가 벽우진이었다. 이런 작은 호리병 정도는 간에 기별도 가지 않았다.

"당분간 술을 끊어야 한다는 거군요."

"그래서 내가 큰 그림을 보고 이 자리를 마련한 거지. 당분 간은 마시지 못하니까 오늘 맛 좀 보라고 말이야."

"그런 것 치고는 양이 너무 적은 것 같은데요."

"자고로 과한 건 모자란 것보다 좋지 않은 법이야. 이걸로 만족해."

벽우진이 씩 웃으며 말했다.

물론 배율석도 그 말을 곧이곧대로 믿지는 않았으나, 고개
는 주억거려 주었다.

　"알겠습니다."

　"기본공을 익힌다고 해서 네 일과에 크게 무리가 가지는 않
을 거야. 아침저녁으로만 운기행공을 하면 되니까. 기초는 내
가 직접 다져줄 것이고. 나이가 있기에 진기도인 때 고통을 좀
느끼기는 하겠지만, 그게 다 건강해지는 거니까 참도록 해."

　"예."

　배율석이 순순히 대답했다.

　벽우진 정도나 되는 고수가 직접 기초를 다져준다는 게 어
떤 의미인지 모르지 않아서였다.

　더불어 까칠하기는 하지만 벽우진도 참 따뜻한 사람이라는
생각이 들었다. 적에게는 한없이 냉정하기도 하지만.

　"자, 그럼 어려운 얘기는 끝났으니까 이제 편하게 마시자."

　"제가 따라 드리겠습니다."

　"그래, 그래."

　배율석은 이 은혜를 꼭 보답하겠다고 생각하며 정성을 다
해 술을 따랐다.

　그리고 밤도 깊어갔다.

　우르르 몰려 왔던 손님들이 떠나가기 무섭게 새로운 이들이

다시 곤륜산을 찾았다.

북해빙궁의 습격을 피하기 위해 잠시 하산했던 하오문이 다시 곤륜파를 찾았던 것이다.

그런데 숫자가 확 달라져 있었다. 이번에는 소수로 곤륜산을 올라왔다.

"늦었지만 승리하신 것 축하드립니다."

"축하할 것까지야."

공손히 포권지례를 올리는 설향에게 벽우진이 심드렁하게 대답했다.

남들에게야 위험천만한 순간이었겠지만 그에게는 아니었다. 그는 패배 자체를 생각하지 않았다. 단지 걱정한 것은 누가, 얼마나 다치느냐일 뿐.

"도움을 드리지 못해 죄송합니다."

"정보를 준 것만으로도 충분하오."

벽우진이 손을 저었다.

애초에 그의 전력 구상에 하오문은 없었다. 도와준다고 해도 전력이 크게 상승하는 것도 아니었고.

스윽.

대답한 벽우진이 자리를 권했다.

그런데 평소와 달리 오늘의 자리에는 새로운 얼굴이 한 명 더 참석해 있었다. 서예지와 비견되는 미모를 지닌 십 대 후반의 소녀가 흑단 같은 긴 머리카락을 자연스럽게 늘어뜨리고서 앉아 있었다.

"처음 뵙겠습니다. 설아린이라고 합니다."

"제 제자이자 수양딸입니다. 얼마 전까지 폐관 수련을 하고 있어서 이제야 장문인께 인사시키게 되었습니다."

"후계인 것이오?"

"그렇습니다. 소문주라 봐도 무방합니다."

"호오."

조금의 망설임도 없이 대답하는 설향의 모습에 벽우진이 의외라는 표정을 지었다.

무공을 일체 익히지 못한 그녀와 달리 설아린은 상당한 성취를 이루고 있었다. 십 대 후반의 나이임에도 초일류 끝자락에 있는 모습에 벽우진은 조금 놀랐다.

"아린이가 저와 달리 무재가 좀 있는 편입니다."

"조금이 아닌 것 같소만."

"그래도 아직 갈 길이 멀다고 생각합니다. 지금은 뛰어난 수준이지만 앞으로도 그렇다고는 장담할 수 없으니까요."

"꾸준히 정진한다면 훌륭한 무인이 될 것이라 생각하오."

벽우진이 그답지 않게 덕담을 했다. 그 정도로 설아린의 무재가 상당했다. 눈빛도 나쁘지 않았고.

물론 강해지기 위해서는 득시글거릴 남자들을 잘 통제해야 하겠지만.

'흐음.'

한편 벽우진이 그녀를 살펴보는 것처럼 설아린 역시 그를 관찰했다. 근래 중원 전역을 떨쳐 울리는 고수였기에 자연스레 궁금증이 들었기 때문이다.

그리고 하늘 같이 생각하는 설향이 극찬을 아끼지 않는 인물이었기에 그녀는 더더욱 궁금했다. 천하를 울리는 고수를 만나보는 건 처음이었기에 설레고 기대가 되었던 것이다.

'무난한데?'

기대가 너무 컸던 것일까. 처음 대면한 벽우진의 모습은 그냥 동네 한량 같은 느낌이었다. 도복을 입고 있었지만, 전혀 도인처럼 느껴지지 않는 모습이랄까.

게다가 일흔다섯 살이라는 나이가 무색할 정도로 벽우진의 모습은 젊은이 그 자체였다.

'환골탈태를 이루면 다 저렇게 되나? 정말 회춘이 가능한 걸까? 아니면 저 시기에 환골탈태를 해서 노화가 멈춘 걸까?'

설아린은 벽우진이라는 인물보다 그의 모습에 온갖 이상한 생각이 떠올랐다.

만약 회춘이 가능하다면 환골탈태야말로 최고의 주안술인 것 같았다. 여자에게 있어 동안이라는 말과 젊어 보인다는 말보다 더한 극찬은 없었으니까.

괜히 양선이 무공 수련보다 주안술에 주력하는 게 아니었다.

'한번 물어볼까.'

어렵게 대하는 사부와 양선이 이해되지 않을 정도로 벽우진은 딱히 격식을 차리지 않았다. 그렇다고 초극고수다운 풍모를 보이는 것도 아니었고.

삼제오왕칠성들은 마주하면 상당한 위압감을 뿌린다는데

벽우진은 그런 게 전혀 없었다. 그래서 그녀는 앙큼한 생각이 떠올랐다.

"앞으로의 연락은 아린이를 통해 할 생각입니다."

"이곳에 파견시키겠단 말이오?"

"장문인께서 허락해 주시면요."

"혼자서?"

"보조할 인원으로 두 명을 생각하고 있습니다."

설아린이 딴생각을 하고 있을 때 벽우진은 설향과 대화 중이었다.

그런데 말을 하는 설향의 태도가 상당히 조심스러웠다.

"총 세 명을 본 파에 상주시키겠다는 말이구려?"

"그게 더 빠르고 확실하게 장문인께서 필요한 정보를 전달할 수 있다고 생각합니다."

"인력 낭비 같소만."

벽우진이 에둘러 말했다.

곤륜산에 상주시키기에는 설아린의 재능이 아까웠다. 더구나 하오문의 사정을 생각하면 이만한 재능을 가진 이가 없을 터였고.

"제 생각에는 오히려 이곳이 더 나을 것 같습니다. 비슷한 또래도 많거니와 아린이를 귀찮게 하는 이들이 없을 테니까요."

"본인은 지루해할 거라 생각하오만."

"그럼 당사자에게 물어볼까요?"

설향의 시선이 설아린에게로 향했다.

그러자 설아린이 퍼뜩 놀랐다. 지금까지 딴생각에 빠져 있었기에 서둘러 정신을 차린 것이었다.

"그렇게 쳐다보면 아니라고 대답을 못 할 것 같소만."

"걱정하지 않으셔도 됩니다. 싫은 건 싫다고 말하는 아이라서요. 자기 주관과 소신이 뚜렷하거든요."

"흐음."

벽우진이 믿기 힘들다는 표정을 지었다.

암만 생각해도 설아린이 남아 있을 이유가 없었다. 제자들과의 교분을 생각하면 얻는 게 아예 없지만은 않을 테지만 그럴 바에는 차라리 수련을 하는 게 더 이득이었다.

'비무를 노리는 건가? 비슷한 또래이니 얻는 게 많기는 하겠지만, 굳이 번거롭게 그럴 필요가 있나?'

벽우진이 미간을 좁혔다. 좀처럼 설향의 속내를 짐작하기가 쉽지 않았다.

"저는 좋아요. 원래 조용한 곳을 좋아하는 편이기도 하고요. 시내에서는 워낙에 귀찮은 일들이 많아서요."

"평상시에도 대부분의 시간을 수련에 쏟고 있으니 머물 처소만 배정해 주시면 조용히 지낼 겁니다."

화려한 외모와 달리 설아린은 북적거리는 것을 싫어했다. 어린 나이에 이미 많은 일들 겪어보기도 했고. 그래서 겉보기와 달리 사람들이 많은 곳을 싫어하는 편이었다.

"그렇다면야."

"허락해 주시는 겁니까?"

"어려운 건 아니니. 다만 정해진 장소로만 이동이 가능하오. 마음대로 돌아다니는 건 허락할 수 없소이다."

"그 정도는 당연히 인지하고 있습니다."

설향이 옅게 웃었다.

곤륜파에 상주하는 것만으로도 그녀와 하오문이 얻을 수 있는 게 적지 않아서였다.

그리고 벽우진은 꿈에도 상상하지 못하고 있었지만, 그녀가 노리는 건 하나가 더 있었다.

'제자와는 연결될 수 없지만, 외인은 다르지.'

설향이 의미심장한 눈빛으로 벽우진을 쳐다봤다.

육체가 젊어진 만큼 아무래도 다른 것들 역시 왕성해질 수밖에 없을 것이기 때문이다.

다만 문제는 그녀만 그렇게 생각하지 않는다는 점이랄까.

"허락해 주셔서 감사합니다, 장문인."

"감사까지야."

벽우진이 대수롭지 않다는 듯이 고개를 저었다.

하오문의 사람이 상주함으로써 그가 얻게 되는 것 역시 적지 않았다. 그리고 일단 관리하기도 편했고.

"아, 이건 현재 강남 무림의 상황을 정리한 보고서입니다. 어제 날아온 뜨끈뜨끈한 소식입니다."

"흠."

나름 화기애애한 분위기로 대화가 이어질 때 설향이 깜빡했다는 듯이 양선에게서 두루마리를 받아 벽우진에게 건넸다.

북해빙궁의 몰살로 깔끔하게 정리된 강북과 달리 강남은 여전히 오독문과 전쟁 중이었다. 또한 곤륜파와 깊은 관계가 있는 사천당가가 합류한 상태였기에 설향은 그 부분을 더욱더 신경 써서 조사했다.

스륵. 스르륵.

보기 편하게 정리된 보고서를 벽우진은 빠르게 훑어 내려갔다.

안 그래도 강남 무림의 상황이 궁금했던 차였다. 비천단이 있기에 크게 걱정하지는 않았지만 그래도 오독문 역시 만만치 않았기에 현재 상황이 어떨지 궁금했다.

"소림무제와 금강신니의 합류로 전세가 바뀔 가능성이 크다고 생각합니다. 사천당가로 균형이 맞춰진 상태에서 두 고수가 합류하는 것이니까요. 거기다 기성까지 함께 가고 있으니 오독문이 더 이상 힘을 쓰기는 쉽지 않을 거라 생각합니다."

"그렇겠구려."

특히 사천당가의 활약에 대해 상세하게 적혀 있는 보고서를 보며 벽우진이 고개를 주억거렸다.

강북 무림이 정리된 이상 오독문도 더는 힘을 쓰지 못할 게 분명했다. 독강시가 있다고 하지만 그 마물이 만능한 것도 아니었고 무한대로 만들 수 있는 것도 아닐 테니까.

"예전처럼 매일 소식을 전해 드리겠습니다. 아린이를 통해서요."

"보고서만 보내도 충분하오."

미모라면 서예지도 뒤떨어지지 않았다. 그렇기에 설아린이 아무리 예뻐도 벽우진은 별다른 감흥이 없었다.

겉모습이 젊어 보인다고 하지만 그의 정신 연령은 그보다 훨씬 많았다. 때문에 벽우진은 보고서만 볼 수 있으면 된다는 듯이 말했다.

"이번 일정에도 큰 도움이 될 것입니다."

"하오문에게도 떨어지는 것이 많을 것이오."

"꼭 그런 이유 때문에 도와드리는 것은 아닙니다."

"그래도 상당한 인력이 필요한 일인데 무료 봉사를 시킬 수는 없소."

벽우진이 단호하게 말했다.

그가 생각하기에 하오문과는 딱 이 정도 관계가 좋았다.

너무 하오문의 정보력에 의존하는 것도 좋지 않았다. 적당히 주고받는 관계가 지금은 딱 좋았다.

'본 파가 좀 더 클 때까지만 말이지.'

지금 이 순간에도 곤륜파의 명성은 떨어질 줄 모르고 상승하는 중이었다. 북해빙궁을 정면으로 쓰러뜨렸다는 사실이 알려지자 곤륜파를 보는 시선이 달라졌고, 알게 모르게 입문을 문의하는 이들이 한둘이 아니었다.

명성이 높아진 만큼 곤륜파의 산문을 두드리는 이들이 기하급수적으로 늘어난 것.

"그게 편하시다면 감사히 받겠습니다. 하온데 언제 출발하실 생각이신지요? 저희 쪽에서도 준비를 해야 해서요."

"소문주도 같이 가는 것이오?"

"예. 저 대신에 장문인을 보좌해야 하니까요."

설향이 당연하다는 듯이 대답했다.

강호 경험이 적은 설아린이었기에 벽우진과 함께하는 이번 일정으로 보고 느끼는 게 많을 터였다. 그 모든 게 그녀에게 자양분이 될 터였고.

때문에 설향은 이번 기회를 놓칠 생각이 없었다.

'벽 장문인과 친해져서 나쁠 것도 없고.'

설향이 묘한 미소를 지어 보였다.

하지만 벽우진은 그 미소를 알아차리지 못했다. 아니, 정확하게는 관심이 없었다.

"굳이 그럴 필요까지는 없소만."

"절대 짐이 되지는 않을 것입니다."

"따라오기가 쉽지는 않을 것이오. 알겠지만 나들이를 가려는 게 아니니."

"그렇기에 더더욱 함께 보내는 것입니다. 이번 강호행으로 아린이도 많은 걸 배울 테니까요."

벽우진은 더 이상 거절하지 않았다.

말은 겁을 주는 것처럼 했지만, 확실히 설아린이 함께한다면 이번 일정이 편해질 것은 사실이었다. 일단 숙소 걱정을 할 필요가 없었으니까.

"출발은 모레 아침에 할 예정이오."

"알겠습니다. 그에 맞춰 준비하겠습니다."

설향이 공손히 대답하며 자리에서 일어났다. 눈치껏 알아서 물러나는 것이었다.

잠시 후 홀로 남은 집무실에서 벽우진이 의자에 눕듯이 널브러졌다.

혼자 남게 되자 사정없이 늘어진 것이다.

○

이른 아침부터 경내가 소란스러웠다.

오랜만의 외출에 제자들이 들뜬 기색으로 옹기종기 모여 있었다. 그리고 그 가운데에는 이번에 새로이 합류한 배혁문이 있었다.

"저도 같이 가고 싶어요."

"아직은 안 돼. 이제 막 입문했잖아. 기본기도 제대로 다지지 못했고. 다음에 같이 가자, 혁문아."

"히잉."

서예지가 차분한 기색으로 막내를 달랬다.

하지만 그럴수록 배혁문의 얼굴에는 아쉬운 기색이 서렸다. 다 떠나는데 자신만 남게 되자 왠지 모르게 버려지는 느낌이 들어서였다. 모두 다시 돌아오는 걸 알고 있음에도 말이다.

"어쩔 수 없어. 사부님이 결정하신 거니까. 그리고 혁문이는 아직 어려."

"사저도 어리잖아요."

"어리긴! 난 너보다 세 살이나 많다고!"

얼마 전까지 막내였던 심소혜가 발끈해서 소리쳤다. 한두 살도 아니고 무려 세 살이나 차이가 나는데 어리다고 하자 어이가 없었다.

그 모습을 다른 사형제들은 사랑스러운 눈빛으로 지켜봤다. 티격태격하는 둘의 모습이 너무나 귀엽고 깜찍했다.

"그렇지만 저도 남자인 걸요!"

"남자는 무슨. 꼬마 아이지."

"꼬마 아니에요!"

이번에는 배혁문이 발끈했다. 당당한 남자인 자신을 꼬마라고 부르는 걸 받아들일 수 없었다.

게다가 요즘에 잘 먹고 잘 자서 키도 쑥쑥 자란 상태였다. 적어도 체격은 심소혜와 비교해도 크게 떨어지지 않았기에 배혁문은 가슴을 내밀며 소리쳤다.

"꼬마라는 말에 흥분하는 것 자체가 아직 꼬마라는 뜻이야. 자기도 아니까 참지 못하고 흥분하는 거지."

"제가 꼬마면 사저도 꼬마예요!"

"난 아니지. 난 소녀지. 곧 여인이 될 테고. 헤헤헤!"

심소혜는 흥분하지 않았다. 지금 흥분하면 배혁문과 똑같다는 것을 너무나 잘 알아서였다.

"이익!"

"너무 흥분하지 마. 큰 사저가 보고 있다는 걸 잊은 거 아냐?"

"흡!"

"하하하하!"

귀여운 아이 둘이서 티격태격하는 모습에 제자들이 웃음을 터뜨렸다. 둘에게야 심각하겠지만 다른 이들에게는 귀여운 투덕거림으로밖에 보이지 않았다.

"좋은 아침입니다."

그때 세 명이 그들에게로 다가왔다. 바로 설아린과 무룡대주, 부대주였다.

"안녕하세요."

과하지도 모자라지도 않게 정중히 인사해 오는 세 사람에게 서예지가 대표로 맞이해 주었다.

그리고 그녀를 시작으로 제자들 역시 세 사람에게 인사했다.

"잘 주무셨어요, 언니?"

"언니요?"

"저보다 한 살 많으시다고 들어서요. 전 열일곱이거든요."

"아, 네."

서예지가 살짝 당황한 표정을 지었다. 처음부터 이렇게 나이로 치고 들어올 줄은 몰라서였다.

하지만 그런 기색은 창졸간에 사라졌다.

'역시 붙여시.'

서예지의 두 눈이 깊게 가라앉았다.

어제 처음으로 소개를 받았을 때부터 그녀는 느꼈다. 설아린이 보통이 아니라는 것을 말이다.

"앞으로 잘 부탁드려요, 언니."

"저야말로요."

"말 편히 하세요. 저보다 언니이신데."

"좀 더 친해지면 그때 놓을게요."

칼 같이 선을 긋는 서예지의 모습에도 설아린은 당황하지 않았다.

마치 그럴 줄 알았다는 듯이 부드러운 미소를 지었다. 그러고는 다른 제자들과도 친근하게 인사를 나누었다.

무룡대주와 부대주는 부대끼며 지낸 생활이 제법 되었기에 어색하지 않은 사이였지만 그녀는 아니었기에 설아린은 자신이 먼저 제자들에게 다가갔다.

'차근차근. 한 단계씩.'

특별하지 않은 벽우진의 모습에 살짝 실망하기는 했지만 그렇다고 패선이라 불리는 고수를 무시하는 건 절대 아니었다.

그저 그런 인물이었다면 그녀의 사부이자 하오문주인 설향이 그토록 칭찬하지 않을 터였다. 게다가 그녀가 본 것은 아주 작은 일면뿐이기도 했고.

그래서 설아린은 하나씩 차근차근 다가갈 생각이었다.

'일단은 제자들부터. 물론 큰 벽이 하나 있긴 하지만.'

설아린이 무덤덤한 눈빛으로 자신을 주시하고 있는 서예지를 힐끔거렸다.

아무렇지 않은 듯이 서 있었지만, 그녀는 본능적으로 알았다. 서예지가 자신을 유달리 경계하고 있음을 말이다.

하지만 이상한 낌새를 느낀다고 해서 서예지가 할 수 있는 건 아무것도 없었다.

"다들 잘 잤어요?"

"조금 설친 아이들이 있지만 대체로 잘 잤습니다."

서예지 다음으로 벽우진의 제자가 된 양일우가 제법 의젓하게 대답했다.

하지만 그의 눈동자는 미약하게 흔들렸다.

서예지로 인해 미인에게 어느 정도 적응이 된 상태였지만 그럼에도 아예 동요가 없을 수는 없었다. 결이 살짝 다른 미녀였기에 한창 혈기왕성한 양일우로서는 티를 안 낼 수가 없었던 것이다.

"다행이네요. 제법 먼 길을 가야 하는데 말이죠."

"다들 건강한 아이들이니 그 부분에 대해서는 걱정하지 않아도 될 겁니다."

양일우의 시선이 설아린의 뒤에 보필하듯 서 있는 두 사람에게로 향했다. 무룡대주와 부대주가 할 수 있다면 자신들도 할 수 있다고 생각했다.

"다들 저를 너무 경계하시는 것 같아요."

"아직은 다들 낯설어서요. 좀 더 친해지면 편하게 대하겠습니다."

"하긴. 시간이 얼마 안 되기는 했죠."

설아린이 내심 섭섭한 기색을 띠었다.

남자 여럿을 홀렸던 바로 그 표정이었다. 그런데 다들 도가 계열의 무공을 익혀서 그런지 팔딱팔딱 뛰는 반응이 오지 않았다.

"시간이 해결해 줄 부분이라고 생각합니다."

"그렇겠죠?"

"예."

어떻게든 말을 이어가려는 설아린과 달리 양일우는 짧게 대답했다. 서예지가 설아린을 탐탁지 않아 한다는 걸 알았기에 나름 선을 긋는 것이었다.

그러면서 양일우는 도일수에게 도움을 청했다. 여인과 말을 자주 섞어보지 못한 그와 달리 도일수는 나이도 가장 많을뿐더러 세상 경험도 누구보다 많았다.

"그런데 괜찮으시겠습니까? 저희들이야 사형제간이다 보니 함께 생활하는 낯설지가 않지만 설 소저는 아닐 텐데요."

"여자가 저 혼자만 있는 것도 아니고, 노숙은 저도 경험이 적지 않아요. 보기와 달리 곱게 자란 편은 아니라서요."

"알게 모르게 불편한 일들이 많을 겁니다."

"걱정해 주시는 건 감사하지만, 짐이 되지는 않을 거예요. 오히려 제가 도움이 되면 되었지."

설아린이 자신만만하게 말했다.

연약해 보이는 겉모습과 달리 그녀는 속이 꽉 찬, 옹골찬 육신을 가지고 있었다. 그 어떤 강행군도 견뎌낼 수 있을 정도로 말이다.

'막내지만 가장 나이가 많은 제자.'

걱정하지 말라는 듯이 대답한 설아린이 눈을 빛냈다.

개인적으로 도일수라는 제자는 그녀에게 호기심을 불러일

으켰다. 평범하기 짝이 없는 그를 패선이라 불리며 소림무제보다도 윗줄에 놓는 고수인 벽우진이 왜 받아들였는지 이해가 가지 않아서였다.

그런데 어제 처음으로 마주한 순간 그녀는 믿을 수 없는 사실을 알게 되었다.

'나와 크게 차이가 나지 않는 수준이었지.'

삼류 중의 삼류였던, 최연장자 쟁자수였던 도일수가 무려 초일류의 수준에 올라 있었다. 평생을 노력해도 일류지경에 오르지 못한 이들이 부지기수이건만 도일수는 반년이 채 되기도 전에 절정을 목전에 두었던 것이다.

그걸 알았을 때 설아린은 표정 관리가 되지 않았다.

'반드시 비밀을 알아야 해.'

곤륜파의 제자가 되기 전에는 별 볼 일 없었던 이들이 바로 눈앞에 있는 아이들이었다.

서예지야 청하상단의 혈족이기에 따로 운기토납법 정도는 익히고 있었겠지만 다른 아이들은 아니었다. 땅꾼의 자식이거나 객잔의 잡일꾼이나 하던 이들이 바로 앞에 있는 제자들이었다.

그런데 무공이라고는 일자무식이었던 이들이 지금은 무인다운 풍모를 보이고 있었다.

'물론 비밀을 알아낸다고 해서 우리도 할 수 있는 건 아니지만.'

설아린이 내심 씁쓸하게 중얼거렸다. 알아낸다고 해서 바로 자신들이 활용할 수 있을 것이라고는 생각하지 않아서였다. 그랬다면 이 세상에 고수 아닌 이들은 없었을 터였다. 아니면 고수의 기준 자체가 달라지던가.

"아시겠지만 저희 사부님께서 외부인들에게 그렇게 배려가 깊은 성격이 아니라서요."

"잘 알고 있습니다. 그러니 걱정하지 않으셔도 돼요. 저는 물론이고 함께 가는 둘도 나름 강호 경험이 빠삭하니까요."

"힘드시면 언제라도 말씀해 주십시오."

"알겠습니다."

도일수는 배려하는 마음으로 그리 말했지만 설아린은 다르게 받아들였다.

물론 눈치 빠른 그녀가 도일수의 의도를 모를 리 없었다.

하지만 설아린은 내심 오기가 생겼다. 곤륜파의 제자들이 대단한 성취를 이룬 건 알지만 그렇다고 자신이 뒤떨어진다고는 눈곱만큼도 생각하지 않아서였다.

"그러니까 나 없는 동안 잘 지키고 있어. 혁문이도 잘 가르치고. 율석이도 틈틈이 신경 쓰고."

"걱정하지 마십시오. 잘 지키고 있겠습니다."

"약초밭도 소홀히 하지 말고. 차밭도 소규모로 만들어서 시험적으로 심어본다고 했었지?"

"예, 차밭은 저와 청범이가 맡을 예정입니다. 약초밭은 비 호법님께서 맡아주신다고 했습니다."

멀리서 벽우진과 청민이 나란히 걸어오고 있었다.

그런데 걸어오면서 벽우진은 끊임없이 잔소리를 하는 중이
었다.

"잘 보고 배워둬. 나중에는 우리가 직접 재배해야 하니까."

"제가 확실하게 배워둘 생각입니다. 가능하면 혁문이한테도
가르칠 생각입니다."

"혁문이는 율석이한테서도 배울 게 있지 않나? 나는 그 맥
을 이어가는 것도 나쁘지 않다고 생각하는데. 구입하는 것보
다는 자체 생산이 여러모로 낫잖아? 곤륜산의 정기를 잔뜩 머
금은 광물로 병장기를 만드는 게."

"안 그래도 율석이가 그 얘기를 했습니다. 혁문이도 고민하
지 않는 눈치고요."

"길게, 장기적으로 보자고. 우리 한두 해만 해 먹고 그만둘
거 아니잖아? 적어도 500년은 봐야지."

청민이 고개를 주억거렸다.

그 역시 벽우진과 같은 생각이어서였다. 아니, 속으로는
500년도 짧다고 생각했다.

"가늘고 길게라도 저는 500년 이상 명맥이 이어졌으면 좋겠
습니다."

"그러니까 초석을 잘 다져야 해. 시작이 중요하단 거지."

"본산은 걱정하지 마십시오. 저도 있고 호법들도 있으니까
요. 전 사형이 걱정입니다."

"내가 왜?"

벽우진이 어리둥절한 표정을 지었다.

그 대단하다던 북해빙궁주도 때려잡은 이가 바로 자신이었다. 한데 자신이 걱정된다고 하자 이해가 되지 않았다.

"괜히 일을 더 크게 벌일까 봐서요. 가뜩이나 애들도 다 같이 가는데."

"그래서 내가 더 걱정이다?"

"예, 사형이 다칠 거라고는 전혀 생각이 되지 않지만, 아이들이 뒤처리를 할 걸 생각하니 밤에 잠이 안 올 것 같습니다."

"이 자식이."

벽우진이 눈을 부라렸다.

그리고 그 모습을 설아린이 가슴 졸이며 봤다. 아무리 옆집 한량처럼 보이는 벽우진이었지만 그의 별호가 다름 아닌 패선이었다. 두드려 패는 게 특징이어서 패선이라고도 불리는 바로 그 패선 말이다.

"그러니까 무엇을 결정할 때 꼭 한번 다시 생각해 주십시오. 아이들이 지금 한창 보고 배우는 시기라는 거 아시죠? 사형 같은 성격은 딱 한 명이면 됩니다. 그 이상은 안 돼요."

"참나."

쓸데없이 진지한 청민의 모습에 벽우진이 이내 피식 웃었다. 그러고는 걱정하지 말라는 듯이 손을 흔들었다.

"첫째도 안전, 둘째도 안전입니다."

"우리는 걱정할 필요 없다. 내가 있는데. 갑자기 북해빙궁주나 십존 같은 녀석들이 튀어나오지 않는 한."

"총표파자도 조심해야 합니다. 청해성의 산적들을 싹 다 쓸어버린 일로 사형을 찾아올 수 있습니다. 온갖 야비하고 비열한 방법을 동원해서요. 그럼 아이들이 위험합니다."

"그건 쟤네들 선에서 어떻게 해결 안 되나?"

벽우진의 시선이 설아린과 무룡대주, 부대주에게로 향했다. 다른 곳도 아니고 하오문의 실세들인데 알아서 정보를 물어오지 않을까 싶어서였다.

"하오문이라고 해서 만능은 아닙니다. 개방이 함께하면 또 모르겠지만요."

"개방도 다 아는 건 아니잖아."

"하오문도 마찬가지일 겁니다."

청민이 슬쩍 설아린을 쳐다보며 대답했다. 자칫 삐딱하게 받아들일 수도 있는 발언이어서였다.

설아린은 괜찮다는 듯이 웃었다.

"괜찮아요. 저희도 그렇게 생각하는 걸요. 그래서 늘 도전하고 시도하는 것이고요."

"폄하하려는 의도는 아니었네."

"알고 있습니다, 장로님."

설아린이 정말로 괜찮다는 듯이 싱긋 웃었다.

면전에서 대놓고 무시하고 멸시하는 이들에 비하면 청민의 말은 아무것도 아니었다. 오히려 정중하기까지 했기에 설아린은 고개를 저었다.

"준비는?"

"모두 끝났습니다."

"혁문이는 이리로 오고."

"저, 저도 가면 안 될까요?"

벽우진의 말에 배혁문이 손을 들며 조심스럽게 자신의 의견을 피력했다.

하지만 벽우진은 웃으며 고개를 저었다.

"아직은 안 돼. 혁문이는 좀 더 배워야 하거든."

"사형 말씀이 옳다. 네 마음을 모르는 것은 아니지만 아직은 일러."

"네에."

배혁문이 시무룩한 표정을 지었다.

그러나 안 되는 것은 안 되는 것이었다. 실전을 몇 번 겪은 심소혜와 달리 배혁문은 모든 것에서 부족했기에 함께 갈 수 없었다.

"그쪽은?"

"저희도 준비 다 되었습니다."

"그럼 출발하자고. 황하를 향해서."

다부진 얼굴로 대답하는 설아린의 모습에 벽우진이 장난기 가득한 미소를 지었다.

지금부터가 복수의 시작이었다.

··· 제8장 ···
숨바꼭질

벽우진은 황하를 가로지르는 중형 선박의 갑판에 올라와
있었다.

나름 크기가 큰 배라서 그런지 갑판 곳곳에는 도도히 흐르
는 황하를 내려다보는 선객들이 제법 있었다. 장돌뱅이들로 보
이는 장사꾼들도 제법 많았고.

하지만 그중에서 가장 신난 이들은 누가 뭐래도 제자들이
었다.

"우와!"

"나 배는 처음 타봐!"

"배 타면 멀미하는 사람들도 있다고 하지 않았나? 누구 멀
미해?"

"소혜는 멀쩡해!"

생전 처음 타보는 배에 아이들이 떠들썩하게 떠들었다.

하지만 누구 하나 그런 아이들을 보고 뭐라 하지 않았다. 처음 배에 타본 이들이 어떤 반응을 보이는지 다들 모르지 않아서였다. 그리고 저 반응이 하루를 채 못 간다는 사실도 다들 알고 있었다.

"형은 신기하지 않아? 이렇게 큰 배가 물 위에 떠 있는 게?"

"낚싯배랑 같은 이치인데 뭐."

"그래서 형은 아무렇지도 않다고?"

"조금 신기하네."

들떠서 방방 뛰는 아이들과 달리 양일우는 홀로 고상하게 서 있었다. 양일우도 배는 처음이었지만 나이가 있기에 나름 점잖게 반응했던 것이다.

서예지나 도일수는 자주는 아니지만 몇 번 타본 적이 있기에 무덤덤한 모습이었고.

"사부님! 사부님!"

"그래, 소혜야."

언니 오빠들이랑 쉴 새 없이 재잘거리던 심소혜가 벽우진에게 날 듯이 다가왔다.

그러자 벽우진의 입가에 미소가 떠올랐다. 귀엽고 깜찍한 심소혜는 늘 미소를 유발하는 아이였다.

"이렇게 다 같이 나오니까 마치 나들이 나온 거 같아요!"

"나들이나 마찬가지지. 일은 겸사겸사하는 거니까."

"그 일도 숨바꼭질하는 거 같아요. 헤헤헤!"

"오, 괜찮은 표현이네. 우리가 악당들을 잡으러 다니는 거니까."

"그죠?"

심소혜가 두 눈을 반짝거렸다.

악당을 때려잡는 것도 좋지만 사실 심소혜는 이렇게 다 같이 나온 게 너무나 좋았다. 곤륜산에서 언니 오빠들과 수련하는 것도 즐거웠지만 가끔은 이렇게 세상을 구경하는 것도 좋다고 생각했다.

"숨바꼭질이라. 이번 여정의 이름은 숨바꼭질이라고 정해야겠다."

"정말요?"

"응, 이번에는 우리가 찾으러 다니는 거니까. 우리라고 늘 앉아서 당하기만 해선 안 되지."

"맞아요!"

심소혜가 격렬하게 고개를 끄덕였다.

그동안 곤륜파는 늘 당하는 입장이었다. 가만히 있는데 나쁜 놈들이 시도 때도 없이 쳐들어왔었다.

그렇기에 이참에 제대로 알려주고 싶었다. 곤륜파도 할 수 있다는 걸 말이다.

"무섭지는 않아?"

"괜찮아요. 곤륜파의 제자로서 이건 해야 하는 일이니까요."

심소혜가 앙증맞은 두 손을 불끈 쥐며 대답했다.

어리지만 심소혜도 알고 있었다. 언제까지 피를 안 묻힐 수는 없다는 것을 말이다.

그리고 그녀는 이제 더 이상 막내가 아니었다.

'혁문이도 있으니 내가 모범을 보여야 해!'

지금까지는 막내로서 온갖 귀여움과 사랑을 받았다면 앞으로는 혁문이를 자신이 돌봐주어야 했다.

그렇기에 심소혜는 피하지 않을 생각이었다. 오히려 곤륜파의 제자로서 당당히 맞서 싸울 작정이었다.

"크게 위험한 일은 없을 거야."

"아니에요. 저도 곤륜파의 제자인 걸요. 이제는 동생도 생겼고요. 아차! 사제지. 헤헤!"

"혁문이는 어때?"

"우웅. 말썽쟁이에요. 의젓한 척하는 꼬맹이?"

자기 신장에 맞는 검을 달랑거리며 심소혜가 나름 진지한 얼굴로 대답했다. 함께한 지 얼마 되지 않았지만 배혁문에 대해서 파악하기에는 모자라지 않은 시간이어서였다.

"말썽쟁이라고?"

"네, 사고뭉치예요. 말도 진짜 안 들어요. 그것도 제 말만요. 무려 세 살이나 어린 녀석이!"

심소혜가 콧김을 쑥쑥 내뿜었다. 생각만 해도 열불이 난다는 표정이었다.

그 모습조차도 벽우진에게는 너무나 귀엽게 보였다.

"그러니까 더더욱 소혜가 챙겨줘야지. 아직 어린애니까."

"그렇긴 한데, 그래도 가끔은 얄미워요. 따박따박 말대꾸하는 것도 그렇고요."

심소혜가 두 손을 꼼지락거렸다. 자신이 더욱더 챙기고 보살

펴야 한다는 사실은 알고 있었지만, 또 같이 있으면 투닥거리게 되었다.

"누나이자 사저이니까 소혜가 아주 조금만 참아줘. 아니다 싶으면 꿀밤도 먹이고. 너무 오냐오냐 돌봐주는 것도 좋지 않아."

"세게 때려도 돼요?"

"물론이지. 꿀밤 좀 먹는다고 안 죽어. 혹이 좀 나올 뿐이지."

"헤헤헤!"

배혁문에게 꿀밤 먹이는 상상을 하는 모양인지 심소혜가 실실 웃었다.

그 모습에 벽우진이 다시 한번 심소혜의 머리를 쓰다듬었다. 자식을 낳아본 적은 없지만, 만약 딸을 낳는다면 이런 느낌이 아닐까 싶었다.

"사부님."

심소혜의 머리를 쓰다듬고 있는데 서예지가 조심스럽게 다가왔다.

그러면서 그녀는 벽우진과 적당한 거리를 벌린 채 서 있는 설아린을 힐끔거렸다.

"좀 심심하지?"

"아니요. 저도 좋아요. 오랜만의 외출이니까요. 게다가 면사도 쓰지 않고 있으니까요."

"경쟁심 때문에 그런 건 아니고?"

벽우진이 씩 웃으며 말했다. 잘은 모르지만 서예지와 설아린이 묘한 기류를 뿌린다는 것 정도는 알고 있어서였다.

아니, 사실 모르는 게 더 이상할 터였다. 누가 봐도 서로가 서로를 경계하고 있는데.

"미모로 승부를 가리고 싶어할 정도로 저는 어리지 않아요, 사부님."

"알지. 농담한 거야. 그런데 그거 가지고 정색하면 내가 무슨 말을 해야겠니."

"그런 의도로 말한 게 아닌데요."

서예지가 퍼뜩 놀란 표정으로 고개를 저었다. 그녀는 결코 그런 의미로 말한 게 아니어서였다.

"근데 의외이기는 하네. 나는 미녀들의 기 싸움을 좀 기대했는데."

"싸움은 안 좋은 거라고 하셨잖아요. 가장 좋은 게 싸우기 전에 승부를 내는 것이라고도 하셨고요."

"정확하게는 손자병법에 나오는 말이지."

벽우진이 어깨를 으쓱거렸다. 요즘 들어 책도 읽는다는 걸 알려주기 위해서였다.

과도한 업무에 치이는 게 현실이었지만 벽우진은 곤륜파의 무공에 주석을 달면서도 틈틈이 책도 읽고 있었다.

"잠은 주무시는 거죠?"

"한 시진 정도? 아예 안 자는 건 좋지 않으니까. 진짜 바쁠 때는 잠 한숨 못 자고 일을 봤었지."

곤륜파 장문인이 되기로 결단을 내렸을 때를 떠올리며 벽우진이 몸을 부르르 떨었다.

시공간의 진에 있을 때보다 그때가 훨씬 더 힘들었다. 육체적으로는 시공간의 진이 더 힘들었지만, 정신적으로는 그때가 더 고통스러웠다. 몇 번이나 도망치고 싶을 정도로 말이다.

　"그건 몰랐어요."

　"나야 늘 완벽에 가까운 몸 상태를 유지하니까. 웬만해서는 이 균형이 틀어지지 않지."

　"정말 대단하신 거 같아요."

　"책임감이 그만큼 대단하다는 거지. 닥치면 결국에는 하게 되어 있어. 물론 다시 하고 싶지는 않지만."

　떠올리는 것도 싫다는 듯이 벽우진은 고개를 저었다. 그의 인생에서 제일 힘든 시기가 바로 그때였기 때문이다.

　"올까요?"

　"이건 일종의 낚시야. 그리고 안 걸리면 어때? 오랜만에 바람 좀 쐬고 겸사겸사 유람도 하는 거지. 다들 좋아하잖아?"

　"저도 좋기는 해요."

　서예지가 살포시 웃었다. 진짜 강호유람을 나온 기분이 들어서였다.

　게다가 이번 일정은 청해성에서 그치는 것이 아니었기에 서예지는 더더욱 기대가 되었다. 청하상단 소속이지만 의외로 그녀는 청해성을 벗어나 본 적이 없었다.

　"그러니까 마음 편히 먹어. 여유롭게 말이지. 언젠가는 걸릴 거라는 생각으로. 물론 안 나타나면 내가 직접 찾아갈 생각이기는 하지만."

"열심히 정보를 모으고 있습니다."

"거 봐. 우리에게는 믿음직한 조력자도 있잖아."

"믿음직까지는 아닌 것 같아요."

시선이 오기 무섭게 기다렸다는 듯이 대답하는 설아린의 모습에 서예지가 두 눈을 좁혔다.

설향이나 양선이면 모를까 설아린은 사실 신뢰가 그리 가지는 않았다. 왠지 모르게 따로 꿍꿍이속이 있는 것도 같았고 말이다.

"말보다는 결과로 보여 드릴게요."

"그건 차차 두고 보면 알겠지. 근데 둘 중 하나는 면사를 써야 하지 않겠어?"

벽우진이 서예지와 설아린을 번갈아 쳐다봤다.

배를 타기 위해 대기할 때도 그랬지만 지금도 곳곳에서 수많은 남정네들이 두 사람을 훔쳐보고 있었다.

서예지야 청해일미라고 불렸을 정도로 미색으로 유명했었고, 설아린 역시 매력이 다를 뿐이지 보기 드문 미녀인 것은 마찬가지였다. 그렇기에 어디를 가든 남자들의 시선을 사로잡았다.

"저는 괜찮아요. 불편하기도 하고요."

"저도 괜찮습니다, 장문인."

나이를 막론하고 한번 보면 좀처럼 눈을 떼지 못하는 남자들의 시선에도 둘은 담담하게 대답했다. 다른 이도 아니고 벽우진과 함께 있는데 굳이 불편한 면사를 써야 하나 싶었던 것이다. 설아린의 경우 그녀가 소문주인 것을 아는 사람은 하오문 내에서도 극히 소수에 불과했고.

"저는 둘 다 쓰는 게 좋다고 생각합니다. 시선을 너무 끌어요."

"지금 나한테 강요하는 거야?"

"그런 뜻이 아니라 사저에게 시선이 집중되니까……."

"나만 보는 건 아닌데?"

동갑이지만 입문 순서대로 따지면 서예지가 먼저였다. 그렇기에 윗서열이 된 서예지가 따지듯이 양일우에게 물었다.

"둘이 같이 있어서 더 끄는 것도 있으니까."

"자연스럽게 말도 놓고?"

"사저라고는 하잖습니까."

양일우가 소심하게 반항하듯 대답했다.

그 모습을 벽우진은 재미있다는 듯이 구경했다. 심소혜와 배혁문만큼은 아니지만, 이 둘의 만담도 나름 흥미진진했다.

"흐음."

"전 사부님께 제 의견을 말씀드린 겁니다."

"나는 둘의 의견을 존중한다. 강요할 문제가 아니지. 물론 귀찮은 일이 생길지도 모르지. 하지만 아직까지는 그런 일이 없었고, 생기면 그때 해결하면 되지."

"맞아."

벽우진의 말에 서예지가 허리춤에 차고 있는 자신의 애검을 툭툭 건드렸다.

사부가 패선이라는 걸 증명하겠다는 듯이 서예지는 무력을 쓰는 것을 망설이지 않을 생각인 듯싶었다.

"너무 과격한 것은 좋지 않습니다."

"다른 이유도 있어. 말해주기가 좀 그렇지만."

"이유?"

"또 은근슬쩍 말을 놓는다?"

"끄응!"

양일우가 앓는 소리를 냈다. 마지막에 벽우진의 제자가 된 도일수에게는 꼬박꼬박 존대를 하면서 자신에게만 이러는 게 이해가 되지 않아서였다.

"수, 수적이다!"

뎅뎅뎅뎅!

서예지와 양일우가 티격태격하던 그때 선미에 있던 선원 하나가 비명을 지르듯 소리쳤다. 가장 먼저 수적의 깃발을 발견하고는 사람들에게 알렸던 것이다.

그러자 다른 선원이 다급하게 종을 쳤다.

"시작이 좋은데요. 첫날에 이렇게 마주치다니."

"어디 보자. 어떤 녀석들이려나."

선원의 외침에 갑판에 있던 사람들이 대경실색하며 선실로 들어가는 것과 달리 벽우진은 눈을 빛냈다.

가능성이 높다고 생각해서 실행에 옮기기는 했지만 그래도 만나기가 쉽지 않을 거라고 생각했는데 의외로 첫날부터 수적들과 대면하게 되자 벽우진은 자기도 모르게 입가에 미소를 지었다.

"만약에 도룡채(屠龍蔡)가 아니면 어떡하실 생각이세요?"

"지들끼리 아는 사이일 테니 두드려 패다 보면 나오지 않겠느냐?"

"아……."

지극히 단순하기 짝이 없는 대답이었지만 이상하게 반박할 수가 없었다.

녹림십팔채야 각 산채가 워낙에 지방 곳곳에 퍼져 있어 교류가 거의 없다지만 황하수로채는 달랐다. 황하를 오고 가며 마주칠 수밖에 없기에 하나씩 처리하면서 역추적을 하다 보면 언젠가는 도룡채가 나올 터였다. 사이가 나빠도 수채가 어디쯤에 있는지는 대략 알고 있을 테니까.

"어차피 나쁜 놈들이니 좀 두들겨 팬다고 해서 양심의 가책을 느낄 것도 없고."

"우문현답이네요."

"물론 너희들은 조금 위험할 수도 있겠지만."

벽우진의 말이 끝나기 무섭게 설아린의 시야에 웃통을 시원스럽게 벗어젖힌 수적들이 들어왔다.

상반신 전체가 흉터로 뒤덮인 수적들은 대감도나 작살 혹은 거치도를 꼬나 쥐고서 이쪽으로 다가왔다.

"배를 멈춰라!"

"우리 뱃길을 이용하려면 통행료를 내야지!"

"물론 다른 것으로 대체해도 좋고!"

"음? 어어어?"

총 세 척의 배가 벽우진이 타고 있는 선박으로 접근했다. 일관성이라고는 전혀 없는, 각기 다른 모습의 배들이었는데 깃발의 문양은 똑같았다.

그런데 세 척 중 선두에 있는 배의 선미에 위풍당당하게 올라와 있던 수적 하나가 두 눈을 휘둥그레 떴다. 갑판 위에 기가 막힌 미녀가 무려 두 명이나 있어서였다.

"왜 그래?"

"무슨 일이야?"

"저기 봐봐!"

"허어업"

낡은 박도를 들고 있는 남자의 말에 갑판에 있던 수적들이 하나같이 두 눈을 부릅떴다. 그야말로 두 눈이 훤해지는 엄청난 미녀가 있는 모습에 다들 격앙된 것이었다. 개중 몇몇은 허리를 튕기거나 바지춤을 내리려는 모습도 보였다.

"오늘은 통행료를 받을 수가 없겠는데."

"채주님도 같은 생각이실걸."

"통행료를 왜 안 받아? 저년들도 받고, 통행료도 받으면 되지."

"히야. 진짜 우물들이로다."

갑판 위의 남자들이 하나같이 침을 삼켰다. 보면 볼수록 진짜 감탄밖에는 나오지 않는 미모였다.

그러나 그들은 서예지와 설아린의 미모에 넋이 나가 다른 것을 보지 못했다. 두 사람 다 전혀 긴장한 기색을 보이지 않는다는 사실을 말이다.

"왜 이렇게 시끄러우냐?"

"채주님, 저기 좀 보시죠."

"응?"

그때 갑판 위로 팔 척은 훌쩍 넘을 것 같은 장신의 남자가 모습을 드러냈다.

전체적으로 호리호리한 체격이었는데 키가 커서 그런지 위압감이 상당했다. 얼굴은 흉터가 없는 곳을 찾아보기 힘들 정도로 험악했고, 특히 양팔에 길게 그려진 문신이 인상적이었다.

"저기 두 명이요."

"허어. 어디서 저런 우물들이 나왔을꼬."

"엄청나죠?"

얼굴이나 비칠 겸해서 갑판으로 나왔던 삼룡채주가 두 눈을 번뜩였다. 보는 순간 하물에 피가 쏠리는 것이 보통 우물이 아님을 본능적으로 느낄 수 있어서였다.

아니, 저 정도 미인이라면 흥분하지 않는 게 오히려 이상했다. 남자라면 당연히 정복하고자 하는 마음이 들 수밖에 없을 테니까.

"아무래도 조용히 처리해야겠다."

"싹 다 담가 버리는 게 깔끔하겠죠?"

"당연하지. 괜히 살려둬서 시끄럽게 만들 필요 있나. 우리끼리 잘 가지고 놀다가 매음굴에 팔아버리는 게 가장 깔끔하지."

"몇 년은 데리고 있을 것 같은데요? 흐흐!"

부채주의 말에 삼룡채주가 히죽 웃었다. 그가 생각하기에도 한두 달 가지고 놀 외모가 아니어서였다.

게다가 얼굴만 예쁜 게 아니라 몸매도 훌륭했다. 그야말로 상등품 중의 상등품.

"검을 차고 있기는 하지만, 그래 봤자 겉멋 든 풋내기일 뿐이지. 강호오화(江湖五花)라면 모를까 얼굴도 알려지지 않은 것들의 실력이야 뻔하지."

"강호오화라고 해도 별수 없을 겁니다. 여기는 육지가 아니라 황하이니까요."

"그렇지. 선상 전투로는 우리를 따라올 자가 없지. 크호흐흐!"

삼룡채주가 자기도 모르게 손을 바지에 넣었다. 본능적으로 손이 바지 속으로 들어갔던 것이다.

한데 그런 행동을 하는 이가 한둘이 아니었다.

"배를 걸어라!"

처처척!

연신 음흉한 웃음을 흘리는 삼룡채주를 대신해 서열 2위인 부채주가 단전에서부터 힘을 끌어올려 소리쳤다. 일단 배가 도망치지 못하게 붙잡기 위해서였다.

이윽고 세 척의 배에서 수십 개의 갈고리가 솟구쳤다.

"아이고, 어르신."

"네놈이 선장인가 보구나."

"예에."

전방과 좌우를 포위하듯 달라붙은 삼룡채의 배를 흘깃거

리며 까맣게 탄 피부의 중년인이 넉살 좋게 웃으며 배의 선미로 다가왔다.

그런데 표정과 달리 그의 눈빛이 상당히 불안했다. 수적들의 시선이 전부 다 두 여인에게 꽂혀 있자 머릿속에서 불길한 생각이 스멀스멀 피어올라서였다.

'젠장! 눈치껏 선실에 들어가 있어야지!'

선장은 수적들만 없다면 두 여인과 그녀들의 일행에서 소리를 버럭 지르고 싶었다.

하지만 이미 늦었다. 삼룡채의 거의 모든 수적들이 두 여인을 본 상태였기에 지금 선실로 들어간다고 한들 결과는 달라지지 않을 것이었다.

그렇기에 선장은 머리를 굴렸다.

'둘을 희생시킨다면……'

선장의 시선이 두 여인의 일행으로 향했다.

도복을 입고 있는 청년과 제법 무인의 태가 나는 장정 둘이 있었지만, 현재 그의 눈에 보이는 수적들만 해도 백 명이 훌쩍 넘었다. 배 안에 있는 이들까지 합치면 150여 명은 족히 될 것이기에 선장의 마음은 한쪽으로 기울었다.

아무리 무인이라도 다구리에는 장사가 없었고, 더구나 이곳은 배 위였다.

'소년들도 있기는 하지만 그렇다고 전세를 뒤집기는 힘들어.'

제법 남자 티가 나는 소년들도 함께 있었지만, 그 정도로는 이만한 수적 차이를 뒤집기 어려웠다.

그래서 선장은 내심 결정을 내렸다. 두 여인을 삼룡채에 넘기고 편히 지나가기로 말이다.

"표정을 보아하니 결정을 내렸구나?"

"저야 당연히 어르신의 결정에 따라야지요. 다만 조금의 아량을 베풀어주셨으면 하는 마음이 있습니다요."

"아량이라."

"저기 저 여인들이 마음에 드신 것 같습니다만."

선장이 마른침을 삼키며 두 여인을 힐끔거렸다. 삼룡채주가 말을 꺼내기 전에 그가 먼저 운을 뗀 것이다.

그러자 삼룡채주가 누런 이를 드러내며 히죽 웃었다.

"마치 내게 건네주겠다는 말로 들리는데?"

"어르신께서 원하신다면 응당 그리해야 하지 않겠습니까?"

"살고 싶은 모양이군."

"그 마음은 누구나 다 똑같을 거라고 생각합니다."

선장이 간사한 미소를 머금으며 작게 말했다.

결국 중요한 것은 자신의 목숨이었고, 둘을 희생해서 무사히 이 상황에서 벗어날 수 있다면 다른 손님들도 다행이라 생각할 것이었다.

물론 두 여인의 삶은 처참하게 망가지겠지만, 그 둘을 위해서 모두가 목숨을 걸 필요는 없었다.

'살기까지 뿌리는 마당에.'

선장이 다시 한번 마른침을 삼켰다.

무공을 익히지는 않았지만, 황하에서 뱃사람으로 수십 년을 살아온 게 바로 그였다. 그렇기에 수적들의 눈빛만 봐도 무슨 생각을 하고 있는지 어느 정도는 예상할 수 있었다.

'어떻게든 여기에서 벗어나야 해.'

음욕이 눈이 먼 남자들은 그 어떤 짓도 서슴없이 할 수 있었다. 일시적으로 미치광이보다 더한 존재도 될 수 있었기에 선장은 가급적 빨리 이곳에서 벗어나고 싶었다. 괜히 튀는 불똥에 맞고 싶은 마음은 눈곱만큼도 없었다.

"그런데 어쩌나. 난 이미 마음의 결정을 내렸는데."

"예에?"

"완전 범죄의 시작은 보는 눈을 없애는 것이지. 겸사겸사 입도 아예 열지 못하게 만들고."

푹!

선장의 두 눈이 부릅떠졌다. 눈 깜짝할 새에 삼룡채주의 손이 그의 심장을 꿰뚫어서였다.

그것도 잔인하게 아직 뛰고 있는 자신의 심장을 꺼내서 보여주는 작태에 선장이 입에서 피를 흘리며 삼룡채주를 노려봤다.

그러나 노려본다고 한들 달라지는 것은 없었다.

"개, 개새끼······."

"큭큭! 저런 미인을 태운 네 선택을 후회하라고. 뭐, 보아하니 네놈도 지옥으로 갈 것 같다만."

"먼저 가서, 기다리마."

"한 오백 년 걸릴 거다."

삼룡채주가 낄낄거렸다. 다 늙은 호호 할아버지가 되기 전까지는 죽을 생각이 전혀 없어서였다.

이윽고 선장이 바닥에 쓰러지며 피가 차갑게 식기 시작했다.

"서, 선장님!"

"으으!"

한편 그 모습을 본 선원들의 안색이 달라졌다. 선장의 죽음에서 자신들의 미래도 엿볼 수 있어서였다.

그래서인지 경계만 하던 이들이 칼을 뽑아 들었다. 이래도 죽고 저래도 죽는다면 반항이라도 하고 죽으려는 것이었다.

"화살은 쏘지 마라. 우리 예쁜 미녀들이 다칠 수도 있으니."

"정확하게 쏘면 되지 않겠습니까?"

"만약의 경우가 있으니까. 상등품에 흠집이 생기면 네가 책임질 거냐?"

"피 흘리는 미인도 나름 운치가 있는데 말입죠."

부채주가 음흉하게 웃었다. 붉은 피와 혈향은 그를 더욱 흥분시키는 것들 중 하나였다.

"취향이 독특하다니까."

"흐흐! 채주님의 취향이 너무 얌전한 겁니다."

"원래 돌고 도는 거야. 할 거 다 하면 다시 기본으로 돌아오는 법이지."

삼룡채주가 그리 말하며 수하들 중에 활을 다루는 이들을 뒤로 물렸다. 혹시라도 눈먼 화살에 맞을까 봐 저어한 것이다.

그 정도로 지금 배 위에 있는 두 여인은 그의 인생에서 손꼽히는 미녀들이었다.

"제가 잘 데려오겠습니다."

"그래, 자결하지 못하게 점혈부터 확실하게 하고."

"장사 한두 번 합니까? 걱정하지 마십쇼."

둘 중 하나는 자신의 몫이기에 부채주가 실실 웃으며 갈고리에 연결된 밧줄을 타고 날아가듯이 이동했다.

그러자 그 뒤로 수적들이 일제히 뒤따랐다. 살인멸구가 결정된 이상 남자들은 모조리 죽이고 여자들을 노획하기 위해서였다. 더불어 선객들이 가지고 있는 재물 역시 그들의 것이었다.

"끼야호!"

"그래! 가끔은 이런 맛도 있어야지!"

"돈도 좋지만, 힘도 써줘야지!"

"안 그러면 칼에 녹이 슨다고!"

수적들이 신난 기색으로 넘어왔다.

그런 그들의 눈빛에는 살기와 음욕이 강렬하게 번들거리고 있었다. 사람들을 마음껏 죽이고 여인들을 취할 생각에 벌써부터 잔뜩 흥분한 모습이었다.

"어딜!"

"우리가 쉽게 죽어줄 것 같으냐!"

"이렇게 된 거 이판사판이다!"

넘어오는 수적들을 향해 선원들과 갑판에 남아 있던 몇몇 무인들이 몸을 날렸다. 가만히 당해주지는 않겠다는 뜻이었다.

파바밧!

그런데 그들보다 먼저 수적들에게 닿은 이들이 있었다. 흰색의 도복과 무복을 휘날리며 두 여인이 수적들의 앞에 나타난 것이다.

그리고 그 순간 갑판 위로 새빨간 피가 솟구쳤다.

"컥!"

"무, 무슨……!"

목과 가슴이 베인 수적 두 명이 어리둥절한 표정을 지었다. 언제 당했는지 알 수가 없어서였다.

하지만 생각은 딱 거기까지였다.

이내 동공에서 빛이 사라지며 둘이 바닥으로 쓰러졌다.

"저년들이 감히!"

"얼른 제압해!"

수적 두 명이 순식간에 쓰러졌지만, 누구 하나 그 사실에 긴장하지 않았다. 운 좋게 기습으로 동료를 쓰러뜨렸다고 생각한 것이다.

그러나 그 생각이 바뀌는 데에는 그리 오랜 시간이 걸리지 않았다.

털썩!

서예지와 설아린이 본격적으로 움직이자 수적들이 추풍낙엽처럼 쓰러졌다. 거기에 무룡대주와 부대주, 아이들까지 합세하자 갑판 위로 넘어온 수적들의 숫자가 빠른 속도로 줄어들었다.

"저, 저!"

그 광경에 부채주가 역정을 토해냈다. 가볍게 정리될 일이라고 생각했는데 예상과는 다른 결과가 나와서였다.

특히 그는 속수무책으로 당하는 수하들의 모습에 크게 분노했다.

"흐음!"

반면에 삼룡채주의 눈동자는 무겁게 가라앉았다.

꼴 같지 않게 무인 행세를 하려고 검을 찼다고 생각했었다. 그런데 그게 아니었다. 검을 뽑은 순간 두 여인의 기도가 완전히 달라졌다.

'최소 일류 이상이다.'

부채주와 달리 그는 냉정하게 서예지와 설아린을 바라보고 있었다. 미모와 숫자에 눈이 먼 부채주와 다르게 두 여인을 냉철하게 직시했던 것이다.

게다가 문제는 두 여인만이 아니었다.

쌔애액!

두 여인과 함께 있던 청년들과 소년들 역시 본격적으로 움직이기 시작했다.

그 결과 삼룡채의 수적들이 말 그대로 썰려 나갔다. 수적들은 번쩍이는 검기의 파도에 속절없이 나가떨어졌다.

"히, 히에엑!"

"이런 젠장!"

서슬 퍼런 검기의 향연에 실력이 떨어지는 수적들이 대경하며 황급히 뒤로 물러났다. 앞서 죽은 선장과 마찬가지로 그들 역시 죽고 싶은 생각이 없어서였다.

그러면서 그들은 자기보다 윗줄에 있는 서열들을 힐끔거렸다. 알아서 나서라는 무언의 독촉이었다.

꿀꺽!

그러나 누구 하나 선뜻 나서는 이가 없었다. 죄다 검기를 뽑아대니 누구도 앞장서려 하지 않은 것이었다.

"저놈 데려와. 목숨만 붙여서."

심지어 바락바락 소리를 지르던 부채주마저 달라진 공기에 어쩔 줄을 모르고 있을 때 벽우진의 음성이 갑판을 갈랐다.

팽팽한 긴장감이 감도는 갑판의 분위기와는 조금도 어울리지 않는 나른한 목소리로 제자들에게 지시를 내리자, 두 개의 인영이 벼락같이 움직였다.

말이 끝나기 무섭게 몸을 날린 것은 양일우와 도일수였다.

타다다닷!

연결된 밧줄을 이용할 수 있는 건 수적들만이 아니었다. 그 사실을 증명하듯 둘은 너무나 가벼운 몸놀림으로 밧줄 위를 내달렸다.

"공격해!"

"떨어뜨려!"

무서운 속도로 밧줄 위를 달리는 두 사람의 모습에 부채주가 다급히 지시를 내렸다. 그러자 몇몇 수적들이 작살을 던졌다.

하지만 날카롭게 파고드는 작살도 두 사람의 경로를 방해하지는 못했다. 둘 다 유려한 몸놀림으로 쇄도하는 작살들을 피해냈다.

"우, 운룡대팔식?"

허공에 뜬 채로 우아하게 방향을 전환하는 두 사람의 모습에 수적 한 명이 자기도 모르게 중얼거렸다. 전설처럼 회자되는 하나의 무공이 본능적으로 떠올라서였다.

"그래도 보는 눈은 있네."

"그러니까요."

도일수의 중얼거림에 양일우가 대꾸했다.

항렬은 그가 위였지만 이상하게 말을 놓기가 쉽지 않았다. 열여덟 살과 스무 살의 차이는 의외로 컸기 때문이다. 그래서 서로 존대를 하는 것으로 둘은 비밀리에 합의를 본 상태였다.

"겁먹지 마! 이마에 피도 안 마른 애송이들이다!"

"고작 둘뿐이다! 여기는 우리 배고!"

"죽여 버려!"

도일수와 양일우가 내려서기 무섭게 사방에서 수적들이 달려들었다. 그들이 가장 잘하는 쪽수를 이용해 다구리를 치기 위해서였다.

하지만 안타깝게도 상대가 너무 나빴다.

우우우웅!

두 사람의 검에 태청진기가 서린 순간 달려들던 수적들의 육신은 갈가리 찢겨지고, 사정없는 참격에 몸뚱이는 물론이고 팔다리가 깔끔하게 잘려 나가며 바닥으로 엎어졌다.

"끄아아악!"

"내 팔! 내 파알!"

"으어, 으어어!"

운 좋게 팔다리만 잘린 수적들이 바닥 위를 엉금엉금 기었다. 어떻게든 두 사람에게서 떨어지기 위해서였다.

하지만 둘 다 수적들을 그냥 보내줄 마음은 눈곱만큼도 없었다.

푹! 푸푹!

둘은 도망치는 수적들의 머리를 검극으로 확실하게 꿰뚫었다.

그러자 다른 수적들의 몸이 얼음처럼 굳어졌다. 나이도 어린 것들이 눈살 하나 찌푸리지 않고 확인 사살을 하자 다들 바짝 얼은 것이었다.

"이런 쓸모없는 녀석들!"

그 모습에 부채주가 다시 한번 역정을 토해냈다. 고작 둘에 겁먹은 부하들의 모습이 마음에 들지 않아서였다.

"너, 너무 강합니다!"

"네놈들이 약한 것이겠지!"

부채주가 시뻘게진 얼굴로 콧김을 내뿜었다.

그러고는 자신의 애병인 대부(大斧)를 꼬나 쥐고서 앞으로 걸어 양일우와 도일수를 향해 발걸음을 옮겼다.

투욱.

"도와 드리겠습니다."

그때 두 사람의 곁으로 무룡대주와 부대주가 내려섰다. 갑판 위의 정리를 끝내고 두 사람을 거들기 위해 건너온 것이었다.

남은 두 척의 배에는 설아린과 서예지가 한 조, 제자들이 마지막 한 조를 이루고서 정리 중이었다.

"넷이서 덤비려고? 그것도 나쁘지 않지."

"굳이 그럴 것까지야."

"뭐?"

혈참부(血斬斧)라는 별호답게 사람의 육신을 반으로 쪼개는 것을 좋아하는 부채주가 혀로 도끼날을 핥다가 헛웃음을 흘렸다. 도일수 혼자 다가오는 모습에 기가 찼던 것이다.

그러나 그 표정은 창졸간에 사라졌다.

스으윽.

부채주는 미세한 파공음과 함께 파고드는 일검에 기겁하며 대부를 들이밀 수밖에 없었다.

그런데 막기 위해 내밀은 도끼를 미끄러지듯 스쳐 지나간 검이 다시 부채주의 목을 노렸다.

"흡!"

검이 아니라 마치 채찍과도 같은 움직임에 부채주가 언제 기세등등했냐는 듯이 대경실색하며 뒤로 물러났다.

한데 그게 패착이었다. 기세를 넘겨주자 도일수는 반격을 절대 허용하지 않겠다는 듯이 부채주를 몰아붙였다.

"뭐 해! 공격 안 하고!"

그 모습에 삼룡채주가 다급하게 소리쳤다. 지금 전세를 뒤집지 않으면 싸움이 힘들어질 것 같은 생각이 들어서였다.

게다가 문제는 우두머리로 보이는 이가 아직 움직이지 않고 있다는 점이었다.

'한 명이라도 사로잡아야 한다. 최소한의 안전장치가 필요해!'

이대로 쓸어버리고 미녀 둘을 수중에 넣는다면 그것보다 좋은 결과는 없었다.

하지만 만약의 사태도 대비해야 했다.

그렇기에 삼룡채주는 다급했다. 어찌 됐든 일단은 구명줄을 마련해 놓는 게 먼저라고 생각했다.

'누굴 잡아야 하지?'

삼룡채주의 시선이 도일수를 지나 세 청년에게로 향했다. 누가 가장 효과적인 인질일지에 대해서 고민하는 것이었다.

그러다가 그의 시선이 양일우의 옷에 닿았다.

'저놈이다!'

세상 나른한 얼굴로 배에 기댄 채 서 있는 벽우진과 똑같은 도복을 입고 있는 걸 확인한 삼룡채주의 두 눈에 악독한 기색이 서렸다. 드디어 마음의 결정을 내린 것이었다.

콰앙!

"큭!"

하지만 삼룡채주는 양일우에게 접근하지 못했다. 느닷없이 허공에서 날아든 공격에 뒤로 물러날 수밖에 없었던 것.

"미안하지만 당신의 상대는 우리야."

"우선 그 더러운 눈깔부터 뽑고 시작해야겠어."

"이 계집년들이 감히!"

자신의 배 위로 부드럽게 착지하는 서예지와 설아린의 모습에 삼룡채주의 눈이 벌게졌다. 동시에 그의 전신에서 날카로운 기파가 솟구쳤다.

그는 두 사람을 위협하려는 듯이 제법 예리한 기도를 흩뿌렸다.

"홍."

"뭐래, 늙다리가."

그러나 서예지는 물론이고 설아린도 눈 하나 껌뻑이지 않았다.

서예지의 경우, 벽우진이 뿌리는 존재감과 비교하면 삼룡채주의 기세는 조족지혈에 불과했기에 오히려 가소로웠다.

그리고 설아린은 곱상한 외모와는 달리 어려서부터 뒷골목을 전전했기에 이 정도 위협은 위협이라고 말할 수도 없었다. 마치 살쾡이가 적을 앞두고 털을 바짝 세우는 느낌이랄까.

'혼자라면 힘들겠지만 서예지와 함께라면 해볼 만해.'

삼룡채주는 언뜻 보기에도 절정고수였다. 더구나 수적들의 우두머리인 만큼 실전 경험 역시 많을 터였다. 게다가 이곳은 육지가 아닌 선상 위였고.

그러나 그녀도 혼자가 아니었다.

스윽.

창졸간에 마주치는 눈빛으로 의견 교환은 충분했다. 혼자서는 버거운 상대지만 둘이라면 할 만했으니까.

문제는 두 사람이 합을 맞춰본 적이 없다는 점이었지만, 그건 삼룡채주 역시 마찬가지였다. 경험은 많지만 두 여인과 싸우는 것은 이번이 처음이었으니까 말이다.

'결국에는 눈치 싸움이지.'

설아린의 두 눈이 깊게 가라앉았다.

그 순간 그녀의 신형이 우측으로 빠르게 쇄도했다.

한데 놀라운 것은 서예지의 움직임이었다. 그녀가 설아린의 움직임에 맞춘 듯이 반대쪽에서 삼룡채주를 향해 짓쳐 들었다.

웅웅웅!

거기다 솟구치는 시퍼런 검기는 보는 이의 가슴을 서늘하게 만들 정도로 예리했다.

"이년들이!"

마치 짠 듯이 좌우에서 쇄도하는 두 여인의 모습에 삼룡채주가 노성을 터뜨렸다.

하지만 흥분한 표정과 목소리와 달리 그의 눈은 차분하게 가라앉아 있었다. 모든 게 연기였던 것이다.

'둘 중 하나면 돼!'

목표가 바뀌었지만 삼룡채주는 오히려 지금의 상황이 더 낫다고 생각했다. 남자보다는 아무래도 여자가 인질로서의 가치가 높아서였다. 게다가 아무 쓸모 없는 남자에 비해 여자는 여러모로 이용할 수 있는 게 많았다.

'이거야말로 꿩 먹고 알 먹고지!'

살벌한 검기가 줄기줄기 뿜어져 나오고 있었지만 삼룡채주는 속으로 웃으며 우열을 가릴 수 없는 둘 중 누구를 데려가야 할지 혼자 고민하고 있었다.

쌔애액!

이윽고 결정을 내린 삼룡채주의 박도가 서예지에게로 향했다. 청초하면서 단아한 서예지가 좀 더 그의 취향에 가까워서였다.

콰앙!

"어?"

제압할 요량으로 참격을 날렸던 삼룡채주가 순간 당혹스러운 표정을 지었다.

자신의 박도와 충돌하자마자 서예지가 뒤로 날아갔는데, 힘에 밀려서 날아간 것이 아니라 폭발의 반동을 이용해서 물러난 듯한 모양새였기 때문이다.

삼룡채주는 당황한 얼굴로 서예지를 멍하니 쳐다봤다.

"뒤를 조심해야지."

"큭!"

그런데 그때 뒤에서 무시무시한 예기가 느껴졌다.

등짝을 두 쪽 내버릴 살벌한 기운에 몸을 돌리자 이번에는 옆구리에서 고통이 느껴졌다. 어느새 다가온 설아린이 검으로 그의 옆구리를 베어버렸던 것.

"뒤를 조심해야지."

"어?"

삼룡채주의 두 눈이 부릅떠졌다. 방금 전 들었던 말과 똑같은 말이 등 뒤에서 들려와서였다.

하지만 그는 몸을 돌릴 수가 없었다. 설아린과 양일우의 협공에 몸을 움직일 틈이 나지 않았기 때문이다.

쩌억!

그 결과 그의 등짝이 사선으로 길게 갈라졌다. 뼈가 보일 정도의 깊은 검상이었다.

스극. 슥.

그러나 공격은 그게 끝이 아니었다. 등이 갈라지는 고통에 삼룡채주가 움찔한 순간 설아린과 양일우가 벼락같이 달려들어 양쪽 발목의 인대를 끊어버렸다.

"끝."

등과 양 발목에서 피를 흩뿌리며 허물어지는 삼룡채주를 싸늘한 눈으로 내려다보며 양일우가 중얼거렸다.

하지만 그 말에 설아린은 고개를 저었다.

"아직 안 끝났어요, 양 공자님."

설아린이 검을 휘둘렀다.

두 다리는 봉쇄했지만, 아직 양팔이 멀쩡히 남아 있어서였다. 그래서 그녀는 삼룡채주의 어깻죽지를 검으로 베었다.

"끄윽!"

양쪽 어깨에서 느껴지는 찌릿한 고통에 삼룡채주가 신음을 흘렸다.

하지만 피가 솟구치는 상처 부위에 손을 가져가지는 못했다. 힘줄이 잘려 두 팔을 들 수가 없었으니까.

"취조하기 전에 죽으면 안 되니까."

스스로 지혈도 하지 못하는 삼룡채주의 모습에 양일우가 익숙하게 혈도를 짚었다. 그러자 분수처럼 솟구치던 핏줄기가 한순간에 멎었다.

쿠웅!

그리고 온갖 거만이라는 거만은 다 떨던 부채주 역시 바닥을 나뒹굴었다. 빠르면서도 정교한 도일수의 검격에 온몸이 난자된 채로 쓰러진 것이다.

"과다 출혈로 죽는 건 아니겠죠?"

"깊게 벤 게 아니라서 괜찮을 겁니다. 보기에만 심하게 보이는 겁니다."

"그래요?"

설아린이 고개를 갸웃거렸다.

그녀가 보기에는 결코 얕게 베인 상처가 아니었지만, 당사자가 괜찮다고 하니 더 이상 따질 수도 없었다.

"지혈하면 되는 문제니까요."

"그렇긴 하죠."

삼룡채주와 부채주가 쓰러지자 여기저기서 첨벙거리는 소리가 들렸다. 전세가 기운 것을 느끼고 눈치 빠른 수적들 몇몇이 강물 위로 몸을 날리는 소리였다.

"소천아."

"예, 사부님!"

그와 동시에 나른한 얼굴로 뱃전에 기대어 있던 벽우진이 심소천을 불렀다.

그는 긴말이 필요 없다는 듯이 이름만 불렀다. 그런데 재미있게도 심소천은 벽우진의 뜻을 기막히게 알아듣고는 수적들이 사용하던 비수 몇 개를 주워왔다.

쌔애액! 쌔액!

심소천이 공손히 건넨 비수는 이내 살벌한 파공음을 토해내며 황하의 수면 위를 갈랐다. 그러고는 미친 듯이 물장구를 치며 도망치는 수적들의 등짝을 인정사정없이 꿰뚫었다.

"그륵!"

"켁!"

그리고 그건 깊게 잠수한 이들이라고 해서 다르지 않았다.

나름 잔머리가 있는 수적들이 강물 속 깊숙이 잠수해 들어갔지만 벽우진의 예민한 기감에서 벗어나는 것은 불가능했다.

잠시 후 하나같이 등에 구멍이 뚫린 시체들이 강물 위로 떠오르기 시작했다.

"데려왔습니다, 사부님."

"고생했다."

"아닙니다."

벽우진이 잔당들을 처리하는 사이. 양일우와 도일수가 삼룡채주와 부채주를 마치 짐짝처럼 대충 목덜미를 잡아서 들고와서는 갑판 위에 패대기쳤다.

"으윽!"

"시끄럽다."

무자비하게 내던지는 손길에 두 수적이 고통스러운 신음을 흘렸다.

하지만 누구도 두 사람을 동정하지 않았다. 그저 싸늘한 눈빛으로 둘을 노려보기만 했다.

"소문주."

"편하게 부르셔도 돼요. 아린이라고요."

벽우진의 부름에 설아린이 생긋 웃으며 말했다.

그러자 서예지의 눈초리가 매서워졌다. 다른 심대혜와 심소혜 역시 마찬가지였고. 세 사람에게는 설아린이 벽우진에게 같잖게 끼 부리는 것으로 보였다.

"그건 차차 내가 알아서 할 일이고. 뭣 좀 물어보고 싶은 게 있는데."

"무엇이든 말씀하세요."

"이 배들, 팔 수 있나?"

벽우진의 시선이 여전히 갈고리로 연결되어 있는 수적들의 배로 향했다. 이제는 주인이 사라진 배들이었기에 혹시라도 처분할 수 있나 물은 것이었다.

"저희가 사겠습니다. 배는 일단 있으면 쓸모가 많거든요. 특히나 이 정도 크기의 배는 구하고 싶다고 해서 바로 구할 수 있는 매물도 아니고요."

설아린이 눈을 빛냈다. 그 부분에 대해서는 정말 생각지도 못해서였다.

게다가 배는 쓸모도 많지만 팔기도 쉬웠다. 아무래도 제조하는 데 시간이 걸리다 보니 중고라고 하더라도 급하게 구하려고 하는 이들이 많아서였다.

"흠흠. 가격이 제법 나오겠지?"

"제법이 아니라 꽤 나옵니다. 배는 비싼 물건이니까요."

"허허허. 경비로 충분하겠군."

벽우진이 흡족한 표정을 지었다. 생각지도 못한 부수입에 기뻤다.

"저기……."

보기만 해도 배가 부른 듯한 느낌에 벽우진이 웃고 있을 때 그의 곁으로 한 명의 사내가 쭈뼛거리며 다가왔다.

바로 부선장의 역할을 맡고 있는 남자였다.

"무슨 일이오?"

"구, 구해주서서 감사합니다. 그리고 죄송합니다."

"사과는 당신이 할 부분이 아니오. 게다가 이미 죗값을 치르기도 했고."

선장과 삼룡채주의 대화를 들은 이는 벽우진만이 아니었다. 사내 역시 들었었기에 벽우진에게 고개를 숙인 것이었다.

"그래도 죄송합니다."

"괜찮소. 선택은 누구나 할 수 있는 것이니까. 대신 책임도 스스로가 져야 하고."

벽우진의 시선이 선장이었던 시체로 향했다. 이제는 싸늘한 주검이 된.

그 시선에 부선장이 몸을 떨었다. 지극히 냉정한 눈빛에 심장이 멎을 것 같았다.

"혹시 몰라서 말씀드리는 것인데 선장의 결정은 그 혼자만의 생각이었습니다. 저희들과는 조금도 상의된 바가 없는 결정이었습니다."

"알겠소. 그런데 다시 운항은 가능한 것이오?"

"물론입니다. 조타수가 죽은 건 아니니까요. 저 역시 물길에 대해서는 빠삭하고요. 그런데 저 배들은 어떻게 하실 생각이십니까?"

아직도 단단히 연결되어 있는 세 척의 수적선을 가리키며 사내가 물었다.

일단 운항을 하려면 저 배들부터 조치를 취해야 했다.

"저 배들을 가져가야 할 것 같은데, 혹시 배를 몰 수 있는 사람이 있소? 내 품삯은 확실하게 주겠소이다."

벽우진이 살짝 난감한 표정을 지었다. 두둑해질 경비만 생각했지 이 배들을 어떻게 가지고 갈 지에 대해서는 생각하지 못해서였다.

그런데 다행히도 사내가 고개를 주억거렸다.

"단순히 몰기만 하는 거면 가능합니다. 다만 아무래도 숙련도가 부족한 이들이라 속도가 좀 느려질 것 같습니다만."

"그 정도는 괜찮소. 아, 물론 다른 승객들에게도 물어봐 주시오. 우리 때문에 피해를 봐서는 안 되니까."

벽우진의 말에 사내가 황급히 손을 휘저었다. 구명지은을 입은 마당에 서둘러 달라고 독촉할 승객들은 없을 테니.

"그건 걱정하지 않으셔도 될 것 같습니다. 누구라도 그 부분에 대해서 딴죽을 걸지는 못할 테니까요."

"다행이구려."

확신하듯 말하는 사내의 모습에 벽우진이 고개를 주억거렸다.

그러고는 여전히 고통에 신음하는 두 사람을 허공섭물로 띄워 올렸다.

"뒤를 부탁하마."

"예, 걱정 마세요."

설아린의 대답에 벽우진이 몸을 띄웠다. 아무래도 지금부터는 보기 껄끄러운 광경이 나올 것이기에 수적들의 배로 옮겨 간 것이었다.

그리고 그 뒤로 제자들이 몸을 날렸다.

"저희는 정리하는 걸 돕겠습니다."

"부탁해."

"예."

마주 보고 있는 배들의 연결을 끊고 새로이 방향을 바꾸어야 했기에 무룡대주와 부대주도 몸을 날렸다. 한시라도 빨리 출발하기 위해서였다.

그런 두 사람과 함께 배를 몰 수 있는 선원들 역시 수적들의 배로 건너갔다.

투둑. 툭!

한편 시체들로 가득한 수적들의 배로 옮겨온 벽우진이 거칠게 삼룡채주와 부채주를 갑판 위에 던졌다.

그러자 제자들이 시체들을 강물 위로 던지기 시작했다. 굳이 시체들까지 이송할 필요가 없기도 했고, 제값을 받고 팔려면 청소도 해야 했다.

"자자, 우리는 청소를 시작하자고."

"예!"

"세 척 다해야 하니까 부지런히 하자!"

양일우의 주도하에 제자들이 뿔뿔이 흩어졌다. 서예지는 물론이고 심대혜와 심소혜도 소매를 걷어붙이고 손을 보탰다.

"어, 어르신. 사, 살려주십시오."

"내가 왜 네 어르신이야? 우리는 오늘 처음 본 사인데."

사지에 핏자국이 흥건한 삼룡채주가 엉금엉금 기어 와서 머리를 조아렸다. 그런 그의 옆으로 부채주도 산만 한 덩치를 둥글게 말아 오체투지 했다. 어떻게든 살아남고자 납작 엎드린 것이다.

하지만 둘을 내려다보는 벽우진의 눈빛은 싸늘하기 그지없었다.

"저, 저희가 고인을 몰라뵀습니다. 한 번만 아량을 베풀어주시면 개과천선해서 살겠습니다."

"그 말은 너무 진부하다고 생각하지 않아? 뭐, 다들 개과천선해서 살겠대. 새 인생을 살겠다고. 그런데 진짜 그렇게 사는 이들을 난 못 봤어."

"저희가 처음으로 보여 드리겠습니다!"

"아니지. 애초에 착하게 살았어야지. 그리고 본성은 어디 가지 않아. 이미 뿌리 깊이 내려 있거든."

"아닙니다!"

아직 단전은 멀쩡했기에 두 사람이 자연스레 공력을 담아 외쳤다.

하지만 두 사람의 말에도 벽우진은 귀를 팠다.

"뭐, 바뀔 수도 있겠지. 사람은 계기만 있다면 얼마든지 변할 수도 있으니까."

"마, 맞습니다!"

"살려주신다면 앞으로는 착하게 남을 돕고 배려하며 살겠습니다!"

엎드려 있던 두 사람이 눈을 희번덕였다. 아주 조금 희망이 생긴 것 같아서였다.

그러나 둘은 보지 못했다. 벽우진의 눈빛은 시종일관 변화가 없다는 것을.

"근데 중요한 건 그게 아니야. 너희들이 지금 할 일은 내가 묻는 말에 성심성의껏 대답을 해야 한다는 거지. 한 치의 거짓 없이."

"뭐든지 다 말씀드리겠습니다!"

"알고 있는 거라면 무엇이든지 다 말하겠습니다!"

두 사람이 더욱더 머리를 조아리며 소리쳤다. 처신을 어떻게 해야 하는지 너무나 잘 알고 있었기에 둘은 마치 간이라도 뽑아줄 것처럼 곧바로 대답했다.

"도룡채와 흑구채의 위치를 말해."

"……!"

"그게……."

"머뭇거린다?"

벽우진의 전신에서 묵직한 기파가 흘러나왔다. 그리고 그 기파는 사정없이 두 사람을 짓눌렀다.

"자, 잘 몰라서 망설인 것입니다!"

"같은 수적이라고 해서 다 본거지를 아는 것은 아닙니다!"

마치 거대한 바위가 짓누르는 듯한 무지막지한 기파에 두 사람이 힘겹게 대답했다.

하지만 벽우진은 존재감을 거두지 않았다. 워낙에 믿을 수 없는 놈들이었기에 말없이 주시하기만 했다.

"저, 정말입니다!"

"주로 출몰하는 지역을 보면 얼추 예상은 할 수 있습니다만……."

"그러니까 둘 다 두 수채와는 딱히 접점이 없다?"

벽우진의 목소리가 더욱 낮아졌다.

그러자 두 사람의 안색 역시 달라졌다. 쓸모가 없어지는 순간, 벽우진이 짜증을 느끼는 순간 자신들의 운명 역시 결정지어질 가능성이 높아서였다.

그 끝은 보지 않아도 뻔했기에 둘 다 다급하게 입을 열었다.

"오다 가며 마주친 적은 있습니다만 친분이나 교분이 있는 사이는 아닙니다!"

"서로 의심이 많아서 상대의 배에 오른 적도 없고요!"

"흐음. 예상 지역에 대해서 읊어봐."

식은땀을 뻘뻘 흘리며 대답하는 둘의 모습에 벽우진이 팔짱을 끼었다.

역시 쉽게 풀리지 않는 것 같았다.

하지만 그렇다고 포기할 생각은 눈곱만큼도 없었다. 벽우진 역시 뒤끝이 한없이 긴 남자였으니까.

"두, 두 곳 다 말씀이십니까?"

"아는 대로 다 말해봐. 하나하나 뒤지다 보면 결국에는 찾을 수 있겠지."

기필코 찾아내겠다는 의지가 담긴 벽우진의 목소리에 두 사람이 엎드린 채로 동시에 서로를 쳐다보며 짧은 시간에 눈빛을 교환했다.

의외로 결정은 빨랐다. 산적들과 마찬가지로 수적들 역시 애초에 동료애나 전우애 같은 것은 없었다.

"다 말하겠습니다."

"읊어봐. 마음에 들면 살려줄지도 모르니까."

꿀꺽!

마지막까지 당근을 흔드는 벽우진의 모습에 두 사람이 희미한 기억까지 죄다 꺼내서 경쟁하듯 설명했다.

그리고 그 말을 벽우진은 조용히 경청했다. 사소한 것들이라도 지금은 필요하기에 묵묵히 다 들었던 것이다.

"제가 아는 것은 여기까지입니다."

"저도 더 이상은 떠오르는 게 없습니다."

"아직 말해줄 것이 하나 더 남았다. 너희 본거지."

"아, 안내하겠습니다."

망설이는 삼룡채주와 달리 부채주가 곧바로 대답했다. 찰나에 무언가가 떠올라서였다.

그리고 그 선택은 옳았다.

철퍼덕.

아주 잠깐 머뭇거렸던 삼룡채주가 이마에 구멍이 뚫린 채 쓰러졌던 것이다.

자신이 죽었다는 것도 인지하지 못한 듯한 표정에 부채주는 마른침을 삼켰다. 만약 삼룡채주와 같은 대답을 했다면, 그리고 늦게 대답했다면 쓰러지는 것은 삼룡채주가 아니라 그였을 터였다.

"안내자는 한 명이면 족하니까. 굳이 둘씩이나 데리고 다닐 이유는 없지."

"그, 그렇습니다."

"혼자밖에 없다고 허튼짓은 하지 말고. 그럼 내가 좀 과하게 손을 쓸지도 모르니까."

"명심하겠습니다!"

쿠웅!

부채주가 머리를 갑판에 머리를 박았다. 그런 그의 몸은 마치 오한이라도 걸린 것처럼 격렬하게 떨리고 있었다. 반항은 아예 생각지도 못하는 모습이었다.

그 이후로 벽우진은 황하에 존재하는 수적들을 죄다 때려 잡고 다녔다.

보이는 족족 박살 내 도룡채와 흑구채의 정보를 모으고, 그 러면서 부수입도 쏠쏠하게 올렸다. 제자들이 실전 경험을 쌓을 수 있게 도와주면서 주머니도 두둑하게 만들 기회였으니까.

"이쪽 근방은 거의 다 정리된 거 같아요."

"알아보니 저희들에 대한 소문이 싹 다 퍼졌대요. 사부님께 서 수적들을 죄다 박살 내고 다닌다고요."

"다들 칭송이 자자해요. 진정한 협객이 나타났다고요."

"문제는 아직도 도룡채는커녕 흑구채의 머리카락도 보이지 않는다는 거지."

제자들의 말에도 벽우진은 입맛을 다셨다. 자신의 명성과 곤륜파의 위상이 높아지는 건 좋았지만 정작 이번 일정의 목 표를 제대로 이루지 못해서였다.

청해성을 지나 감숙성까지 넘어온 상태임에도 벽우진은 좀 처럼 도룡채와 흑구채를 만날 수가 없었다. 지금까지 무려 열 채가 넘는 황하수로채들을 만났음에도 불구하고 말이다.

"저희도 계속 알아보고 있으니 곧 좋은 소식이 오지 않을까 생각합니다."

"하긴. 수군들도 찾아내지 못한 놈들이니. 누구보다 황하의 수로를 잘 알기도 하고."

설아린의 말에 벽우진이 고개를 주억거렸다.

두 수채를 찾는 게 쉽지만은 않을 거라고 예상하기는 했었다. 다만 이렇게까지 마주치지 못할 줄은 몰랐지만.

"좀 더 분발하겠습니다."

"그래 주면 고맙고. 너희들도 배 위에서 생활하는 건 그만하고 싶을 거 아냐?"

"저는 괜찮습니다."

"저희도 괜찮습니다."

설아린은 물론이고 무룡대주와 부대주도 고개를 저었다.

배에서 생활하는 게 힘들기는 하지만 대신에 평소에는 얻기 힘든 값진 경험들을 습득하는 중이었다.

다양한 실전 경험도 실전 경험이지만 벽우진이 지나가듯이 해주는 조언은 그야말로 금과옥조였다. 어째서 설향이 벽우진의 곁에 악착같이 붙어 있으라고 했는지 이해가 갈 정도로 말이다.

더불어 스승이라는 존재가, 가르쳐 주는 존재가 얼마나 큰 영향을 끼치는 지도 절감하는 중이었다.

'고수가 고수를 만든다는 말을 뼈에 사무칠 정도로 느낄 수 있었으니.'

벽우진과의 만남은 세 사람에게 있어 천금과도 같았다.

지금껏 수련했던 것보다 벽우진과 함께 있음으로써 얻은 게 훨씬 많았다. 게다가 비슷한 또래들이 함께 있기에 자극 받는 것도 있었고 말이다.

'반드시 붙어 있는다!'

'어떻게든 하나라도 더 훔쳐 배워야 해!'

어깨너머로 보는 것만으로도 적지 않은 것을 배우고 느낄 수 있었다.

그렇기에 무룡대주와 부대주는 내심 이 시간이 좀 더 길었으면 했다. 함께하면 할수록 실력이 쭉쭉 느니 자연스레 더 오래 머무르고 싶었던 것이다.

"사부님!"

세 사람이 그런 생각을 하고 있는 사이 뱃전에 몸을 기댄 채 두 눈을 감고서 강바람을 만끽하던 벽우진이 한쪽 눈만 살며시 떴다.

그러자 황급히 달려오는 도일수의 모습이 눈에 들어왔다.

"왜 그러느냐?"

"도룡채의 깃발을 단 배가 오고 있습니다!"

"그래?"

벽우진이 반색한 표정을 지었다.

그러고는 멀리서 다가오는 일곱 척의 배를 쳐다봤다. 정확하게는 가장 높은 곳에 매달려 있는 깃발을.

"드디어 만났네요."

"그러게."

··· 제9장 ···
# 보고 싶었다(1)

도룡채의 채주가 타고 있는 배이자 대장선이라 할 수 있는 도룡선의 갑판 위에서 한 명의 장한이 안절부절못하며 왔다갔다거렸다.

　그러나 누구 하나 그 장한을 보고서 뭐라 하지 못했다. 황하수로채 중에서도 열 손가락 안에 드는 규모를 가진 도룡채의 행동 대장이 바로 저 장한이었기 때문이다.

　"한동안 잠자코 있어야 하는데. 죽은 듯이 지내는 게 최고인데. 하아!"

　반바지에 양쪽 팔뚝을 뜯어낸 듯한, 언뜻 보면 조끼처럼 보이는 가죽으로 된 상의를 입은 막삼이 손톱을 뜯었다. 아무리 생각해 봐도 지금은 죽은 듯이 숨어 지내야 하는 게 맞다고 생각해서였다.

　그런데 정작 두목이라 할 수 있는 채주는 너무나 태평했다.

"넌 걱정도 태산이다. 간만에 나왔는데 기분 좋게 한탕 땅길
수는 없는 거냐?"

"형님."

"주위를 봐봐. 얼마나 넓어? 바다 못지않게 넓은 게 여기 황
하다. 그리고 꼭 패선이 우리를 찾는 거라는 보장도 없잖아?
북해빙궁도 처리했겠다, 강호 유람을 나온 걸 수도 있지. 듣자
하니 완전 노괴물이던데. 칠십이 넘었는데 이십 대처럼 보인
다고."

"북해빙궁의 전력을 이송해 준 것 때문에 저희를 찾는 것일
수도 있죠."

"너무 과대망상하는 거 아냐? 패선이라 불리는 이가 그렇게
쩨쩨할 리가 있나. 더구나 이제는 강호의 거물이 되었는데 할
일 없이 황하나 돌아다닐까."

도룡채주만큼이나 태연한 얼굴로 부채주가 어깨를 으쓱거
렸다. 다른 이도 아니고 북해빙궁주를 홀로 쓰러뜨릴 정도의
절대고수가 복수하겠다고 황하를 뒤지고 다닐 거라는 생각이
들지 않았다.

그렇다고 이 드넓은 황하에 수적이 자신들만 있는 것도 아
니고 말이다.

"벌써 열 곳 가까이 박살 났습니다. 이게 무엇을 말하는 것
이겠습니까?"

"재수 없게 걸린 거지. 패선이 배에 타고 있을 줄 누가 알았
겠어? 황하에 지나다니는 배가 하루에 몇 개인데. 적어도 수백

척은 될걸? 우리 업계 쪽 배들까지 합치면."

땅딸막한 키의 부채주가 키득거렸다. 쓸데없이 걱정을 사서 하는 것 같아서였다.

"그래도 시기가 너무 절묘합니다. 북해빙궁을 막아내기 무섭게 첫 행보가 황하에 와서 수적들을 때려잡는 것이었지 않습니까."

"네 말대로 우리를 노리는 것일 수도 있지. 그런데 우리를 찾는다고 쉽게 찾아지나? 우리에 대한 소식이 알려졌을 때 우리는 이미 수채로 돌아가 있을 텐데."

"희박하긴 합니다만……."

"걱정도 팔자다. 안 마주치면 되잖아, 안 마주치면. 마주쳤다 싶으면 내빼면 되는 거고. 우리만큼 여기 물길 잘 아는 이들이 어디 있어? 장사치들이나 태우는 배가 우리들의 배를 따라올 리도 만무하고."

부채주가 막삼의 등짝을 두드렸다.

적당히 긴장하는 것은 좋지만, 너무 두려움에 매몰되는 것도 좋지 않았다. 그것도 도룡채의 행동 대장이 말이다. 막삼이 기가 죽으면 그 영향은 다른 부하들에게도 미쳤다.

"그래도 전 걱정이 됩니다."

"괜찮다니까. 그리고 이곳은 육지가 아니라 강 위라고. 제아무리 패선이 대단하다고 해도 물 위에서는 별수 없어."

"초인이라 불리는 고수인데 영향을 받겠습니까?"

"그 대단하다는 절대고수도 결국에는 사람이야. 그리고 사람은 칼에 찔리고 화살이 박히면 죽게 되어 있어. 초인이라고 해서 머리나 심장에 구멍이 뚫렸는데 죽지 않는 건 아니니까."

부채주가 자신 있게 말했다. 아무리 고수라고 해도 결국에는 사람이라고 생각해서였다.

그 엄청나다던 북해빙궁주도, 십존도 끝내는 죽지 않았던가. 패선이라 불리는 벽우진도 마찬가지였다.

"저 감 좋은 거 알지 않습니까. 오늘은 느낌이 좋지 않습니다."

"그럼 저 배만 털고 돌아가자. 알지? 너무 가만히 있어서 애들 상태 말이 아닌 거. 오늘 조금이라도 피를 보지 않으면 애들이 들고일어날지도 몰라. 적당히 풀어줘야지 뒷말이 없어."

"으음!"

막삼이 무겁게 고개를 끄덕였다.

안 그래도 아래에 있는 놈들이 좀이 쑤셔 한다는 걸 너무나 잘 알고 있었다. 피 맛을 안 본 지 제법 오래되기도 했고.

"딱 저것만 털고 돌아가자. 그래도 출진했는데 뭐라도 쥐고는 돌아가야지. 금이 되었든, 은이 되었든, 아니면 계집이 되었든 말이야."

"……알겠습니다."

부채주마저 근질거린다는 표정으로 말하는 모습에 막삼이 결국 뜻을 굽혔다.

사실 그가 아무리 얘기를 한다고 한들 달라지는 건 없었다. 어차피 결정권자는 채주였기에 그로서는 건의하는 게 할 수 있는 것의 전부였다.

"너무 걱정하지 마. 설마 마주치겠어? 이 넓은 황하에서? 그러니 딱 저것만 털고 가자. 이렇게 만났는데 또 그냥 보내줄 수는 없잖아? 우리도 먹고 살아야지."

"예."

작은 키의 부채주가 매달리듯이 막삼의 어깨에 팔을 올렸다.

그러는 사이 일곱 척의 배는 학익진처럼 좌우로 크게 퍼졌다. 혹시라도 도망칠까 봐 길게 둘러서 포위하려는 것이었다.

한데 이상하게도 배는 아무런 반응을 보이지 않았다.

"뭐지?"

"승객들이 다 어디 갔어?"

"선실로 숨었나?"

"그럼 선장이라도 나와야 하는 거 아냐? 한두 번 장사하는 것도 아닌데 왜 이래?"

텅텅 빈 갑판의 모습에 수적들이 고개를 갸웃거렸다. 위풍당당하게 접근했건만 예상했던 광경이 전혀 보이지 않아서였다.

"뭐야? 무슨 일이야?"

수하들의 웅성거림에 도룡채주가 모습을 드러냈다. 안대로 한쪽 눈을 가린 모습이었는데 얇고 가는 체격 때문인지 상당히 강퍅해 보였다.

"기척은 느껴지는데 정작 갑판 위로 아무도 안 나옵니다."

"뭐지?"

"일단 넘어가 볼까요?"

"잠깐만."

묘한 낌새에 도룡채주가 손을 들어 올렸다. 왠지 모르게 건너가면 안 될 것 같아서였다.

저벅저벅.

그때 선실로 들어가는 출입구의 문이 열리며 하나의 인영이 모습을 드러냈다. 그리고 갓 스무 살이 되었을까 하는 청년 하나가 천천히 갑판 위로 걸어 나왔다.

"이야. 드디어 만나네."

"뭐?"

"개인적으로 정말 만나고 싶었거든. 특히 도룡채주 널 말이야."

"널?"

도룡채주가 가뜩이나 험상궂은 얼굴을 있는 대로 찡그렸다. 머리에 피도 안 마른 애송이가 다짜고짜 반말을 찍찍 해대니 노기가 치솟았던 것이다.

그런데 모든 수적들이 어처구니없다는 표정을 지을 때 오직 막삼만이 두 눈을 부릅떴다. 싸가지 없는 말투와 도복을 보는 순간 누군가가 떠올랐다.

"서, 설마?"

"뭐야? 왜 그래?"

대낮에 귀신이라도 본 것처럼 창백한 얼굴로 팔을 떨면서 청년을 가리키는 모습에 도룡채주가 미간을 잔뜩 좁힌 채로 막삼을 노려봤다. 왜 그러는지 이유를 알 수가 없었다.

"표정을 보아하니 날 알아본 거 같은데."

꿀꺽!

반면에 청년의 얼굴에는 재미있다는 기색이 서렸다. 긴가민가하던 얼굴에 어느 순간 확신이 서리자 자신을 알아봤음을 알 수 있어서였다.

"도, 도망쳐야 합니다!"

"그게 무슨 흰소리야?"

억눌렸던 숨이 터지듯이 다급하게 소리치는 막삼의 모습에 도룡채주가 고개를 갸웃거렸다.

뜬금없어도 너무 뜬금없었다. 그것도 도룡채를 대표하는 고수인 막삼이 그러자 도룡채주가 미간을 좁혔다.

"저, 저 사람은……."

"거기까지. 내 소개는 내가 알아서 할 테니까."

"어린놈의 새끼가 건방짐이 하늘에 닿았구나!"

"어리지는 않지만, 건방짐이 하늘에 닿았다는 말을 부정하기는 힘드네."

이제 약관 남짓한 청년이 하대를 찍찍 해대는 모습에 수적들 중 하나가 노성을 터뜨렸다. 납작 엎드려서 목숨을 구걸해도 모자랄 판에 건방짐이 하늘을 찌르니 심기가 불편했던 것이다.

펑!

청년이 어깨를 으쓱거렸다.

그런데 그때 놀라운 일이 벌어졌다.

청년을 향해 일갈을 내질렀던 수적의 이마에 구멍이 뚫렸다. 작은 동전만 한 구멍과 함께 비명도 없이 허물어지는 동료의 모습에 그 주위에 있던 수적들이 웅성거렸다.

"그런데 아무리 생각해 봐도 건방진 건 그놈 같아서 말이지. 내 나이가 있는데. 사회적 지위도 있고. 어디서 감히 반말이야?"

청년의 분위기가 달라졌다. 한없이 가벼웠던 청년이 인상을 쓰자 한순간에 분위기가 일변했다.

"넌 누구냐?"

무슨 수법을 썼는지는 모르지만, 조력자의 짓일 수도 있지만, 부하의 죽음과 눈앞의 청년이 직접적으로 연관되어 있는 것은 확실했다.

그렇기에 도룡채주가 으르렁거리듯이 물었다. 당장에라도 물어뜯을 듯이 누런 송곳니를 드러내면서.

"질문은 내가 한다. 네놈이 하는 게 아니라. 넌 고분고분 내가 묻는 말에 대답만 하면 돼."

"이거 실성한 놈 아냐?"

도룡채주의 말이 끝나기 무섭게 청년의 양팔이 활짝 펼쳐졌다.

뒷짐을 지고 있던 자세를 풀어 좌우로 길게 양팔을 벌리는 그 모습에 반사적으로 움찔거렸던 수적들이 이내 자세를 바로했다. 청년의 양손에 아무것도 쥐어져 있지 않아서였다.

퍼퍼퍼펑!

그 흔한 단검이나 비수조차 없는 맨손에 모두가 피식거릴 때 청년의 입가가 씰룩였다.

그리고 십지(+指)에서 무시무시한 관통력을 지닌 지풍들이 쏟아지기 시작했는데, 정확히 한 명당 한 방씩 쏘아졌다.

투두두둑.

그야말로 벼락같은 공격에 수십 명의 수적들이 반항조차 하지 못하고 절명했다.

청년이 거리는 상관없다는 듯이 선박을 포위하고 있던 일곱 척에 탄 수적들을 보이는 족족 격살했던 것이다.

그 말도 안 되는 광경에 도룡채주는 물론이고 부채주가 입을 쩍 벌렸다. 유일하게 청년을 알아본 막삼은 두 눈을 질끈 감았고.

"저, 저게 무슨⋯⋯!"

"넌 알지? 도대체 누구냐? 누구냐고!"

자신도 육안으로 보기 힘든 지풍을 부하들이 막거나 피할 리 없었다. 그렇기에 도룡채주가 경악한 얼굴로 소리쳤다.

반면에 부채주는 막삼을 닦달했다. 자신들과 달리 막삼은 청년을 알아본 듯해서였다.

"그, 그입니다. 바로 그자요."

"그자? 제대로 설명 못 해?"

툭.

부채주가 짧은 팔로 막상의 허리춤을 붙잡고 뒤흔들 때 작은 소리가 들려왔다. 그리고 부채주의 고개가 번개 같이 돌아갔다.

작은 소리는 바로 갑판에서 들려왔다.

스슥!

그와 동시에 도룡채주가 뒷걸음질 쳤다.

황하에서 악명으로는 세 손가락 안에 드는 인물이 그였지만 지금은 청년에게 완전히 압도당하고 있었다. 실력도 실력이지만 근성으로는 어디 가서 뒤지지 않는 그가 자기도 모르게 물러났던 것이다.

"아까 말했을 텐데. 내 소개는 내가 한다고."

꿀꺽!

옅게 웃고 있는 얼굴이었지만 이상하게 청년을 보고 있으면 몸이 굳었다. 마치 고양이 앞의 쥐처럼 이상하게 주눅이 들었다.

"너희들은 모를 거야. 내가 네놈들을 얼마나 보고 싶었는지. 그리고 얼마나 찾아 헤맸는지 말이야."

"서, 설마!"

청년의 말에 머릿속에서 무언가가 번뜩인 부채주의 동공이 격렬하게 흔들렸다.

하지만 도룡채주는 여전히 알 수 없다는 표정으로 청년을 노려보고 있었다.

"네가 예상하는 인물이 맞을 거야. 너희들은 그토록 피하고 싶었던 이가 나였을 테니까."

"히끅!"

부채주의 안색이 새하얗게 변했다. 그뿐만 아니라 갑자기 딸꾹질을 하기 시작했다.

"아직도 연상되는 게 없나? 역시 무식한 놈들이라서 그런가. 눈치가 너무 없는데. 아, 무식하니까 그렇게 무모한 결정을 내린 거였나?"

부르르르!

도룡채주가 몸을 떨었다. 뒤늦게 청년의 정체를 알아차린 것이었다.

그러면서 그는 왜 막삼의 충언을 듣지 않았는지 후회했다. 가는 날이 장날이라고 하필이면 오늘 가장 피하고 싶은 이를 만났다.

파파파팟!

그리고 그 순간 텅텅 비어 있던 갑판에서 열 명의 인영이 모습을 드러냈다. 제자들을 비롯해서 설아린과 무룡대주가 화려한 경신술을 펼치며 대장선을 제외한 여섯 척의 배로 몸을 날렸던 것이다.

털썩!

그와 동시에 도룡채주가 무릎을 꿇었다. 패선인 것을 알아차리기 무섭게 무릎을 꿇고서 머리를 조아렸다.

적어도 황하에서는 누구에게도 꿀리지 않는다고 자부하는 그이지만 상대가 다름 아닌 패선이었다. 그 엄청난 위압감을 뿌리던 십존들을 모조리 때려잡고 북해빙궁주마저 처단한.

'나, 나 따위가 상대할 수 있을 리가 없지.'

도룡채주는 마른침을 삼켰다.

반항은 애초에 생각지도 하지 않았다. 조금이라도 할 만한 느낌이 들어야 반항을 하든 저항을 하든 할 텐데, 패선이라는 걸 아는 순간 그는 모든 것을 포기했다. 패선씩이나 되는 초인에게 자신은 그야말로 송사리만도 못한 무인일 테니까.

털썩! 털썩!

그런 도룡채주와 같은 생각을 했는지 부채주와 막삼 역시 무릎을 꿇었다. 혹시라도 이러면 조금이라도 아량을 베풀어 줄까 싶어서였다. 일단 아직까지는 자신들을 살려두고 있으니까.

"죄, 죄송합니다!"

"저희들은 북해빙궁이 시켜서 한 것뿐입니다!"

"협박하는데 저희 같은 놈들이 어떻게 반항을 하겠습니까요!"

막삼을 위시로 도룡채주와 부채주가 소리쳤다. 어떻게든 책임을 북해빙궁으로 떠넘기기 위해서였다. 셋 다 지금으로써는 이 수밖에는 떠오르지 않기도 했고.

"배 출발시켜."

"예, 사부님."

하지만 셋의 외침에도 불구하고 벽우진은 싸늘한 눈빛을 뿌리고 있었다. 입가는 웃고 있었지만 두 눈은 북풍한설이 불 정도로 서늘했다.

그러면서 그는 어느새 뒤에 다가와 시립해 있는 서예지에게 지시를 내렸다. 세 사람에게는 섬뜩하기 그지없는 지시를.

'어, 어째서?'

'왜 갑자기 배를?'

무릎을 꿇은 채로 도룡채주와 부채주가 시선을 교환했다. 하지만 아무리 머리를 굴려봐도 벽우진의 의중이 짐작조차 가지 않았다.

휘리리릭!

그러는 사이 서예지는 우아한 운룡대팔식을 펼치며 단숨에 타고 왔던 선박으로 되돌아갔고 벽우진은 천천히 도룡채주에게 다가가 몸을 낮췄다.

"그러니까 모든 건 북해빙궁 탓이다? 강압적으로 명령을 내렸기에 너로서는 따를 수밖에 없었다?"

"예, 예! 맞습니다! 저로서는 선택권이 없었습니다!"

"그런 것 치고는 되게 신나게 청해성으로 넘어왔다고 하던데. 온갖 약탈과 만행을 일삼으면서."

"어……!"

도룡채주가 두 눈을 뒤룩뒤룩 굴렸다. 어떻게 말을 해야 하나 고민하는 것이었다.

지금의 한 마디로 인해 생사가 갈릴 수 있었기에 도룡채주는 최대한 시간을 끌었다.

툭.

다만 벽우진이 그것을 허락하지 않았을 뿐.

고통도 없이 잘려 나간 오른팔의 모습에 도룡채주가 멍한 표정을 지었다. 지금 보이는 게 현실인지 허상인지 구분이 되지 않아서였다.

"내가 너무 깔끔하게 잘랐지? 좀 거칠게 잘라야 고통도 있고 머리도 빠릿빠릿하게 돌 텐데."

"으아악!"

절단면에서 피가 솟구쳤다. 너무 깔끔하게 잘렸기에 뒤늦게 피가 솟구친 것이다.

동시에 머리를 새하얗게 태워 버리는 듯한 고통이 엄습해 왔다.

"어디서 이빨을 까. 다 알고 왔는데."

"사, 살려주십시오!"

"제발, 제발 살려주십시오!"

오른팔이 잘려 나간 고통에 도룡채주가 울부짖자 부채주와 막삼이 간절한 어조로 소리쳤다. 지금 두 사람이 할 수 있는 건 이렇게 비는 것밖에는 없었다.

점혈을 당한 것도 아니기에 당장에라도 싸울 수 있지만, 둘은 그 선택지는 아예 생각지도 않았다. 그래 봤자 개죽음만 당할 거라는 걸 알고 있어서였다.

"모든 선택에는 결과가 있고, 무릇 어른이라면 그 결과에 책임을 져야 하는 법이지. 뭐, 너희 같은 놈들이 그런 걸 신경이나 쓰고 살겠느냐마는 그래도 알고는 있어야 하지 않겠어?"

"제발, 제발……!"

처음 봤을 때와 마찬가지로 장난기 가득한 음성이었지만 벽우진의 말이 이어질수록 둘은 몸이 떨려왔다. 이 대화의 끝이 무엇일지 짐작하는 게 어렵지 않아서였다.

"참 인간이라는 건 신기해. 어디로 튈지, 어디로 갈지 알 수가 없거든. 그렇기에 인간일지도 모르지만. 신이라고 한들 인간을 마음대로 다룰 수 있을까?"

"모두 정리했습니다, 장문인."

벽우진의 말이 끝나는 순간 설아린도 무룡대주와 부대주를 데리고 도룡선으로 넘어왔다.

그러고는 불쌍하다는 눈빛으로 세 사람을 쳐다봤다. 어떻게 보면 한순간의 잘못된 결정으로 저 꼴이 된 것이었기 때문이다.

'반대로 곤륜파가 멸문했을 수도 있었지만.'

사실 곤륜파의 승산은 희박했다.

벽우진이라는 고수가 있긴 했지만, 그 수준이 어느 정도인지 정확히 알고 있는 이들은 드물었다. 아니, 아예 알려지지 않았다는 말이 맞았다.

반면에 북해빙궁은 비록 불의의 일격으로 남궁세가에서 밀리기는 했지만, 한때나마 중원의 반 가까이를 점령했던 세력이었다. 그런 만큼 누구라도 북해빙궁의 승리를 점쳤을 것이다. 도룡채 역시 마찬가지였을 테고.

단지 결과가 예상했던 것과는 정반대로 나왔다는 게 문제일 뿐.

'하지만 그마저도 장문인의 말대로 오롯이 감당해야 하지.'

인과율이라는 말이 괜히 있는 게 아니었다.

게다가 벽우진은 스스로가 누누이 말했던 대로 뒤끝이 상당한 남자였다. 그 말인즉슨 아직 살아 있는 세 사람의 미래는 뻔하다고 봐도 좋았다.

"배 몰 녀석들은 남겨뒀지?"

"예."

"좋아. 가자. 안내는 이놈들이 할 테니."

벽우진이 히죽 웃으며 세 사람을 쳐다봤다.

정확하게는 과다 출혈로 서서히 죽어가는 도룡채주와 오한이라도 걸린 듯 몸을 떨고 있는 부채주. 그리고 막삼을.

호언장담했던 대로 도룡채를 깔끔하게 털어먹은 벽우진은 곧장 흑구채의 소굴로 향했다.

함께 북해빙궁의 전력을 이송했던 이력이 있어서 그런지 아니면 원래부터 친분이 있어서 그런지 흑구채가 있는 위치를 알아내는 건 어렵지 않았다. 고통과 희망 앞에 굴복하지 않는 인간은 없는 법이었으니까.

"흐아암!"

물론 희망은 주되 삶을 허락하지는 않았다.

지은 죄를 일일이 다 읊어주며 도룡채의 수적들을 모조리 소탕하던 벽우진의 모습을 떠올리며 무룡대주가 얼굴 가득 부러운 표정을 지었다. 벽우진이라는 존재가 얼마나 소중하고 대단한지 이번 여정을 함께하면서 느낄 수 있어서였다.

지금은 비록 저렇게 동네 한량처럼 하품을 늘어지게 하고 있지만 무룡대주는 그마저도 멋있게 보였다.

'본문에도 장문인 같은 고수가 있었다면……'

무룡대주는 하루에도 수십 번씩 생각했다.

그러면서 곤륜파의 제자들이 너무나 부러웠다. 패선이라고 불리는, 어찌 보면 소림무제와 무당권제보다도 고수라고 해도 과언이 아닌 벽우진에게 가르침을 받는 게 말이다. 비록 언행이 상스럽고 경박하다고 하나 그의 무경만큼은 진짜배기였다.

"뭘 그렇게 보고 있어?"

"아닙니다."

"부러워서 그렇지?"

"……예."

한 박자 늦게 대답하는 무룡대주의 모습에 설아린이 미소 지었다.

그 마음은 그녀도 똑같았다. 무룡대주처럼 설아린 역시 서예지를 비롯해서 곤륜파의 제자들이 너무나 부러웠다. 여기저기 찔러보며 앞으로 나아가야 하는 그들과 달리 제자들에게는 확실한 지침서가 있었다.

"나도 마찬가지야. 하지만 부러워만 해서는 안 돼. 부러워한다고 달라지는 것은 없으니까. 그리고 알게 모르게 우리들도 얻는 게 많다는 거 알지? 이번 일정만 하더라도 특별히 무룡대 전원을 데리고 갈 수 있게 해주셨으니까."

"사실 혼자만으로도 흑구채 몇 개는 날려 버릴 수 있으시겠죠."

무룡대주의 시선이 선수 쪽 뱃전에 누워 있는 벽우진에게로 향했다.

조금만 잘못해도 바다로 떨어질 수 있는 위험한 위치였지만 역시나 패선이라는 별호에 걸맞게 벽우진은 거칠게 치는 파도에도 조금의 미동도 없이 누워 있었다. 하품을 늘어지게 하면서 말이다.

"우리를 많이 배려해 주신 거야. 그만큼 우리가 해야 할 일도 많지만."

"손해는 아니라고 생각합니다."

"그러니까 문주님께서도 별말이 없으신 거지. 나름 예의도 지켜주시니까."

다른 백도문파들의 수장과 달리 벽우진은 그녀나 설향이나 있는 그대로 바라봤다. 하오문도라고 천시하거나 경멸하지 않았다. 그저 있는 그대로, 사람으로서 바라봐 주었다.

설아린은 그게 아직도 너무나 인상 깊었고, 고마웠다.

"확실히 평범한 것과는 거리가 있습니다."

"우리한테는 좋은 일이지. 다른 백도인들과 똑같았다면 우리는 또다시 오랜 세월을 기다려야 했을 테니."

"가끔 부담스러울 때도 있습니다만."

"그래도 막 대하지는 않잖아? 사람 대우해 주는 게 어디야? 저분 신분에."

"그렇지요."

무룡대주가 고개를 끄덕였다.

확실히 벽우진의 신분과 위상을 생각하면 이렇게 함께 있는 것도 말이 되지 않았다. 명문대파와 하오문은 누가 봐도 어울리지 않았으니까. 차라리 개방이라면 모를까.

"야."

"예, 예!"

"얼마나 더 가야 해?"

한편 망망대해라는 말이 절로 떠오르는 심심한 풍광에 뱃전에 누워서 시간을 때우던 벽우진이 도룡채 소속으로서 유일하게 살아남은 막삼을 쳐다봤다. 팔다리가 꽁꽁 묶이고 마혈까지 점혈당한 그를 말이다.

"이 방향으로 반시진 정도만 더 가면 됩니다!"

"반시진? 더 빠르게는 힘드나?"

"황하의 유속과 지금 부는 바람의 세기를 감안하면 그 정도가 최선입니다. 노질을 하면 더 빨리 갈 수도 있습니다만……."

빠른 눈치 덕분에 지금까지 살아남을 수 있었던 막삼이 더 묻지도 않은 것들을 쉴 새 없이 토해냈다. 쓸모가 없어지면 자신이 죽는다는 사실을 너무나 잘 알고 있어서였다.

'날 살려줄 생각은 없겠지만 그래도 전투가 벌어지면 또 모르니까.'

막삼이라고 해서 벽우진의 말을 순순히 다 믿지는 않았다. 그가 벽우진이었어도 후환거리가 될 여지가 다분한 자신을 살려두지 않을 테니까.

때문에 기회를 노려야 했다. 어수선하고 정신없는 때야말로

틈이 생기는 순간이니까.

'그전까지는, 그 순간이 올 때까지는 최대한 비위를 맞춰서 살아 있어야 한다.'

막삼이 헤벌쭉 웃었다.

기회도 살아 있어야 이용할 수 있었다. 그렇기에 막삼은 그 어떤 짓을 당하더라도 최대한 살아남을 작정이었다.

"우리 배에는 노가 없잖아."

"그래도 바람이 잘 불어서 평저선치고는 속도가 빠른 편입니다. 침저선이었다면 더 빠른 속도를 낼 수 있었겠지만요."

"어쨌든 이게 최고 속도다?"

"예!"

막삼이 우렁차게 대답했다.

그러나 벽우진의 시선은 막삼에 향해 있지 않았다.

"해가 지기 전에는 도착하겠지?"

"어두웠을 때가 침입하기에는 용이하지 않겠습니까? 밝으면 보초들에게 들킬 가능성이 높습니다. 아무리 수적들이라고 하지만 경계를 아예 안 하는 것은 아닙니다. 수적들이 신경 쓰는 건 수군이 아니라 같은 수적들이라서요. 큰 울타리에서 보면 같은 편이라고 할 수 있지만, 사이가 견원지간인 곳들도 상당합니다."

"그래서 너희 깃발 달았잖아."

벽우진의 시선이 가장 높은 돛대에 달려 있는 깃발로 향했다.

깃발뿐만 아니라 이 배 역시 도룡채의 배였다. 흑구채와 사이가 좋다는 것을 이용하기 위해 대장선인 도룡선을 비롯해서 총 세 척의 배를 타고 일행은 이동 중이었다.

"육안으로 확인이 가능해지면 금세 알아볼 것입니다."

"그렇겠지. 애초에 쉽게 섬 안으로 들어갈 수 있을 거라 생각하지 않았어."

"혼자서 들어가실 생각이십니까?"

"글쎄."

막삼의 두 눈이 일순 번뜩였다.

하지만 벽우진은 심드렁한 어조로 확실하게 말해주지 않았다. 막삼의 속이 타들어 가는 것도 모르고 말이다.

"흑구채의 본거지인 흑목도(黑木島)는 천혜의 요새입니다. 아무리 장문인이시라도 아무런 계획 없이 접근하는 것은 위험합니다. 장문인께서는 괜찮을지 모르나 다른 사람들은 위험합니다. 인원 역시 200명에서 300명 사이이고요."

"그쯤 된다고 하더군."

"헤헤! 역시 계획이 있으신 모양이군요."

"그 부분에 대해서 너에게 말해줄 필요는 없다고 생각하는데. 잊은 모양인데, 너는 대답만 할 수 있다. 묻는 건 나만 가능해."

막삼이 침을 꿀꺽 삼켰다. 이 경고가 마지막 경고임을 모르지 않아서였다.

그리고 흑목도가 가까워질수록 그의 쓸모 역시 다하고 있었기에 최대한 몸을 사려야 했다.

"장문인."

막삼이 바짝 쪼그라들 때 설아린이 조용히 다가왔다.

그녀는 거친 파도에도 이제는 익숙해진 듯 단아한 걸음걸이로 벽우진을 향해 걸어왔다.

"무슨 일이야?"

"강남 쪽에서 소식이 왔습니다."

"줘봐."

"여기 있습니다."

설아린이 방금 전 전서응이 가져온 따끈따끈한 서신을 벽우진에게 공손히 건넸다.

심지어 그녀도 아직 열어보지 않은 서신이었다. 그래서 설아린도 궁금증이 가득한 눈빛으로 벽우진이 읽고 있는 작은 서신을 쳐다봤다.

"호오."

여전히 누워 있는 자세로 서신을 읽던 벽우진의 눈빛이 동그래졌다. 생각지도 못한 소식에 놀란 것이었다.

그 모습에 설아린이 더욱 궁금한 표정을 지었다. 도대체 무슨 소식이기에 저런 반응을 보이는지 궁금해졌다.

"무슨 소식인가요?"

"남쪽도 전쟁이 끝났다는군."

"승전보인가 보네요."

"왜 그렇게 생각하지?"

확신이 서린 설아린의 표정에 벽우진이 재미있다는 표정을 지었다. 아직 서신을 보지 않은 것으로 보이는데 너무 확신하는 듯해서였다.

"패전보였다면 장문인께서 웃지 않으셨을 테니까요."

"너무 보편적인 생각인데. 내가 꼴좋다는 식으로 웃을 수도 있잖아?"

"당가가 껴 있기에 그 정도까지는 가지 않을 거라고 생각합니다."

"허어. 이거 너무 까발려진 것 같은데. 좋지 않아."

벽우진의 표정이 짐짓 심각해졌다. 한참이나 어린 설아린에게 수를 읽힌 듯한 느낌이 들어서였다.

그러나 어디에서도 기분 나쁜 기색은 보이지 않았다.

"언짢으셨다면 죄송합니다."

"그런 건 아니고. 본 파와 사천당가의 관계를 모르는 것도 아닌데. 그리고 나쁜 소식보다는 좋은 소식이 낫지. 물론 피해가 아예 없는 건 아니지만."

"제가 봐도 될까요?"

"얼마든지."

벽우진이 허공섭물을 이용해 설아린에게 서신을 건넸다.

그러고는 갑판 위에서 활쏘기를 연습하는 제자들을 쳐다봤다. 이유는 모르겠는데 요즘 들어 다들 활쏘기에 심취해 있는 듯한 느낌이었다.

"어렵네."

"재능이 없어서 그런 걸까?"

"재능보다는 연습량이 부족해서 그런 거 아닐까? 어떻게 보면 이제 막 입문한 거니까."

"근데 이렇게 낭비해도 되나? 화살도 비싸지 않아?"

누가 벽우진의 제자 아니랄까 봐 다들 강물 위를 가르는 화살을 보며 돈을 생각하고 있었다.

아직은 많이 있었지만 그래도 팔면 돈이 되는 것들이다 보니 일곱 명 모두 막 화살을 쏘지는 못했다.

"차라리 만들어서 쏠까? 화살촉 대신에 나무를 뾰족하게 깎아서 쐈도 충분하잖아? 연습하는 것으로는."

"그래도 되긴 하지."

"혁문이가 잘 만들 것 같은데."

"형이 혁문이 얘기하니까 보고 싶다."

"나두, 나두!"

오빠들의 대화에 심소혜가 끼어들며 소리쳤다.

배혁문과 헤어진 지 어느새 3주 가까이 되었다. 지금 같이 있는 언니 오빠들처럼 오랜 시간을 함께 지낸 것은 아니었지만 그래도 가족이나 마찬가지였기에 심소혜가 울상을 지었다.

"여기가 마지막이라고 하셨으니까 곧 볼 수 있을 거야. 배 타고 가면 청해성까지는 금방이니까."

"그러니까 다들 다치면 안 돼. 무사히 복수를 끝내고 곤륜산으로 돌아가자."

서예지에 이어 양일우가 의젓하게 말을 이었다.

곤륜산과 배혁문이 그리운 것은 그도 마찬가지였다. 게다가 복귀를 하면 아주 큰 경사가 예정되어 있었다.

"다들 다치지 마요."

"아마 다치면 사부님께 엄청 혼날걸. 우리만 있는 것도 아니고 무룡대도 있는데."

양일우는 한 명, 한 명 손을 잡으며 말하는 심소혜의 머리를 쓰다듬었다.

그러고는 무룡대를 힐끔거렸다. 보는 눈이 많기에 못난 꼴을 보여서는 안 된다고 생각해서였다.

이제 더 이상 자신들은 평범한 아이들이 아니었다. 행동거지 하나하나가 곤륜파의 명예와 직결되는 일대제자들이었기에 더더욱 좋은 모습을 보여야 했다.

"형 말이 맞아. 우리가 잘해야 빼앗긴 구대문파의 자리를 되찾을 수 있으니까."

"사부님은 딱히 관심 없어 보이시지만."

"구대문파의 일좌는 시작에 불과해. 마지막은 천하제일문이야."

양이추가 두 눈을 빛냈다. 그 역시 고작 구대문파의 한 자리에 만족하지 않았던 것이다.

게다가 웅심과 야망까지는 아니더라도 남자라면 하나 정도의 꿈은 있어야 했다.

"천하제일문. 좋지."

"그게 무슨 뜻이에요?"

"세상에서 제일 크고 강한 문파라는 뜻이야. 최고 문파라고나 할까."

"오오오!"

심소혜가 박수를 치며 눈을 빛냈다.

최고라는 말에 심장이 뛰었다. 그리고 그걸 자신들이 만든다고 하자 더더욱 신이 났다.

"소혜도 한 손 거들 거지?"

"물론이죠! 제가 꼭 그렇게 만들 거예요!"

"그래, 그래. 우리 다 같이 만들자. 모두 다 함께."

양일우의 말에 모두가 고개를 주억거렸다.

비록 지금은 허황된 꿈이라고 하나 꿈은 꿈이기에 가치가 있었다.

"다, 다 왔습니다! 저기가 흑목도입니다!"

"어디가? 죄다 검은 나무들이 가득한데?"

"군도의 중앙에 위치해 있는 섬이 흑목도입니다. 자그마한 다른 섬들에서도 생활은 합니다. 별채처럼 사용해서 평상시에는 무인도나 마찬가지입니다."

"일단은 중앙까지 가야 한다고?"

"예, 그런데 아마 중앙까지 들어가기 전에 들킬 겁니다."

막삼이 흔들리는 목소리로 말했다.

도룡채도 악명으로 유명한 수채지만 흑구채도 만만치 않았다. 더구나 규모를 생각하면 흑구채가 한 수 위였다.

때문에 막삼은 조마조마했다.

'제자들이야 당연히 지켜주겠지만 나는 아니니까.'

수상전에서 가장 효율적이며 위협적인 무기는 다름 아닌 활이었다. 또한 인원이 많으면 많을수록 위력이 배가 되기도 했고.

그런데 현재 막삼은 마혈이 점혈당한 것은 물론이고 전신이 꽁꽁 묶여 있는 상태였다. 즉 눈먼 화살에 맞아도 전혀 이상하지 않은 상태였기에 심장이 벌렁거렸다.

뎅뎅뎅뎅!

그때 사방에서 격렬한 종소리가 울려 퍼졌다. 벽우진 일행이 타고 있는 배를 발견하기 무섭게 안쪽에 알렸던 것이다.

동시에 사방에서 살벌한 살기가 쏟아지기 시작했다.

"……젠장."

적의가 가득한 살기에 막삼이 욕지거리를 내뱉었다. 아무래도 이쪽을 발견한 이들 중에 결박되어 있는 자신을 알아본 이가 있는 것 같아서였다.

그러니 별다른 말도 없이 습격이라 단정 짓고 이렇게 종을 쳐대는 것일 터였다.

쒜애애액!

그 사실을 증명하듯 좌우에서 맹렬한 파공음이 들려왔다. 양쪽 섬에서 거대한 쇠뇌를 이용해 대형 화살을 쏜 것이었다.

거의 창이라고 해도 될 법한 크기의 화살이 매서운 기세로 배를 쪼갤 듯이 날아왔다.

"흥."

하지만 맹렬하게 날아오던 거대한 화살은 이내 방향을 틀었다. 벽우진이 공력을 이용해 날아오는 화살의 방향을 비튼 것이다.

그런데 그 비튼 각도가 이상했다. 두 개의 화살은 서로 엇갈리며 쇠뇌가 발사된 곳으로 날아갔다.

쾅앙!

이내 맹렬한 기세로 날아간 화살이 쇠뇌를 박살 냈다. 놀랍게도 방향을 튼 거대한 화살이 쇠뇌를 정확하게 파괴했던 것이다. 그뿐만 아니라 쇠뇌를 조준하던 수적들 역시 산산조각난 쇠뇌로 인해 한순간에 절명했다.

꿀꺽!

단말마를 남기고 죽어버린 수적들의 모습에 막삼이 침을 삼켰다. 다시 봐도 정말 경이적인 무력이었다.

"모두 방패 들어!"

"예!"

"화살에 대비해!"

"걱정할 거 없다. 공성전이지만 일반적인 공성전과는 다를 테니."

미리 준비한 나무 방패를 들게 했던 설아린이 벽우진을 쳐다봤다.

하지만 벽우진은 그녀의 시선에도 별다른 설명을 해주지 않았다. 그저 선수를 향해 드러누운 채로 전방을 가득 채우는 화살을 주시했다.

"모두 조심해! 가급적이면 피하는 데 주력하고! 막거나 튕겨 냈다가 주위 사람들이 맞을 수도 있으니까!"

"예!"

"알겠습니다!"

서예지의 지시에 아이들이 일제히 대답했다.

막거나 튕겨내는 것보다 피하는 게 훨씬 어려웠지만, 지금 은 해내야만 했다. 자칫 잘못했다가는 다른 이에게 화살이 날 아갈 수도 있어서였다.

"정보가 샌 것 같아요."

"꼭 그렇지만은 않을걸. 저 녀석들도 머리가 있으니 대비를 하고 있었겠지. 내가 그렇게 깨부수고 다녔는데. 언젠가는 이 런 날이 올 수도 있다고 예상했을 거야. 그게 아니라면 이렇게 대응이 빠를 리가 없지."

너무나 빠른 대처에 설아린이 당혹스러운 표정을 짓고 있는 사이 어느새 허공을 가득 채우는 화살들이 지근거리까지 접 근했다.

그러나 문제는 이게 전부가 아니라는 점이었다. 첫 번째 화 살 공격에 이어 두 번째 공격이 연달아 날아오고 있었다.

'너무 일찍 들켰어……!'

설아린이 입술을 깨물었다.

미리 방패도 준비했고, 무용대도 곤륜산에서 내려오며 다 양한 경험을 쌓기는 했지만, 상황이 너무 좋지 않았다.

특히 갑판 위였기에 움직일 수 있는 공간이 한정적이라는 점도 그녀와 무룡대에게 불리한 점이었다. 이대로 가다간 아무것도 하지 못하고 화살 꼬치 신세가 될 것 같은 상황에 설아린이 주먹을 움켜쥐었다. 하지만 마땅한 방법이 떠오르지 않았다.

스르륵.

그런데 그때 놀라운 일이 벌어졌다. 매서운 파공음을 터뜨리며 날아오던 수백 개의 화살이 마치 거짓말처럼 허공에서 멈췄던 것이다.

그리고 그건 두 번째, 세 번째로 날아오던 화살들도 마찬가지였다.

"저, 저게 무슨 일이야!"

"어째서 화살이……!"

"내가 지금 환상을 보고 있는 건가?"

화살을 쏜 흑구채의 수적들이 일제히 두 눈을 비볐다. 자신들이 헛것을 보고 있나 나름의 방법으로 확인하는 것이었다.

하지만 두 눈을 아무리 비벼도, 두 눈을 끔뻑거려도 달라지는 것은 없었다. 화살들은 여전히 허공에 가만히 떠 있었다.

스슥!

반면에 설아린을 비롯한 무룡대는 하나같이 벽우진에게로 고개를 돌렸다. 이 말도 안 되는 일을 저지를 수 있는 인물은 벽우진이 유일했다.

그런데 정작 이 엄청난 상황을 만든 벽우진은 여전히 심드렁한 얼굴이었다.

"확실히 나쁘지 않은 방법이지만, 안타깝게도 상대가 너무 나빠."

여전히 뱃전에 드러누운 채로 벽우진이 중얼거렸다.

만약 그가 평범한 무인이고 고수였다면 지금의 화살 공격은 상당히 위협적이었을 터였다. 벽우진에게야 소용없는 공격이지만 제자들에게는 아닐 테니까.

다만 문제는 벽우진이 평범한 고수가 아니라는 점이었다.

스윽.

말도 안 되는 공력으로 흑구채의 화살 공격을 일시에 무력화시킨 벽우진이 베개처럼 사용하고 있던 오른팔을 들어 올렸다.

그러자 놀랍게도 허공에 떠 있던 화살들이 서서히 방향을 틀었다. 그리고 날아왔던 방향으로 백팔십도 돌아갔다.

"히이익!"

"뭐, 뭐야, 저거! 대체 뭐냐고!"

서서히 자신들에게로 향하는 화살촉에 수적들이 공황 상태에 빠졌다. 살아오면서 이런 일을 겪어본 적이 없었다.

도저히 상상조차도 하지 못한 일이었기에 다들 대경실색한 얼굴로 소리쳤다.

하지만 누구 하나 그들에게 대답해 주는 사람은 없었다. 지휘관이라 할 수 있는 이들조차 어안이 벙벙한 상태였으니까.

슈슈슈슉!

그러는 사이 허공을 가득 채웠던 화살 비가 수적들의 머리

위로 쏟아져 내렸다. 자신들이 발사했던 화살이 어처구니없게
도 자신들에게 날아왔던 것이다.

"크아악!"

"끅!"

별다른 힘 하나 실리지 않은, 그저 하늘에서 떨어지는 것뿐
이었지만 위력은 결코 무시할 수 없었다. 숫자가 어마어마하
다 보니 웬만한 고수가 아니고서는 완벽히 피하거나 튕겨내지
못했으니까.

"미, 미친!"

"이게 인간의 힘이라고? 한 명이 지닌 무력이라고?"

단 한 번의 화살 공격으로 반 이상이 전투 불능이 되어버리
는 광경에, 고통에 울부짖는 수하들의 모습에 흑구채주가 망
연자실한 표정을 지었다. 두 눈으로 똑똑히 보고도 믿어지지
않았다.

하지만 오늘 그가 겪어야 할 절망은 이제부터가 시작이었다.

"돌격!"

흑구채가 상상조차 못 한 반격에 우왕좌왕할 때 도룡선은
어느새 포구에 닿아 있었다. 화살 비가 쏟아질 때 조용하면서
도 빠르게 움직여 포구에 도착한 것.

그리고 무룡대가 몸을 날렸다.

무룡대는 설아린의 지시에 나무 방패를 암기처럼 사방팔방
에 던져대며 흑구채를 공격했다.

"우리도 가자!"

"예!"

"다 쓸어버려 주마!"

방금 전의 화살 공격에 식겁해서 그런지 아이들의 기세 역시 그 어느 때보다 날카로워져 있었다. 벽우진이 손을 쓰지 않았다면 누군가는 상처를 입었을지도 모른다고 생각하자 자연스레 노기와 함께 적개심이 치솟았다.

하지만 흥분한 모습과 달리 아이들은 지극히 냉정하게 전투를 치렀다. 지금껏 수없이 연습했던 대로 손발을 맞추며 합격진을 이루고서 흑구채를 공격했다.

콰앙! 쾅!

물론 전부 다 그런 것은 아니었다. 완숙한 절정지경에 오른 서예지와 도일수는 단독으로 움직였다.

둘 다 태청검법을 자유자재로 펼치며 덤벼드는 수적들을 도륙했다.

"웃차!"

무룡대에게 뒤지기 싫다는 듯이 빠른 속도로 수적들을 쓸어버리는 제자들의 모습에 벽우진도 몸을 일으켰다.

뱃전에 누워서 꼼짝도 하지 않던 그가 가볍게 몸을 날려 포구에 착지하고는 휘적휘적 걸음을 옮겼다.

"제가 모시겠습니다, 장문인."

"그럴 것까지야."

"그래도 한 명 정도는 장문인을 모셔야 하지 않을까요?"

"애들 지휘는 하지 않을 모양이지?"

뒷짐을 진 채로 어슬렁어슬렁 걸음을 옮기던 벽우진이 고개를 돌려 무룡대가 피 튀기며 싸우는 곳을 힐끔 쳐다봤다.

"무룡대주와 부대주가 있으니까요. 실전 경험은 저도 충분히 쌓았고요."

"단체전 경험이 필요할 때이긴 하지. 지금 같은 토벌전이 아닌 이상 쉽게 얻을 수 있는 경험은 아니니까."

"패, 패션!"

to be continued

# 9클래스 소드 마스터

이형석 퓨전 판타지 장편소설
WISHBOOKS FUSION FANTASY STORY

검성(劍聖), 카릴 맥거번.
검으로 바꾸지 못한 미래를 다시 쓰기 위해
과거로 돌아오다.

이민족의 피로 인해 전생에 얻지 못한 힘.

'이번 생에 그걸 깨주겠다.'

오직 제국인들만이 사용할 수 있었던,
그 힘을!

'나는 마법을 익힐 것이다.'

이제, 검(劍)과 마법(魔法).
두 가지의 길 모두 정점에 서겠다.

9클래스 소드 마스터: 검의 구도자

Wish Books

# 나는 될 놈이다

글쓰는기계 게임 판타지 장편소설
WISHBOOKS GAME FANTASY STORY

판타지 온라인의 투기장.
## 대장장이로 PVP 랭킹을 휩쓴 남자가 있다?

"아니, 어디서 이런 미친놈이 나타나서……."

랭킹 20위, 일대일 싸움 특화형 도적, 패배!

"항복!"

'바퀴벌레'라고 불릴 정도로
끈질긴 생명력을 가진 성기사조차 패배!

"판타지 온라인 2, 다음 달에 나온다고 했지?"

평범함을 거부하는 남자, 김태현!
그가 써내려가는 신개념 게임 정복기!

# 만 년 만에 귀환한 플레이어

나비계곡 퓨전 판타지 장편소설
WISHBOOKS FUSION FANTASY STORY

어느 날, 갑작스럽게 떨어진 지옥.
가진 것은 살고 싶다는 갈망과 포식의 권능뿐.

일천의 지옥부터 구천의 지옥까지.
수십만의 악마를 잡아먹고 일곱 대공마저 무릎 꿇렸다.

**"어째서 돌아가려 하십니까?"**
**"김치찌개가… 김치찌개가 먹고 싶다고."**

먹을 것도, 즐길 것도 없다.
있는 거라고는 황량한 대지와 끔찍한 악마뿐!

**"난 돌아갈 거야."**

# 「만 년 만에 귀환한 플레이어」

Wish Books
스켈레톤 마스터
WISHBOOKS GAME FANTASY STORY
더페이서 게임 판타지 장편소설
오직 힘으로 지배되는 세상 일루전!
"스켈레톤 소환."
ㄴ 미친…….
ㄴ 저거 스켈레톤 맞아요?
ㄴ 뭐가 저렇게 세?
수백이 넘는 소환수를 지휘하는 자,
극악의 난이도를 자랑하는 직업 조폭 네크로맨서!
8년 전으로 회귀한 강무혁의 도전이 시작된다.
「스켈레톤 마스터」
"나는 이곳에서 강자가 되겠다!"